HEYNE BÜCHER

SCIENCE FICTION

Herausgegeben
von Wolfgang Jeschke

Von Lyon Sprague de Camp erschienen in der Reihe
HEYNE SCIENCE FICTION & FANTASY:

Der Schmetterlingsthron (06/3439)
Die Uhren von Iraz (06/3484)
Die Räder der Zeit (06/3575)
Das Orakel der Fremden (06/3584)
Ein Yankee bei Aristoteles (06/3719)
Neu-Arkadien (06/3728)
Ein Dämon mit kleinen Fehlern (06/3747)

Zusammen mit Fletcher Pratt:
An den Feuern des Nordens (06/3768)
Die Kunst der Mathemagie (06/3814)
Die stählerne Festung (06/3854)
Der grüne Magier/Die Mauer der Schlangen (06/3881)
Geschichten aus Gavagans Bar (06/3887)

Conan-Saga:
Conan (06/3202)
Conan von Cimmerien (06/3206)
Conan der Pirat (06/3210)
Conan der Wanderer (06/3236)
Conan der Abenteurer (06/3245)
Conan der Krieger (06/3258)
Conan der Thronräuber (06/3263)
Conan der Eroberer (06/3275)
Conan der Rächer (06/3283)
Conan von den Inseln (06/3295)
Conan der Barbar (06/3889)
Conan der Schwertkämpfer (06/3895)
Conan der Befreier (06/3909)
Conan der Freibeuter (06/3972)
Conan und der Spinnengott (06/4029)
Conan von Aquilonien (06/4113)

Krishna-Zyklus:
Die Königin von Zamba (06/4086)
Die Suche nach Zei (06/4087)
Die Rettung von Zei (06/4088)
Die Geisel von Zir (06/4089)
Die Jungfrau von Zesh (06/4090)
Der Turm von Zanid (06/4091)

Sachbuch:
New York lag einst am Bosporus (01/7001)

L. Sprague de Camp

Die Königin von Zamba

Erster Roman des Krishna-Zyklus

Fantasy-Roman

Deutsche Erstveröffentlichung

WILHELM HEYNE VERLAG
MÜNCHEN

HEYNE-BUCH Nr. 06/4086
im Wilhelm Heyne Verlag, München

Titel der amerikanischen Originalausgabe
THE QUEEN OF ZAMBA
Deutsche Übersetzung von Joachim Pente
Das Umschlagbild schuf Paul R. Alexander

Redaktion: Friedel Wahren

Printed in Germany 1984
Umschlaggestaltung: Atelier Ingrid Schütz, München
Satz: Schaber, Wels
Druck und Bindung: Elsnerdruck GmbH, Berlin

ISBN 3-453-31049-7

1

Victor Hasselborg schüttelte die Zügel und rief seinem Aya zu: »*Hao*, Faroun!« Das Tier drehte den Kopf, blinzelte ihn vorwurfsvoll an und setzte sich in Bewegung. Die Räder des Karrens knirschten auf dem Kies der Straße von Novorecife.

Neben ihm auf dem Sitz sagte Ruis: »Lassen Sie die Zügel etwas lockerer, Senhor Victor. Und dann müssen Sie lernen, ihm gegenüber einen weniger rauhen Ton anzuschlagen. Sie verletzen seine Gefühle.«

»*Tamates*, sind die Biester so sensibel?«

»So *was*? Eh, ja! Die Krishaner wählen immer sorgfältig den Ton, in dem sie mit ihren Tieren sprechen ...«

Das Trommeln der sechs Hufe des Aya vermengte sich mit dem Geplapper Ruis' zu einem Klangbrei, der Hasselborg in einen tranceähnlichen Zustand versetzte. Er mußte lächeln, als er über seine augenblickliche Situation nachdachte: Einen Comic-Helden, so einen mit Ballettkostüm, Strahlenwaffe und Einmann-Rakete verkörperte er nicht gerade – statt dessen schickte er sich an, den Planeten Krishna auf einem Karren sitzend, gewandet in die alberne Eingeborenentracht mit ihrem geschlitzten Röckchen und einem Schwert im Gürtel zu erobern!

Es waren nach subjektiver Zeit ein paar Wochen vergangen, seit Hasselborg an der teuren Zigarre seines Klienten gezogen und gefragt hatte: »Was veranlaßt Sie zu glauben, daß Ihre Tochter von der Erde weggegangen ist?«

Er musterte Batruni scharf. Hatte er zuerst dazu geneigt, den Mann unsympathisch zu finden, so begann er jetzt dazu zu tendieren, den Textilmagnaten eher für einen freundlichen, großzügigen, gutmütigen, wenngleich etwas rührseligen Menschen zu halten.

Yussuf Batruni lupfte seinen Dickwanst und blies heftig durch die Nase. Hasselborg, der im Geiste ganze Armeen von Bazillen aus Batrunis Nasenlöchern schwärmen und durch die Luft segeln sah, zuckte instinktiv ein wenig zurück.

»Sie sprach schon seit Monaten darüber, bevor sie verschwand, und außerdem las sie Bücher«, erwiderte Batruni. »*Der Planet der Liebe, die Rache des Marsianers* und ähnliches Zeug. Sie wissen schon.«

Hasselborg nickte. »Erzählen Sie weiter!«

»Und Geld genug für die Fahrt hatte sie auch. Ich befürchte, ich habe ihr davon mehr gegeben, als für ein junges Mädchen gut war, das sich allein in London herumtreibt. Aber ich hatte ja nur sie, und da konnte nichts gut genug sein ...« Seine Stimme versagte ihm den Dienst, und er zuckte traurig die Achseln.

»Ich werde ihre Besitzverhältnisse noch überprüfen«, sagte Hasselborg. »Eh, glauben Sie, daß sie mit jemandem zusammen fortgegangen ist?«

»Wie meinen Sie das?«

»Ich sagte: Glauben Sie, daß sie mit jemandem zusammen fortgegangen ist? Und ich meine mit ›jemandem‹ nicht Tante Susi.«

»Ich ...« Batruni erstarrte, hatte sich aber sofort wieder im Griff. »Entschuldigen Sie! Dort, wo ich herkomme, achtet man strengstens auf die Tugendhaftigkeit der Töchter, und ich kann nicht umhin ... Aber da Sie das Thema schon angeschnitten haben – ich befürchte, ich muß Ihre Frage mit ›ja‹ beantworten.«

Hasselborg lächelte zynisch. »Die Levante sollte für ihre Jungfern genauso Reklame machen wie Ägypten für seine Pyramiden! Wer ist der Mann?«

»Ich weiß es nicht.«

»Woher wissen Sie dann überhaupt, daß da einer ist?«

»Nun, es sind bloß Vermutungen – so gewisse Kleinigkeiten, wissen Sie. Nichts Handfestes. Als ich sie bei meinem letzten Besuch in London nach ihren Männerbekanntschaften fragte, gab sie nur ausweichende Antworten. Sprach einfach über andere Dinge. Das war ein großer Unterschied zu früheren Zeiten, als sie mir ihren jeweiligen Favoriten immer gleich in allen Einzelheiten beschrieb, ob ich es hören wollte oder nicht.«

»Haben Sie jemanden Bestimmten im Auge?«

»Nein, es ist bloß so ein vager, allgemeiner Verdacht. Sie sind der Detektiv. Sie ziehen die Schlußfolgerungen.«

»Das werde ich auch tun«, versprach Hasselborg. »Sobald ich mir ihre Wohnung angeschaut habe, telefoniere ich mit Barcelona und frage nach den Passagierlisten aller Raumschiffe, die dort während des letzten Monats gestartet sind. Unter einem falschen Namen kann sie nicht verschwunden sein, weil ihre Fingerabdrücke routinemäßig mit der Europäischen Zentralkartei verglichen worden sein müssen.«

»Das ist gut«, sagte Batruni und schaute durch das Fenster hinaus in den dichten Nebel, der bisher den Anstrengungen der Nebelfeger getrotzt hatte. Seine große levantinische Nase zeigte sich dabei im Profil. »Scheuen Sie die Kosten nicht, und wenn Sie herauskriegen, wo sie hingegangen ist, folgen Sie ihr sofort mit dem nächsten Schiff.«

»Augenblick!« rief Hasselborg. »Jemanden auf einem anderen Planeten zu jagen, erfordert einiges an Vorbereitung: Spezialausrüstung, Training ...«

»Mit dem nächsten Schiff!« wiederholte Batruni und begann mit den Armen zu wedeln. »Glauben Sie, mir macht es Spaß, herumzusitzen? Schnelligkeit ist alles. Ich werde Ihnen einen Extrabonus für Schnelligkeit zahlen. Und glauben Sie mir: Ich spaße nicht. Wenn Sie sagen, Sie schaffen es nicht, dann gehe ich zu jemandem ...« Sein Wortschwall endete in einem heftigen Niesen.

Hasselborg hielt den Atem an, bis die Bazillen auf den Fußboden gesunken waren, und sagte dann: »Schon gut, schon gut, ich kann Ihnen versichern, ich werde keine Minute verschwenden! Keine Mikrosekunde.«

»Das will ich Ihnen auch geraten haben«, erwiderte Batruni. »Und wenn Sie mir meine Julnar – eh – unbeschädigt zurückbringen, dann lege ich noch einmal fünfzig Prozent zu.«

Hasselborg zog eine Augenbraue hoch und dachte: Wenn

man Batruni einen Elefantensitz auf den Rücken schnallt, paßt er perfekt in eine Zirkusparade. »Ich habe Sie verstanden. Aber vergessen Sie eines nicht, Mr. Batruni: Ich kann zwar Ausreißer verfolgen und aufstöbern, aber ich kann weder die genaue Stunde voraussagen, noch kann ich Geschehenes ungeschehen machen.«

»Sie glauben also, daß eigentlich keine Chance besteht?«

»Die Chance ist ungefähr so groß wie die, daß ein Ire Ihnen einen Drink ausschlägt, zu dem Sie ihn eingeladen haben. Ich werde jedoch mein Bestes tun.«

»Fein«, sagte Batruni. »Was ich Sie noch fragen wollte, Mr. Hasselborg: Sie sprechen nicht wie ein gebürtiger Londoner. Sind Sie Schwede?«

Hasselborg strich sich das widerspenstige braune Haar aus der Stirn. »Nur der Abstammung nach. Ich bin Nordamerikaner; geboren bin ich in Vancouver.«

»Und wie kommt es, daß Sie sich hier in London niedergelassen haben?«

»Nun ...« Hasselborg fühlte sich durch die Frage unangenehm aufgeschreckt. Er verspürte keine Lust, noch einmal alle unangenehmen Einzelheiten seines Falles und seines mühsamen Wieder-auf-die-Beine-Rappelns aufzuwärmen und durchzukauen. »Nachdem ich bei der Fahndungsabteilung ausgeschieden war, um mich selbständig zu machen, spezialisierte ich mich auf Versicherungsbetrugsfälle. Und Europa bietet einem in diesem Gewerbe heutzutage die besten Chancen.« Er lächelte, wie um sich zu entschuldigen. »Sie aufzuspüren, meine ich natürlich. Sie verstehen mich recht?«

»Ja«, antwortete Batruni und warf einen Blick auf seine Uhr. »Mein Flugzeug geht in einer Stunde, Sie müssen mich also jetzt entschuldigen. Sie haben die Fotos, den Schlüssel zu ihrer Wohnung, die Adressenliste und den Kreditbrief. Ich zweifle nicht daran, daß Sie Ihrem Ruf gerecht werden.« Die Art, wie er den Satz in die Länge zog, verriet indessen, daß seine Zweifel nicht ganz ausgeräumt waren.

Als er aufstand, wandte Hasselborg den kleinen Trick an,

mit dem er schon oft zweifelnde Klienten beruhigt hatte: Er strich sich das Haar aus der Stirn, rückte sich die Krawatte gerade, nahm die Brille ab, reckte die Schultern zurück und schob das große, kantige Kinn vor. Durch diese Maßnahmen verwandelte er sich binnen weniger Sekunden von einem relativ unauffälligen, gutmütigen Mann mit ausdruckslosem, Unwichtigkeit ausstrahlendem Gesicht in einen großgewachsenen, gutgebauten Teufelskerl, bei dessen Anblick es sich jeder Übeltäter zweimal überlegen würde, ob er sich mit ihm anlegen sollte.

Beim Händeschütteln lächelte Batruni mit wiedergewonnenem Zutrauen.

»Ich bin kein Wunderknabe«, warnte Hasselborg ihn. »Wenn sie das Sonnensystem verlassen hat, wird es womöglich Jahre dauern, bis ich sie zurückbringe. Die meisten Planeten liefern nicht aus, und wenn ich sie erst an Bord eines Schiffes der Viagens Interplanetarias habe, unterliegt sie der Erdjustiz, und ich kann sie ja nicht einfach mit nackter Gewalt zurückholen. Das würde mich zumindest meine Lizenz kosten.«

Batruni wedelte beschwichtigend mit der Hand. »Machen Sie sich deswegen keine Sorgen. Ich werde schon für Ihre Zukunft sorgen, wenn Sie mir nur mein Schätzchen zurückbringen. Aber so viele Jahre zu warten ...« Er machte schon wieder ein Gesicht, als würde er jeden Moment losflennen.

»Sie könnten sich doch so lange in Trance versetzen«, schlug Hasselborg vor.

»Um beim Aufwachen festzustellen, daß die verdammten Sozialisten mir alle meine Fabriken geklaut haben? Nein, danke. Es ist nicht die lange Zeit – meine Ärzte haben mir versichert, daß ich noch mindestens weitere fünfundsiebzig Jahre zu leben habe –, sondern diese Spannung und Ungewißheit. Für Sie wird es nicht so lange dauern.«

»Der Fitzgerald-Effekt«, sagte Hasselborg. »Wenn Sie noch nicht aus Aleppo zurück sind, wenn ich aus London verdufte, lasse ich einen Bericht für Sie da. *Mah salâmi!*«

Viagens Interplanetarias kabelten eine Namensliste aus Barcelona durch, und Julnar Batrunis Name tauchte auf der Passagierliste der *Juruá* auf, zusammen mit den Namen von vier weiteren Londonern. Das Ziel der *Juruá* war Pluto. Von besagten Londonern war einer ein bekannter Jungfern-Soziologe, des weiteren ein untergeordneter Beamter der Weltföderation inklusive Ehefrau, und der vierte war ein Rundfunksprecher namens Anthony Fallon.

Hasselborg machte sich auf den Weg zum BBC-Gebäude, stöberte sich zum Personalchef durch und fragte diesen über Fallon aus. Er erfuhr, daß Fallon Anfang dreißig war – etwas jünger als Hasselborg selbst –, in London geboren war, verheiratet war und eine bewegte Vergangenheit als Angehöriger der Weltpolizei, Kameramann auf einer wissenschaftlichen Expedition nach Grönland, Flußpferdfarmer, Schauspieler und Cricketprofi hatte. Nein, wo er jetzt sei, wisse man bei der BBC nicht. Der Bursche habe eines schönen Tages ganz einfach das Personalbüro angerufen, gesagt, daß er den Hut nehme, und sich aus dem Staub gemacht. (Als Hasselborg nachbohrte, erfuhr er, daß das genau zwei Tage vor dem Abflug der *Juruá* von Barcelona gewesen war.) Und außerdem sei man hier eben in England, und da stehe es jedem frei, hinzugehen, wohin er wolle, ohne daß ihm gleich irgendein Bulle nachschnüffelte.

Da aus dem muffigen Personalchef nichts weiter herauszuholen war, hörte sich Hasselborg noch ein wenig bei Fallons Kollegen um. Nach und nach gelang es ihm, sich ein einigermaßen plastisches Bild von Fallon zu machen. So sikkerte durch, daß Fallon ein unermüdlicher Schürzenjäger war und sich recht wacker durch die Frauenwelt gemäht hatte; er hatte offensichtlich nicht nur ein Doppel-, sondern ein Vierfach- oder Fünffachleben geführt. Die Männer mochten seine großspurigen Reden, auch wenn sie sie nicht im geringsten ernst nahmen; andererseits fanden sie, daß er etwas von einem Miesling und Unruhestifter an sich hatte. Ein Glück, daß er endlich weg war.

Hasselborg machte sich ein paar Notizen auf seinem

Stenoblock und ging zu Fallons Adresse, die sich als eine durchschnittliche Kensington-Wohnung entpuppte. Ein hübsches blondes Mädchen öffnete ihm die Tür. »Bitte?«

Hasselborg kriegte einen Stich – das Mädchen ähnelte frappierend seiner Exfrau Marion. »Sind Sie Frau Fallon?«

»Wieso – ja. Was kann ich ...«

»Mein Name ist Hasselborg«, sagte er und zwang sich zu einem etwas verunglückten entwaffnenden Grinsen. »Darf ich Ihnen ein paar Fragen über Ihren Mann stellen?«

»Eh, nun ja – aber wer sind Sie überhaupt?«

Hasselborg überlegte blitzschnell. Er kam zu dem Schluß, daß der direkte Weg genausogut wie jeder andere war, und identifizierte sich. Der starke britische Akzent in ihrer Sprache ließ ihn ihre Ähnlichkeit mit seiner Exfrau fast vergessen. Die Frau war mittelgroß, kräftig gebaut, hatte stämmige Waden, breite Wangenknochen, ein ziemlich flaches Gesicht und eine gesunde rosafarbene Gesichtshaut.

Nach kurzem Zögern bat sie ihn herein. Das taten die meisten Leute, da in der Regel das Gefühl der Spannung, von einem dieser berühmten Wesen (einem echten Schnüffler!) ausgefragt zu werden, die spontan sich einstellende Empörung rasch besiegte. Das einzige Problem bestand darin, sie beim Thema zu halten; sie wollten immer alles mögliche von einem wissen, zum Beispiel, welche Liebesabenteuer man als Detektiv so hätte, und waren dann immer ganz enttäuscht, wenn man ihnen versicherte, daß die Schnüffelei ein höchst langweiliges, bisweilen schmutziges Geschäft war, das einen in der Regel mit einer einzigartig unausstehlichen Sorte von Menschen in Kontakt brachte.

»Nein, ich habe keine Ahnung, wohin Tony gegangen sein könnte«, begann sie. »Das einzige, was er mir sagte, war, daß er vorhätte, eine Reise zu machen. Und da er das früher schon öfter gemacht hatte, habe ich mir während der ersten ein, zwei Wochen auch keine sonderlichen Gedanken deswegen gemacht – bis ich dann dahinterkam, daß er seine Stelle aufgegeben hatte.«

»Hatten Sie jemals den Verdacht, daß er – eh – sagen

wir mal, hin und wieder so ein bißchen herumgeflirtet hat?«

Sie lächelte ein wenig gequält. »Ich bin ganz sicher, daß er das getan hat. Sie wissen schon, die üblichen Geschichten, daß er länger im Büro bleiben muß und so, und später kriegt man dann irgendwann mal heraus, daß kein Wort davon gestimmt hat.«

»Und haben Sie irgendwas dagegen gemacht?«

»Ich habe ihn zur Rede gestellt, mit dem einzigen Effekt, daß er einen Wutausbruch bekam. Tony ist schon ein sehr eigenartiger Mann.«

»Das muß er auch sein, wenn er so eine Frau wie Sie verläßt ...«

»Oh!« Sie zeigte ihm ein mißbilligendes Lächeln. »Ich befürchte, ich habe ihn ganz einfach gelangweilt. Wissen Sie, ich wollte eigentlich immer nur so ganz normale Dinge – ein gemütliches Zuhause und ein paar Kinder.«

»Was hatten Sie vor zu tun, als er diesmal wegging?«

»Ich war noch zu keinem rechten Entschluß gelangt. Irgendwie habe ich ihn auf eine gewisse Art immer noch gern, und er war wirklich wundervoll, anfangs, als ...«

»Ich verstehe. Hat er jemals eine Syrerin erwähnt, eine gewisse Julnar Batruni?«

»Nein. Zu sowas war er zu schlau. Glauben Sie, daß er mit ihr weggegangen ist?«

Hasselborg nickte.

»Wohin? Nach Amerika?«

»Viel weiter noch, Frau Fallon. Weg von der Erde.«

»Sie meinen, Millionen und Abermillionen ... oh! Dann werde ich ihn wohl niemals wiedersehen. Ich weiß nicht, ob ich erleichtert oder ...«

»Ich werde versuchen, Fräulein Batruni zu finden und sie, wenn möglich, zurückzubringen. Wollen Sie, daß ich versuche, Ihren Mann ebenfalls zurückzuholen?« (Warum, wußte er selbst nicht, aber er hatte plötzlich die Hoffnung, sie würde nein sagen.)

»Tja – nun ... das kommt jetzt alles so unerwartet. Ich

müßte erst einmal darüber nachdenken.« Ihre Stimme ver sickerte erneut.

»Haben Sie was dagegen, wenn ich mir ein paar Daten notiere?« Der Stenoblock tauchte in seiner Hand auf. »Was war Ihr Mädchenname?«

»Alexandra Garshin. Geboren 2103 in Nowgorod. Ich habe aber den größten Teil meines Lebens in London verbracht.«

»Tony ist der einzige Cockney in dem Fall«, sagte Hasselborg grinsend. Und nach ein paar weiteren Fragen: »In der Regel trenne ich ja Geschäft und Vergnügen strikt voneinander, aber es ist schon fast Zeit zum Dinner, und ich denke mir, wir könnten das Thema vielleicht besser bei einem saftigen Rentiersteak fortsetzen. Was halten Sie davon?«

»Oh! Vielen Dank. Aber ich kann Sie doch nicht so einfach ...«

»Keine Bange! Papa Batruni zahlt alles.« Hasselborg setzte eine bewußt freundliche und harmlose Miene auf und hoffte sehnlichst, daß sie auf den unvoreingenommenen Beobachter nicht wie die eines hungrigen Wolfs wirken würde – oder zumindest eines Kojoten.

Sie überlegte einen Moment und sagte dann: »Gut, ich komme mit; aber wenn Sie jemals meine Eltern kennenlernen, Herr Hess ... Hass...«

»Vic.«

»Herr Hasselborg, dann sagen Sie bloß nicht, daß ich schon so schnell mit Ihnen ausgegangen bin.«

»Cocktail?« fragte Hasselborg.

»Danke, einen Blackjack.«

»Einen Blackjack und ein Glas Mineralwasser!« rief er dem Kellner zu.

Sie hob die Augenbrauen. »Abstinenzler?«

Er lächelte schmerzlich. »Nein. Narasimachar-Behandlung.«

»Sie armer Kerl! Und Sie meinen, Sie sind wirklich so

konditioniert, daß Ihnen von einem so guten Drink schon übel wird?«

Er nickte. »Nicht nur übel, sondern traurig allein bei dem Gedanken; ich mochte das Zeug nämlich sehr. Zu sehr, wenn Sie verstehen, was ich meine.« Er hatte keine Lust, die Geschichte von seinem moralischen Kollaps nach Marions Weggang vor ihr auszubreiten. »Wenn ich einen Fall habe, bei dem ich aus beruflichen Gründen mit den Jungs trinken muß, dann habe ich immer ziemlich schlechte Karten. Aber sprechen wir lieber über Sie. Ist für Sie ausreichend gesorgt, während ich Ihren entflogenen Gemahl zwischen den mystischen Monden suche?« Er spülte mit seinem Mineralwasser eine Handvoll Pillen hinunter.

»Machen Sie sich keine Sorgen. Erstens habe ich einen Job in Aussicht, und wenn alle Stricke reißen sollten, kann ich immer noch zu meinen Eltern zurück – vorausgesetzt, ich halte ihr todsicheres ›Haben wir es dir nicht immer gesagt?‹ aus.«

Der Arzt legte die letzte Spritze mit einem Seufzer in die Schale auf dem Behandlungstisch und sagte: »So, mehr fällt mir beim besten Willen nicht ein.« Er zählte sie an den Fingern ab: »Tetanus, Typhus, Fleckfieber, Pocken, Gelbfieber, Beulenpest, Lungenentzündung, Malaria. Ein Wunder, daß Sie überhaupt noch leben, nach all den Impfungen, die ich Ihnen neulich schon verpaßt habe. Soll ich Ihnen vielleicht auch noch eine gegen Keuchhusten geben?«

Hasselborg hielt dem Blick des Arztes stand, obwohl er wußte, daß das Wort, an das er in diesem Moment dachte, *Hypochonder* hieß. »Vielen Dank, hab ich schon gehabt! Haben Sie die Rezepte fertig? Ich wünschte, ich hätte die Zeit, mir noch schnell den Blinddarm rausnehmen zu lassen.«

»Stimmt was nicht mit Ihrem Blinddarm?«

»Doch, der ist völlig in Ordnung. Mir behagt bloß der Gedanke nicht, auf einem fremden Planeten mit einem Ding im Körper rumzulaufen, das plötzlich verrückt spielen könnte. Soviel ich weiß, befinde ich mich demnächst an einem Ort, wo sie einen Finger abhacken, wenn man krank wird, um die bösen Geister rauszulassen. Und hoffentlich kriege ich keinen Ärger mit meinen Zähnen; ich hab sie erst vor kurzem nachgucken lassen.«

Der Doktor stieß einen Seufzer aus. »Da gibt es Leute, bei denen so ziemlich alles kaputt ist, was nur kaputt sein kann, und die sich einen Dreck drum scheren, mal zum Arzt zu gehen, und da kommt mir das gesundeste Individuum, das mir seit Jahren vor Augen gekommen ist, und jammert. Aber ich glaube, ich sollte Sie besser nicht entmutigen.«

Hasselborg ging hinaus nach Woolwich zum Schießplatz und trainierte eine Stunde mit der Pistole. Danach ging er zu einem Kollegen und übertrug ihm seine zwei noch anhängigen Betrugsfälle. Danach ging er zurück in seine Wohnung und wählte sich die Finger wund, bis er endlich Yussuf Batruni an der Strippe hatte, der tiefgerührt durch die Leitung schmalzte: »Oh, mein Junge, mein Junge, es ist wirklich ganz großartig von Ihnen ...«

Als nächstes holte er Alexandra Garshin-Fallon zum Dinner ab und sagte: »Unser letztes Date, Herzchen!«

»So schnell schon?«

»Ja! Ich würde auch lieber noch ein paar Schiffe abwarten, aber ich bin bloß der dritte Ingenieur meiner Seele; Joe Batruni ist der Kapitän. Ich setze Sie bei sich zu Hause ab, sobald wir unsere Hauer wieder eingezogen haben, und dann gehe ich nach Hause und packe.«

»Dann komme ich mit und helfe Ihnen.«

»Tut mir leid, aber das mache ich lieber allein.« Er lächelte, als er ihren verletzten Blick sah. »Ich kann Sie nicht dabeihaben – Berufsgeheimnis, wenn Sie verstehen.«

»Oh!«

Er wußte selbst, daß das nicht der wahre Grund war. Der wahre Grund war, daß er anfing, sich in sie zu verlieben, und er war nicht sicher, ob er sich aufs Packen konzentrieren konnte, wenn ...

Schon ganz gut, daß ich weg muß, dachte er. Plötzlich schmeichelte sich der Gedanke in sein Bewußtsein, daß es ein leichtes wäre, Fallon und seine Angebetete beim besten Willen nicht zu finden und dann wiederzukommen und Alexandra ganz für sich allein zu haben. Aber nein! Er betrachtete sich zwar nicht gerade als einen Ausbund an Edelmut, aber er hatte immer noch seine Prinzipien. Und obwohl er im Lauf seiner Karriere so ziemlich alle Missetaten erlebt und zum Teil selbst begangen hatte, deren der Mensch fähig war, ließ er nicht mit sich reden, wenn es um das Stehlen von Ehefrauen ging. In diesem Punkt war er höchst allergisch. Mit Grund.

Er legte auf sein Bett eine Webley & Scott Sechsmillimeter-Pistole mit zwanzig Schuß, ein Paar Schlagringe, ein Paar Handschellen, eine Pocketkamera, einen WF-Polizei-Standardfingerabdruckrecorder, ein Kugelschreiberblitzlichtgerät, ein Zweiwegtaschenradio, einen tragbaren Drahtempfänger, eine kugelsichere Weste, ein Infrarot-Sichtgerät, einen Satz Kapseln mit verschiedenen Gasen und Sprengstoffen, mit denen er so ziemlich alles vom Einschläfern eines Saales bis zum Aufknacken eines Safes bewerkstelligen konnte, einen Dietrich, einen Vorrat an Zigarren, ein Notizbuch und Pillen: Vitaminpillen, Mineralpillen, welche für Langlebigkeit, welche gegen Kopfschmerzen, Verstopfung und Erkältung; dazu Munition für seine gesamte Ausrüstung: Patronen, Kamerafilme, Notizbucheinlagen etc. etc. Die wertvollsten und wichtigsten Gegenstände stopfte er sich in die Taschen, bis sein Anzug fast aus den Nähten platzte. Den Rest packte er in den Koffer.

Alexandra kam hinaus nach Waddon, um ihm auf Wiedersehen zu sagen. »Ich wollte, ich könnte mitkommen!« lautete ihre Begrüßung.

Da er annahm, sie sei ahnungslos, daß sie damit das Messer in der Wunde drehte, lächelte er freundlich. »Fast wünsche ich mir das auch. Aber das geht natürlich nicht. Jedenfalls werde ich an Sie denken. Und wenn Sie die Nase davon voll haben, auf Tony und mich zu warten, dann können Sie ja immer noch in Trance gehen oder ...« Er wollte sagen: Fallon Fallon sein lassen und Ihrer eigenen Wege gehen ... aber im letzten Moment konnte er sich noch bremsen.

»Ich hab was im Auge.« Sie brachte ein Taschentuch zum Vorschein, das kaum größer war als eine Briefmarke, und tupfte sich vorsichtig das Auge. »Schon wieder weg.«

»Eh – könnte ich das Taschentuch haben?«

»Wofür?«

»Eh ... einfach so ... eh ... einfach so zum Mitnehmen.« Er grinste, um seine Verlegenheit zu überspielen. »Im Frühling, wenn die Bäum' ausschlagen, will ich versuchen, Dir's zu sagen; im Sommer, wenn die Sonne glüht, verstehst du dann vielleicht mein Lied.«

»Aber Victor, Sie sind ja richtig sentimental!«

»Uh-huh, aber nicht weitersagen. Könnte meinen Ruf ruinieren.« Beim Händeschütteln mußte Hasselborg sich ziemlich zusammennehmen, um seine Pose argloser Genialität aufrechtzuerhalten. »Auf Wiedersehen, Alexandra!«

Die Maschine nach Barcelona zischte den Katapultstreifen hinunter und hob an, in eine dichte Rauchwolke gehüllt.

2

Als Hasselborg während des Flugs nach Barcelona über den Fall nachdachte, kam ihm der Gedanke, daß das flüchtige Paar vielleicht eine Art Bäumchen-wechsel-dich-Spiel inszeniert hatte, zum Beispiel, indem es nach der Ankunft auf Pluto mit einem anderen Paar die Identität getauscht hatte und dann unter falschem Namen zu irgendeinem der inneren Planeten weitergeflogen oder womöglich sogar zur Erde zurückgekehrt war. Mit diesem Trick durchzukommen, war kein Problem, denn ihre Fingerabdrücke würden nicht mehr verglichen werden, sobald sie erst einmal in Barcelona abgeflogen waren. Und da er keine große Lust verspürte, Jahre damit zu verbringen, ihnen durch die gesamte Galaxis hinterherzujagen, als wären sie ein Paar ziemlich unheiliger Grale, rief er gleich nach seiner Ankunft in Barcelona die Detektei Montejo und Durruti an und beauftragte sie, bis auf weiteres alle eintreffenden Schiffe zu überwachen.

Danach schickte er eine Karte an Alexandra (nicht gerade der übliche Kundendienst, dachte er, als er sie einwarf; aber wer weiß, ob er noch lebte, wenn er wiederkäme) und ging an Bord der *Coronado.*

An Bord befanden sich außer Victor Hasselborg, der mit einem gewissen Chuen Liao-dz die Koje teilte, noch neun weitere Passagiere. Sie alle wurden in das winzige Passagierabteil in der Nase des Schiffes gepfercht, unterhalb der Kontrollräume und oberhalb der Frachträume und der riesigen Treibstofftanks, die zusammen mit den Antriebsaggregaten neun Zehntel des gesamten Schiffsraums beanspruchten.

Nach einem erfolglosen Versuch, seine Sachen zur gleichen Zeit auszupacken, wie Chuen seine auspackte, sagte Hasselborg: »Hören Sie, ich schlage vor, ich lege mich auf die Koje, während Sie Ihre Sachen auspacken; und danach machen wir's andersherum.«

»Okay«, erwiderte Chuen, ein kleiner dicker plattgesichtiger Mann mit dichtem schwarzen Haar, das allmählich zu ergrauen begann. »Sie drehen Kurbel am Ende Ihrer Koje, und Ende kommt hoch wie ein Krankenhausbett. Was ist Ihr Beruf, Mister Hasselborg?«

»Versicherungsdetektiv. Und Ihrer?«

»Eh – ich bin ökonomischer Beauftragter der chinesischen Regierung. Eine sehr langweilige Person, kann ich Ihnen versichern. Ihre erste Reise?«

»Uh-huh.«

»Dann – eh – ich vermute, Sie kennen Ihre Instruktionen für Start?«

»Sicher. Hinlegen, wenn ich die Warnglocke höre, etc.«

»Das ist richtig. Sie finden Trainings- und Bewegungsabteil erste Tür rechts durch Korridor. Besser, Sie melden sich schon im voraus für eine Stunde von vierundzwanzig an. Sonst werden Sie vor Langeweile verrückt.«

Damit hatte er nicht übertrieben. Da jeder Kubikzentimeter des Schiffes voll mit Beschlag belegt war, gab es weder Luken, durch die man einen Blick nach draußen hätte werfen können, noch Decks zum Herumschlendern. Selbst die paar Passagiere speisten in zwei Schichten in dem winzigen Raum, der ansonsten als Aufenthaltsort für die Hälfte der Passagiere diente, die das Glück gehabt hatten, einen Platz zu ergattern.

Als das Schiff die Umlaufbahn verlassen und die Beschleunigung auf 1,25 g zurückgenommen hatte, spielte Hasselborg Karten, stemmte ein bißchen Gewichte im Trainingsabteil (das gerade groß genug war, um sich beim Stemmen nicht die Fingerknöchel an der Decke aufzuschaben) und beschnüffelte ein wenig seine Mitpassagiere. Ein paar erwiesen sich als redselig und schnell durchschaubar, andere waren verschlossen und schweigsam. Sein Kojengefährte Chuen war dagegen auf seltsame Weise schwatzhaft und verschlossen zugleich. Als er ihn fragte, welcher Art denn die Mission sei, auf der er sich befinde, erhielt er die vage Antwort:

»Eh – ich erkunde Möglichkeiten für Import und Export hochwertiger Waren. Nein, nichts Bestimmtes; ich muß an Ort und Stelle entscheiden. Wir interessieren uns nur für Waren von höchster Qualität, müssen Sie wissen ...«

Hasselborg entschied – mehr spaßeshalber als im Ernst –, daß Chuen in Wirklichkeit ein Zivilagent entweder der Chinesen oder der WF war. Wenn das tatsächlich stimmte, dann würde es natürlich nicht viel nützen, wenn er sagen würde: »Mal ehrlich, sind Sie nicht in Wirklichkeit Bulle?« Einer der eher nervenden Aspekte seines Jobs war es, daß man immer soviel Zeit dafür verschwenden mußte, den Nichtsahnenden zu mimen.

Dieses nervtötende, monotone Halbleben (lediglich unterbrochen von Phasen dumpfen Halbschlafs und von der Glocke, die den trägen Appetit daran erinnerte, daß es wieder mal Zeit war für eine Mahlzeit) dehnte sich tagelang zäh dahin, bis die Warnglocke das Zeichen gab, daß man sich Pluto näherte. Ein paar Stunden danach ließ der Dezelerationsdruck nach, und aus dem Lautsprecher in der Wand quäkte es: *»Passageiros sai, por favor!«*

Den Koffer in der Hand, folgte Hasselborg Chuen die geschlossene Gangway hinunter, die man an das Schiff herangefahren hatte. Wie gewöhnlich gab es nichts zu sehen; Raumfahrt war sicherlich nichts für einen, der an Klaustrophobie litt. Die Gangway schwankte sanft unter dem Gewicht der hinabsteigenden Passagiere.

Eine Luftschleuse schloß sich hinter ihnen, und ein junger Mann nahm hinter einem kleinen Tisch Platz, um die Passagierliste zu überprüfen. Hasselborg gab ihm seinen Paß und sagte: *»Tenha a bondade, senhor,* und sagen Sie mir, wo ich Ihren Vorgesetzten finden kann.«

Während der Inspektor sein Gepäck kontrollierte, stellte Hasselborg sich dem Hauptpassagieragenten vor, der wie fast alle Viagens-Leute Brasilianer war. Dabei ging ihm ein Gedanke durch den Kopf: Obwohl die Viagens eine öffentliche, im internationalen Besitz befindliche Gesellschaft waren, bei der alle Posten strikt nach beamtenrechtlichen Kriterien besetzt wurden, hatten die Bürger der Weltführungsmacht noch immer einen unverhältnismäßig hohen Anteil dieser Posten inne – zumal der höheren.

Der Agent bestand höflich darauf, mit Hasselborg Englisch zu sprechen, während dieser, um sich nicht ausstechen zu lassen, seinerseits darauf beharrte, mit dem Agenten das allgemein übliche Brasilo-Portugiesisch der Raumfahrt zu sprechen. Hasselborg, der sich in dem kleinen Duell als erster geschlagen gab, fragte:

»Soviel ich weiß, sind zwei Passagiere namens Fallon und Batruni mit der *Juruá* eingetroffen. Ist das richtig?«

»Lassen Sie mich überlegen – oder warten Sie, ich kann ja mal die Liste durchgehen. Batruni – war das nicht dieses wunderschöne Mädchen mit dem dunklen Haar?«

Hasselborg hielt dem Agenten ein Foto hin. »Ah ja, das ist sie. *O Glória Pátri*, welch eine Frau! Was wollen Sie von ihr?«

Hasselborg grinste. »Nicht, was Sie denken, Senhor Jorge. Ist sie noch hier?«

»Nein.«

»Hätte ich mir denken können. Und wohin ist sie weitergereist?«

Die Augen des Agenten nahmen plötzlich einen wachsamen Ausdruck an. »Wenn Sie so freundlich wären, mir zu sagen, worum es geht ...«

Hasselborg räusperte sich. »Nun, Fräulein Batruni hat einen Vater, der sich Sorgen um sie macht und sie gern wieder zurückhaben möchte, und Herr Fallon hat eine Ehefrau, die sich vielleicht nicht ganz so viele Sorgen macht und vielleicht auch nicht ganz so scharf darauf ist, daß er zurückkommt, aber die trotzdem wenigstens wissen möchte, wo er abgeblieben ist. Und allem Anschein nach sind die beiden wohl nicht nur hergekommen, um den Anblick des Sonnensystems zu genießen. Kommen Sie mit?«

»Aber – aber Fräulein Batruni ist volljährig; sie kann gehen, wohin sie will.«

»Das ist hier nicht der springende Punkt. Wenn sie gehen

kann, wohin sie will, dann steht es mir auch frei, ihr zu folgen. Wohin ist sie gegangen?«

»Das möchte ich Ihnen lieber nicht sagen.«

»Das werden Sie aber müssen, mein lieber Freund. Sie haben nicht das Recht, mir eine derartige Information zu verweigern, und ich werde ein Riesenfaß aufmachen, wenn ...«

Der Agent seufzte. »Ich weiß, Sie haben ja recht. Aber es verstößt wirklich gegen alle Traditionen der Liebesromanze. Versprechen Sie mir, daß Sie diese zauberhafte Intrige nicht kaputtmachen, wenn Sie sie finden?«

»Nichts dergleichen werde ich versprechen. Ich werde dem Mädchen schon keine Handschellen anlegen und es mit einer Knarre im Rücken auf die Erde zurückbugsieren, wenn es das ist, was Sie meinen. Also, wohin ...«

»Sie sind nach Krishna weitergereist«, seufzte der Agent.

Hasselborg pfiff leise durch die Zähne. Soweit er sich erinnerte, hatten von sämtlichen bekannten bewohnten Planeten die Bewohner von Krishna die größte Ähnlichkeit mit den Erdbewohnern. Das machte die Sache für ihn natürlich um so schwerer, weil die beiden Ausreißer direkt vom Raumhafen aus ohne Sauerstoffmasken oder sonstige Spezialausrüstung das Weite suchen und sich unauffällig unter die Eingeborenen mischen konnten.

Laut sagte er: »*Obrigado!* Wann geht das nächste Schiff nach Krishna?«

Der Agent warf einen Blick auf die Weltzeituhr an der Wand. »In zwei Stunden und vierzehn Minuten.«

»Und das übernächste?«

Senhor Jorge schaute auf die Tafel. »In sechsundvierzig Tagen.«

»Und wann trifft es auf Krishna ein?«

»Meinen Sie jetzt die Schiffszeit oder die Sonnensystemzeit?«

Hasselborg schüttelte den Kopf. »Ich glaube, damit komme ich nie klar. Sagen wir, beide.«

»Schiffszeit – das heißt also *subjektive Zeit* –, nun, danach kommen Sie in genau neunundzwanzig Tagen an. Nach der Sonnensystemzeit, der *objektiven Zeit* also, in tausendvierhundertsiebenundneunzig Tagen.«

»Dann haben Fallon und Fräulein Batruni wieviel Tage Vorsprung vor mir?«

»Nach Krishna-Zeit ungefähr hundert Tage.«

»Da soll noch einer durchblicken! Sie behaupten also, sie starten sechzehn Tage vor mir, ich wiederum brauche neunundzwanzig Tage, um ihnen zu folgen, und komme hundert Tage nach ihnen an? Aber das geht doch gar nicht!«

»Tut mir leid, aber mit dem Fitzgerald-Effekt geht das sehr wohl. Sie sind nämlich mit der *Maranhão* geflogen, einem der neuen Postschiffe mit einem ganz neuartigen Antrieb.«

Hasselborg schauderte. »Eines Tages macht noch mal einer eine Rundreise mit einem Ihrer Schiffe und kommt früher an, als er abgeflogen ist!«

Währenddessen überlegte er: Auf einen unbekannten Planeten zu fliegen, erfordert mehr Vorbereitung, als ich in ein paar Stunden schaffen kann. Andererseits kann ich mir Batrunis Reaktion vorstellen, wenn ich jetzt zur Erde zurückkomme, um erst einmal monatelange Vorkehrungen zu treffen. Der würde mich in der Luft zerreißen. Also schön, fliege ich nach Krishna! Für das Honorar, das er mir zahlt, ist es einen Versuch wert. Kurzentschlossen fragte er:

»Ist auf dem Schiff, das gleich abfliegt, noch eine Kabine frei?«

»Muß ich nachfragen.« Der Agent rief seinem Kollegen hinter dem Schalter etwas zu, und nach einem kurzen, nasal klingenden Wortwechsel wandte er sich wieder zu Hasselborg um. »Ja, sogar zwei.«

»Gut. Ich nehme eine davon. Haben Sie eine Bücherei mit Informationen über Krishna?«

Senhor Jorge zuckte mit den Schultern. »Keine besonders gute. Wir haben den *Astronautenführer* und eine Enzyklopädie auf Mikrofilm. Ein paar unserer Leute haben ihre eigenen Bücher, aber es würde wohl zu lange dauern, bis ich sie aufgetrieben hätte. Möchten Sie sehen, was wir haben?«

»Okay, zeigen Sie's mir! Außerdem würde ich gern einen Blick auf die Passagierliste der *Maranhão* werfen, um die Unterschriften zu vergleichen.« Der wahre Grund war indessen, daß er sich noch einmal versichern wollte, daß dieser ausgediente Lüstling ihn in seinem Bestreben, die ach, so ›zauberhafte Intrige‹ zu schützen, nicht doch übers Ohr hauen wollte.

Die Liste stimmte jedoch mit den Angaben des Agenten überein. Zu seinem Bedauern mußte Hasselborg feststellen, daß die Bücherei nicht besonders informativ war. Er erfuhr, daß die Oberflächenschwerkraft Krishnas 0,92 g betrug, der atmosphärische Druck 1,34 A, mit einem Teildruck von 0_2, der 1,10mal höher war als der der Erde – mit einem hohen Anteil an Helium. Die Bewohner waren endoskelettale, bisexuelle, eierlegende, zweifüßige Organismen, die dem Menschen so stark ähnelten, daß man mit ein bißchen Geschick und einigen geringfügigen kosmetischen Korrekturen problemlos als Krishnaner durchgehen konnte. Tatsächlich waren sogar schon Ehen zwischen Angehörigen beider Gattungen zustande gekommen, wenn auch ohne sichtbares Ergebnis. Die Krishaner hatten eine prämechanische Kultur, die charakterisiert war von Archaismen wie Krieg, Nationalstaaten, Epidemien, Vererbbarkeit von gesellschaftlichem Status und Privatbesitz an Bodenschätzen und natürlichen Ressourcen. Der Planet selbst war etwas größer als die Erde, jedoch von einer geringeren Dichte und mit einem proportional höheren Anteil von Land an der Gesamtoberfläche, so daß die gesamte krishnanische Landoberfläche fast dreimal so groß wie die der Erde war.

Senhor Jorge kam zur Tür herein. »Sie sollten jetzt besser kommen, Herr Hasselborg! Sie haben nur noch zwanzig Minuten Zeit. Hier ist Ihr Paß.«

»Eine Minute noch!« rief Hasselborg, wobei er von seinem Lesegerät aufschaute und nach seinem Kugelschreiber griff. Hastig kritzelte er drei Briefe und bat den Agenten, sie mit dem nächsten Schiff zur Erde zu schicken: einen an Montejo und Durruti mit dem Auftrag, die Überwachung einzustellen, und je einen an Yussuf Batruni und Alexandra Fallon mit der kurzen Mitteilung, wohin er weiterreiste und warum.

Als erstes sprang ihm an Bord des Schiffes ins Auge, daß die Räumlichkeiten noch beengter waren als auf dem Schiff von Barcelona nach Pluto. Diesmal hatte er nicht nur Chuen Liao-dz als Kabinengenossen, sondern zusätzlich noch eine nicht mehr ganz taufrische Dame aus Boston, die ob der Vorstellung, ihre Kabine mit zwei Herren teilen zu müssen, alles andere als begeistert war. Sei froh, daß ich nicht Anthony Fallon heiße! dachte Hasselborg grimmig beim Anblick ihres angewiderten Gesichts. Dann hättest du wirklich Grund, dir Sorgen zu machen.

Sie kamen an.

Anders als auf Pluto war die Gangway offen; die milde, feuchte Luft Krishnas strömte ihm entgegen, als er ins Freie trat. Nur selten gaben die mächtigen Wolkenberge, die in majestätischer Prozession über den grünlichen Himmel zogen, einen Blick auf die große gelbschimmernde Sonne frei. Sogar die Vegetation wurde fast ausschließlich von der Farbe Grün beherrscht, unterbrochen hier und da von ein paar braunen Flecken. Als er die Gangway hinunterstieg, konnte er in der Ferne die hohe graue Mauer sehen, die die Grenze von Novorecife bildete. Sie schlängelte sich wie ein dünner grauer Wurm durch die wellige Ebene.

Der nächste Gegensatz zu Pluto war weniger angenehm. Ein Beamter in einer Prunkuniform trat ihnen entgegen und rief:

»Faça o favor, die Passagiere, die nach Ganesha und Vishu weiterreisen, bitte in diesen Raum! Die auf Krishna bleiben, bitte hier herein. Und bitte immer schön der Reihe nach! Ihr Gepäck stellen Sie bitte geöffnet neben sich auf den Boden.«

Hasselborg gewahrte etwas, das aussah wie ein Röntgenfluoroskop und das sich über die gesamte Länge der gegenüberliegenden Seite des Raums erstreckte. Weitere Uniformierte tauchten jetzt auf. Ein Teil von ihnen begann mit mikroskopischer Sorgfalt das Gepäck und die Kleidungsstücke zu kontrollieren, während der Rest die Passagiere der Reihe nach in den Korridor zwischen das Röntgengerät und das Fluoroskop bugsierte, um sich deren Innereien ein bißchen anzuschauen. Ein paar Passagiere murmelten etwas von »Unverschämtheit« und dergleichen, besonders die nicht mehr ganz so taufrische Dame aus Boston, die offenbar an die Methoden der Viagens nicht gewohnt war.

Der Uniformierte, der Hasselborgs Gepäck zugeteilt war, hatte kaum mit seiner Arbeit begonnen, als er auch schon aufsprang, als hätte ihn jemand mit einer Stecknadel gepiekst. »Alô! Was haben wir denn da?« Er hatte die Kleidungsstücke beiseite geschoben und war auf die Ausrüstung in Hasselborgs Koffer gestoßen.

Sofort sah Hasselborg sich von vier Uniformierten umrahmt, von denen zwei ihn höflich, aber bestimmt aufforderten mitzukommen, während die anderen beiden sich seines Gepäcks bemächtigten und dem Trio zum Ende des Raums folgten. Dort angekommen, schoben sie ihn mit sanfter Gewalt in ein Büro mit einem dicken Mann, der hinter einem Schreibtisch saß. Alle fünf redeten so schnell miteinander, daß Hasselborg trotz seiner respektablen Portugiesischkenntnisse kaum ein Wort mitbekam. Einer der Uniformierten machte eine Leibesvisitation und stieß aufgeregte Laute aus, als er die Pistole, die Kamera und die anderen geheimnisvollen Gerätschaften entdeckte.

Der Dicke, dessen Name laut dem Schild auf seinem Schreibtisch Cristôvão Abreu – Sicherheitsoffizier lautete, lehnte sich in seinem Drehstuhl zurück und sagte: »Können Sie mir bitte sagen, was das soll, Senhor?«

»Und können Sie *mir* vielleicht auch sagen, was das soll, Senhor?« entgegnete Hasselborg sauer. »Soll ich vielleicht die Hacken zusammenschlagen und salutieren? Wieso zerren Ihre Leute mich durch die Halle, als wäre ich ein Schwerverbrecher? Wie kommen Sie dazu, ankommende

Passagiere wie eine Herde Stiere zu behandeln, die zum Schlachthof geführt wird? Was ...«

»Beruhigen Sie sich, mein Freund! Und brüllen Sie mich gefälligst nicht so an; damit machen Sie Ihr Verbrechen nicht ungeschehen.«

»Verbrechen? Was für ein Verbrechen?«

»Das sollten Sie eigentlich wissen.«

»Tut mir leid, mein Freund, aber ich bin mir keiner Schuld bewußt. Meine Papiere sind in Ordnung, und ich bin auf einer völlig legalen ...«

»Das ist es ja auch nicht! Aber das da!« Der Dicke zeigte auf den Drahtempfänger und auf die anderen Geräte, als handelte es sich um Leichenteile.

»Was ist denn damit nicht in Ordnung?«

»Wissen Sie denn nicht, daß das Konterbande ist?«

»*Maõ do Deus!* Natürlich wußte ich das nicht! Können Sie mir erklären, wieso?«

»Wissen Sie denn nicht, daß der Interplanetarische Rat strikt verboten hat, Maschinen oder sonstige Erfindungen nach Krishna einzuführen? Sagen Sie mir bloß nicht, davon hätten Sie noch nie was gehört!«

»Habe ich tatsächlich nicht.« Hasselborg erzählte ihm mit ein paar Worten von seiner überhasteten Abreise von Pluto, die ihm keine Zeit gelassen hätte, sich näher über die Einreisebedingungen nach Krishna zu informieren. »Und wieso sind diese Geräte hier verboten?«

Abreu zuckte mit den Achseln. »Ich achte lediglich darauf, daß die Vorschriften eingehalten werden; gemacht habe ich sie nicht. Ich glaube, diese Politik hat einen gewissen sozialen Grund – nämlich die Krishnaner davor zu bewahren, daß sie sich zu schnell gegenseitig umbringen, bevor ihre Kultur in bezug auf Gesetzwesen und Regierungsform weiter fortgeschritten ist. Und da kommen Sie daher mit Gerätschaften, die ausreichen, ihre ganze Existenz zu revolutionieren! Ich muß wirklich sagen ... Nun, ich kenne meine Pflicht. Mauriceu, haben Sie ihn sorgfältig durchsucht? Dann bringen Sie ihn jetzt zur weiteren Überprüfung in

Góis' Büro.« Ohne Hasselborg eines weiteren Blickes zu würdigen, widmete Abreu sich wieder seinen Papieren, mit einer Miene, als hätte er gerade ein lästiges Insekt zwischen den Fingern zerquetscht.

Julio Góis, seines Zeichens stellvertretender Sicherheitsoffizier, entpuppte sich als ein gutaussehender junger Mann mit einem strahlenden Lächeln. »Tut mir leid, daß Sie solchen Ärger hatten, Mr. Hasselborg, aber Sie haben dem alten Herrn mit ihren Apparaten einen fürchterlichen Schock versetzt. Vor zehn Jahren hat einmal ein Besucher das Küssen in Krishna eingeführt, und das ausgerechnet, als Abreu gerade im Dienst war. Seine Aufregung darüber hat sich bis heute nicht ganz gelegt. Er ist seitdem, was diesen Punkt betrifft, ziemlich empfindlich. So, wenn Sie mir jetzt bitte ein paar Fragen beantworten wollen ...«

Eine Stunde später sagte Góis: »Ihre Papiere sind, wie Sie gesagt haben, in Ordnung, und ich bin geneigt, Ihnen dahingehend zuzustimmen, daß Sie wahrscheinlich nicht versucht hätten, Ihre Geräte derart offen einzuschmuggeln, wenn Sie etwas von den Bestimmungen geahnt hätten. Ich werde Sie also laufenlassen. Ihre Sachen werden wir allerdings beschlagnahmen müssen. Behalten dürfen Sie die kleine Keule, den Schlagring, das Notizbuch, den Kugelschreiber, das Messer ... Nein, Augenblick, den Kugelschreiber nicht, das ist ein kompliziertes mechanisches Gerät! Sie können statt dessen genausogut einen gewöhnlichen Holzbleistift benutzen. Nein, den Brustpanzer müssen Sie ebenfalls hierlassen, weil er aus einer dieser tollen neuen Legierungen gemacht ist. So, mehr darf ich Ihnen nicht gestatten.«

»Huh«, sagte Hasselborg, »und wie soll ich diese Leute schnappen, so ganz ohne mein Handwerkszeug?«

Góis zuckte mit den Achseln. »Sie werden wohl Ihr Gehirn benutzen müssen.«

Hasselborg rieb sich die Stirn, als wollte er besagtes Organ in Schwung bringen. »Dann kann ich ja gleich mal üben: Wissen Sie, mit welchem Ziel Fallon und Miß Batruni von Novorecife aus aufgebrochen sind?«

»Sie wollten nach Rosíd im Fürstentum Rúz, welches eine Kolonie des Königreiches Gozashtand ist. Hier ist eine Landkarte ...« Góis tippte mit dem Finger auf den grünen Flecken, der Novorecife symbolisierte, den Außenposten der Viagens, und fuhr langsam mit dem Finger nach Norden.

»Reisen die beiden unter Decknamen?«

»Das weiß ich nicht. Jedenfalls haben sie es mir nicht auf die Nase gebunden.«

»Was braucht man alles, wenn man in Krishna herumreisen will?«

»Landesübliche Kleidung, Waffen und Transportmittel. Unser Friseur kann Ihnen die Antennen dranmachen und die Haare färben. Als was wollen Sie denn gehen?«

»Wie meinen Sie das?« fragte Hasselborg.

»Sie können nicht einfach so herumreisen, so ganz ohne jede Staffage, sonst werden Sie womöglich für einen terranischen Spion gehalten und umgebracht. Sie brauchen eine Verkleidung. Die meisten Herrscher in der näheren Umgebung sind uns freundlich gesonnen, aber das gemeine Volk ist dumm und reizbar, und außerhalb von Novorecife können wir kaum was für Sie tun. Sobald Sie aus Novorecife heraus sind, waschen wir unsere Hände in Unschuld. Es sei denn, Sie mißachten die Vorschriften über Maschinen und Erfindungen.«

»Was schlagen Sie mir denn als Tarnung vor? Ich könnte als Versicherungsvertreter auftreten oder als Telelog-Mechaniker, oder vielleicht auch als ...«

»*Os santos, no!* Es gibt hier weder Versicherungen noch Rundfunk. Sie müßten schon als etwas auftreten, was es gibt, zum Beispiel als Palmer ...«

»Als *was,* bitte?«

»Als Palmer. Ein religiöser Pilger. Aber das könnte Sie womöglich in religiöse Streitgespräche verwickeln. Welcher Kirche gehören Sie an?«

»Reformierte Atheisten.«

»Eben. Ein paar der terranischen Religionsgemeinschaften existieren nämlich auch hier auf Krishna. Es waren schon ein paar Missionare hier, bevor der Bann in Kraft trat. Wie wär's, wenn wir aus Ihnen einen Troubadour machen?«

»Alles, nur das nicht! Wenn ich singe, erbleicht der stärkste Mann, Frauen fallen in Ohnmacht, und Kinder rennen schreiend davon.«

»Ich hab's! Sie gehen als Porträtmaler!«

»Wie bitte?« Hasselborg schoß hoch wie von der Tarantel gestochen. Er war drauf und dran zu sagen, daß er alle Maler haßte. Aber das hätte zwangsläufig zu der Erläuterung geführt, daß seine frühere Frau mit einem Exemplar dieser Gattung durchgebrannt war, um den Rest ihres Daseins in einem Schuppen an der kalifornischen Küste zu fristen. Statt dessen sagte er: »Außer ein paar Dächern habe ich in den letzten Jahren nichts gemalt.« (Bei seinem Eintritt in die Fahndungsabteilung war er unter anderem auch im Zeichnen ausgebildet worden, aber er zog es vor, das lieber für sich zu behalten.)

»Oh, Sie brauchen nicht gut zu sein! Die krishnanische Kunst ist vorwiegend geometrisch, und ihre Porträts sind, an Ihrem Standard gemessen, so schlecht, daß Sie geradezu eine Sensation sein werden.«

»Würden sie meine Technik denn nicht als exotisch empfinden?«

»Doch, aber das macht nichts. Im Gegenteil: Die terranische Maltechnik ist zur Zeit in Gozashtand der letzte Schrei. Der Rat hat schließlich nicht beschlossen, auch die schönen Künste der Erde von Krishna fernzuhalten. Nehmen Sie sich ein paar Tage Zeit, um ihre Malkünste zu trainieren und Gozashtandou zu lernen; inzwischen lassen Sie sich Ihre Staffage anfertigen. Wie ich aus Ihrem Kreditbrief ersehen kann, können Sie sich das Beste vom Besten leisten. Ich werde Ihnen ein Empfehlungsschreiben an den Dasht von Rúz mitgeben ...«

»Dem was wovon?«

»Sie würden es wohl als so eine Art Baron bezeichnen. Er heißt Jám bad-Koné und ist Vasall des Dour von Gozashtand.«

»Hören Sie«, sagte Hasselborg, »lassen Sie mir wenigstens meine Pillen! Schließlich muß ich bei Gesundheit bleiben, und niemand wird erfahren, was sie enthalten. Sie verstehen?«

Góis lächelte. »Na schön, ich denke, wir können Ihnen die Pillen lassen.«

Als Hasselborg in den Friseursalon kam, sah er, daß sein Kabinengenosse Chuen in dem Stuhl vor ihm saß. Der Friseur hatte ihm die Haare bereits in einem giftigen Grün gefärbt und war gerade dabei, ihm mit Hilfe von zwei kreisrunden fleischfarbenen Haftscheiben ein Paar künstlicher Antennen auf die Stirn zu kleben. Die Haftscheiben paßten sich in Farbe und Struktur so gut der Haut an, daß man beim besten Willen nicht erkennen konnte, wo sie aufhörten und wo die Haut anfing.

»Die halten mindestens einen Monat«, sagte der Friseur zu Chuen. »Aber ich gebe Ihnen noch einen Reservesatz Haftscheiben mit, damit Sie sie wieder ankleben können, falls sie sich wider Erwarten lockern sollten. Und vergessen Sie nicht, daß Sie Ihr Haar hinten etwas länger wachsen lassen müssen.«

Jetzt fiel Hasselborg auch auf, daß der Friseur künstliche Spitzen auf Chuens Ohren geklebt hatte, so daß der arme Kerl fast aussah wie ein leicht überfütterter Siamkater.

»Hallo, Chuen! Sie wollen sich also auch unter die Eingeborenen mischen?«

»So ist es. Welche Richtung Sie nehmen?«

»Wie ich hörte, sollen sich meine Kunden Richtung Norden aufgemacht haben. Und Sie, wohin gehen Sie?«

»Ich weiß noch nicht. Wissen Sie, ich fürchte, grünes Haar steht mir nicht.«

»Seien Sie froh, daß sie hier nicht diese Heuhaufen-Perücken tragen, wie sie auf der Erde zur Zeit von Jakob dem Zweiten Mode waren. Zieh blank, Schurke, und nimm dies!« Hasselborg zückte einen imaginären Degen und machte ein paar Fechtbewegungen.

Gozashtandou erwies sich als eine leicht zu erlernende Sprache für einen Mann, der schon ein Dutzend sprach. Die Vormittage verbrachte Hasselborg damit, auf dem Rücken eines Aya mit mehr oder weniger begeistertem Gesicht den Reitplatz zu umkreisen, begleitet von einem Viagens-Mann, der mit nicht minder begeistertem Gesicht neben ihm hertrottete und ihn beharrlich mahnte, die Ellenbogen einzuziehen, die Fersen geradezuhalten etc. Die Biester hatten eine unangenehm holprige Gangart: Dadurch, daß der Sattel direkt über dem mittleren Beinpaar saß, hatte Hasselborg das Gefühl, bei jedem Schritt einen Stoß ins Rückgrat zu bekommen. Als er erfuhr, daß der Aya, auf dem er seine Reitübungen machte, auch zum Ziehen einer Kutsche ausgebildet war, kaufte er sofort einen leichten vierrädrigen Karren mit einer Sitzbank für zwei Personen. Er dachte daran, daß man zwei oder drei Jahrhunderte früher ausschließlich mit solchen Fahrzeugen gefahren war und daß es dafür alle möglichen Namen gegeben hatte, die heute nur noch Altertumsforschern bekannt waren. Zumindest waren auf lange Sicht ein Aya und ein Karren genauso billig und zweckdienlich wie ein Aya zum Reiten und ein zweiter, der seine Ausrüstung schleppte – und bequemer war die Kutsche allemal.

Nachmittags pflegte er ein bis zwei Stunden mit einem weiteren Viagens-Mann Fechten zu üben. Dieser schwang eine Schwertatrappe und brüllte: »Nein, nein, so nicht! Immer führen Sie die Klinge viel zu weit!«

»Aber so machen sie's doch im Kino auch immer!«

»Versuchen sie im Kino, jemanden umzubringen? Nein! Sie versuchen, dem Zuschauer einen Schauer über den Rücken zu jagen. Das ist was ganz anderes ...«

Zusammen mit Chuen übte er krishnanische Konversation und Tischmanieren. Die Hauptwerkzeuge waren ein Paar kleiner Spieße, die man wie Eßstäbchen halten mußte. Natürlich war Chuen hier ganz immens im Vorteil. Góis lief in dem Bmühen, nicht in schallendes Gelächter auszubrechen, puterrot an, als er Hasselborgs klägliches Gefummel sah.

»Nun lachen Sie schon endlich!« sagte Hasselborg. »Ich finde, der Rat könnte wenigstens zulassen, daß wir ihnen Messer und Gabel zeigen.«

Góis zuckte mit den Schultern. »Seit der Tabak den Planeten erobert hat, ist der Rat in diesen Fragen äußerst pingelig, *amigo meu*. Viele meinen, daß der Rat ein bißchen sehr übertreibt, wenn er sagt, daß wir diese Leute geradezu zum Kriegführen herausfordern, wenn wir ihnen Messer und Gabel geben, aber ...«

»Sind die Krishnaner denn wirklich so gefährlich?«

»Gefährlich sind sie eigentlich nicht so sehr – eher rückständig. Der Rat ist der Ansicht, daß man sie erst dann ihre industrielle Revolution haben lassen sollte, wenn ihre Vorstellungen und Ideen über Politik und dergleichen zivilisierter geworden sind. Ich glaube nicht, daß sie wissen, was sie wollen; die Politik ändert sich von Jahr zu Jahr. Und manche behaupten, der dämliche Rat wird immer Gründe finden, um den Fortschritt auf Krishna zu blockieren. Fortschritt ... Ach, meine lieben Freunde, ich muß auf die Erde zurück, bevor ich zu alt bin, um ihre Wunder zu schauen!«

Auf diesen Wehmutsausbruch hin wechselte Hasselborg einen raschen Blick mit Chuen. »Was ist denn Ihre persönliche Meinung zu der Regelung, Senhor Julio?« fragte der Chinese.

»Meine Meinung?« sagte Góis auf Englisch. »Ich bin bloß ein armer, kranker, schwacher und unwichtiger junger Mann. Ich habe keine Meinungen.« Und dann wechselte er auf bemerkenswert abrupte Art das Thema.

Hasselborg blieb noch eine Woche, nachdem Chuen abgereist war, und komplettierte seine Vorbereitung. Da die Behörden ihm nicht erlauben würden, die Fotos von Julnar Batruni und Fallon mitzunehmen, übte er sich darin, sie mit Bleistift und Pinsel zu kopieren, bis er es schließlich zu einer bemerkenswerten Übereinstimmung mit dem Original gebracht hatte. Góis' Vorschlag, sich mit einer kompletten Rüstung zu behängen, schien ihm ein wenig übertrieben, aber nach einigem Hin und Her entschloß er sich dann doch zum Kauf eines Hemdes aus feinstem Kettenpanzer. Dazu erwarb er ein Schwert, einen Dolch mit einer kunstvoll verzierten Glocke, eine große Ledertasche in der Art einer Damenhandtasche mit einem Schulterriemen und zahlreichen Fächern sowie ein zweisprachiges Wörterbuch Gozashtandou-Portugiesisch und Portugiesisch-Gozashtandou, das wie alle krishnanischen Bücher auf einen langen Papierstreifen gedruckt war, der zickzackförmig zwischen zwei Holzdecken gefaltet war.

Und eines schönen Morgens vor Sonnenaufgang – zwei der drei Monde Krishnas standen noch am Horizont – verließ Victor Hasselborg die Stadt durch das Nordtor. Er kam sich ein bißchen albern vor mit seinem Phantasiehut und seinem Affenjäckchen, aber er sagte sich mit philosophischer Gelassenheit, daß er schon Schlimmeres mitgemacht hatte. Was die Mitnahme seiner Gummiüberschuhe betraf, hatte Góis nicht mit sich reden lassen. Und so sehr Hasselborg nasse Füße haßte, er hatte zugeben müssen, daß Gummiüberschuhe über seinen hohen krishnanischen Stiefeln aus weichem Leder in der Tat ein wenig bizarr ausgesehen hätten.

Der junge Mann war eigens gekommen, um ihn zu verabschieden. »Haben Sie das Empfehlungsschreiben mitgebracht?« fragte Hasselborg, halb in Erwartung einer negativen Antwort, da Góis ihm während der letzten Tage immer wieder mit irgendeiner lauen Ausrede ausgewichen war, wenn er ihn darauf angesprochen hatte.

»*Sim,* hier ... hier ist es.«

Hasselborg runzelte die Stirn. »Was ist los? Haben Sie die ganze Nacht an dem Ding gesessen?« Irgendwie machte der junge Mann einen nervösen, zerstreuten Eindruck.

»Nicht ganz. Ich hatte einige Probleme mit der richtigen Wortwahl. Passen Sie auf, daß Sie die Siegel nicht brechen, sonst wird der Dasht mißtrauisch. Und was auch immer passiert, denken Sie immer daran, daß Julio Góis Sie mag und große Stücke auf Sie hält.«

Eine komische Art, sich zu verabschieden, dachte Hasselborg, aber er behielt diesen Gedanken für sich. Mit einem simplen »Até à vista!« verabschiedete er sich seinerseits von Góis, dann kitzelte er den Hals seines Aya mit der Spitze seiner Peitsche, bis dieser in einen frischen Trab fiel, und wenig später war der junge Mann seinen Blicken entschwunden.

3

Victor Hasselborg fuhr mehrere Erdstunden allein, wobei er fortwährend Sätze in Gozashtandou vor sich hinmurmelte. Ein paar Erdstunden nach Sonnenaufgang brach die Sonne schließlich durch die Wolkenberge. Hasselborg lenkte sein Gespann neben einen riesigen zweirädrigen Karren, der von einem Bishtar gezogen wurde, einem elefantenartigen Zugtier mit zwei kurzen stämmigen Rüsseln, und fragte den Kutscher, wie weit es noch bis Avord sei.

Der Kutscher beugte sich von seinem Bock herab und zeigte mit dem Daumen nach vorn. »Fünfundzwanzig Hoda, Herr.«

Hasselborg wußte, daß es noch mehr als dreißig waren, aber diese Burschen untertrieben immer ein bißchen, damit der Frager sich wohl fühlte. Der Kerl sah aus wie eine etwas eingelaufene Version von Chuen in seiner krishnanischen Verkleidung, mit dem gleichen schlitzäugigen platten Gesicht, mehr wie das eines Mongoloiden wie Chuen als das eines Kaukasoiden wie Hasselborg. Vielleicht ist das der Grund, dachte er, warum sie Chuen auf seine mysteriöse Mission geschickt haben. Allem Anschein nach schien dem Bishtar-Kutscher nichts an Hasselborgs Erscheinung aufzufallen. Er fragte ihn lediglich, ob es wohl bald regnen würde.

»Wenn es die Götter so beschließen«, antwortete Hasselborg, »und vielen Dank für die Auskunft!« Er winkte noch einmal kurz und trabte davon, zufrieden, daß er die erste Prüfung bestanden hatte.

Von Zeit zu Zeit begegnete er anderen Reisenden – reitenden, fahrenden und zu Fuß gehenden. Offenbar handelte es sich um eine Hauptverkehrsader. Góis hatte ihm gesagt, daß der Dasht die Straße nach Rosíd von Patrouillen bewachen ließ, um die Gefahr, von Räubern oder wilden Tieren überrascht zu werden, möglichst gering zu halten. Wie dem auch sei, gegen Ende des Tages jedenfalls ließ ein dumpfes, unzweifelhaft von einem Tier gehobener Größenordnung stammendes Gebrüll, das wie ein Donnergrollen über die Ebene hallte, ihm die Nackenhaare zu Berge stehen und seinen Aya bis in die Schwanzspitze erzittern.

Er trieb sein Tier zu schnellerer Gangart an und sichtete bald darauf die ersten Anbaugebiete, die darauf hinwiesen, daß er sich Avord näherte. Die Sonne hatte sich mittlerweile in die immer dichter werdenden Wolkenberge verabschiedet, und die ersten Tropfen auf seiner Nase kündigten Regen an. Die Wolken waren jetzt fast schwarz, und der Wind wurde immer unangenehmer. Er beschloß, das Klappdach herunterzulassen, mit dem sein Karren ausgestattet war. Er brachte sein Gefährt zum Stehen und kämpfte eine Weile mit der Technik, ohne daß sich der rechte Erfolg einstellen wollte; offenbar handelte es sich um eines dieser Ein-Mann-Verdecke, die man spielend mit einem Mann, vier jugendlichen Hilfskräften und einem eingespielten Pferdeteam herunterlassen konnte. Nach vielen vergeblichen Versuchen und mindestens ebenso vielen Flüchen gab das Ding endlich nach, und Hasselborg trieb seinen Aya zu einem Galopp an, um das Dorf noch vor dem zu erwartenden Wolkenbruch zu erreichen.

Die Häuser von Avord waren aus Gips oder Steinmörtel, ihre wenigen Außenfenster waren schmal und hoch. Hasselborg fand den Gasthof an der von Góis beschriebenen Stelle und identifizierte ihn anhand des Tierschädels über der Tür. Er hakte sein Tier fest und trat in einen großen Raum mit Bänken sowie einem dicken runzligen Burschen mit zerfransten Antennen – offenbar der Herr Wirt.

»Mögen die Sterne Euch wohlgesonnen sein!« ratterte Hasselborg los. »Ich bin Kavir bad-Ma'lum. Ich wünsche eine Mahlzeit, ein Bett und einen Stall für meinen Aya.«

»Das kostet Euch fünf Karda«, entgegnete der Wirt ungerührt.

»Vier«, sagte Hasselborg.

»Viereinhalb.«

»Viereinviertel.«

»Abgemacht. Hamsé, kümmere dich um das Gepäck dieses Herrn und um sein Tier. Nun, Meister Kavir, wollt Ihr Euch nicht zu zweien meiner Stammkunden setzen? Der Herr zu Eurer Linken ist Meister Farrá; er besitzt einen der Höfe außerhalb des Dorfes. Der andere ist Meister Qám; er ist unterwegs von Rosíd nach Novorecife. Was wünscht Ihr zu speisen? Wir haben Unhabraten und geschmorten Ásh. Ich kann Euch aber auch einen köstlichen jungen Ambar kochen. Nun, was möchtet Ihr lieber?«

»Ich nehme das letzte«, sagte Hasselborg mit einem mulmigen Gefühl im Bauch. Er kannte weder das eine noch das andere und wünschte sich in diesem Moment nichts sehnlicher, als einen Blick in die Küche werfen zu können, um zu sehen, ob sie seinen Vorstellungen von Hygiene entsprach. »Und etwas zu trinken, bitte!«

»Natürlich.«

Meister Farrá, ein hochaufgeschossener, wettergegerbter Krishnaner, der sich laufend irgendwo kratzte, fragte: »Von wo kommt Ihr des Weges, Meister Kavir? Von Malayer im tiefen Süden? Sowohl Euer Akzent als auch Euer Gesicht lassen darauf schließen – was natürlich keine Beleidigung sein soll. Wie ich sehe, seid Ihr ein Mann von Stand, und wir fühlen uns durch Eure Anwesenheit sehr geehrt.«

»Meine Eltern stammen von dort unten«, sagte Hasselborg zögernd.

Qám, ein kleiner vertrockneter Mann, dessen Haar zu einem matten nierensteinfarbenen Jade verblichen war, meldete sich als nächster zu Wort: »Und wohin des Weges, mein Herr? Nach Rosíd zum Spiel?«

»Stimmt, ich bin auf dem Weg nach Rosíd«, entgegnete Hasselborg. »Aber was dieses Spiel betrifft ...«

»Was gibt es Neues aus Novorecife zu berichten?« unterbrach ihn zu seiner Erleichterung Qám.

»Was ist mit den *Erdinga*?« fragte Farrá dazwischen. (Er meinte Erdlinge.)

»Stimmt es, daß sie alle dasselbe Geschlecht haben?«

»Seid Ihr verheiratet?«

»Hat der Dasht immer noch soviel Ärger mit den Frauen?«
»Was ist mit Hastés Nichte in Rosíd?«
»Womit verdient Ihr Euren Lebensunterhalt?«
»Jagt Ihr gern?«
»Habt Ihr Verwandte in Rúz?«
»Was glaubt Ihr, wie morgen das Wetter ist?«

Hasselborg parierte die Fragen oder wich ihnen aus, so gut er konnte, bis das Erscheinen des Wirts mit einem hölzernen Tablett ihn erlöste. Die Erlösung war jedoch nur von kurzer Dauer, denn der Ambar, den er in Auftrag gegeben hatte, entpuppte sich als wenig vertrauenerweckend anmutender Gliederfüßler, der fatale Ähnlichkeit mit einer überdimensionierten Küchenschabe aufwies. Das Untier, das etwa halb so groß wie ein Hummer war, ragte unter einem Haufen anderer undefinierbarer Gegenstände hervor, über denen eine ölige Soße schwappte. Sein Appetit, Augenblicke zuvor noch mörderisch, fiel in sich zusammen wie ein zerplatzter Luftballon.

Offenbar verzehrten die Einheimischen das Ding ohne erkennbare Vergiftungserscheinungen, und wenn er den Argwohn seiner ihn ungeniert anstarrenden Tischgenossen nicht erregen wollte, mußte er wohl oder übel das gleiche tun. Vorsichtig brach er eines der Beine ab und attackierte es mit einem der kleinen Eßspieße. Nach einigen Mühen gelang es ihm, einen winzigen Happen bleichen Fleisches aus dem knochenharten Panzer herauszustemmen. Er gab sich innerlich einen Ruck und schob sich den Bissen todesmutig in den Mund. Es schmeckte gar nicht einmal so schlecht, wie er befürchtet hatte; gut schmeckte es jedoch auch nicht. Wenn er es sich recht überlegte, schmeckte es eigentlich nach gar nichts, etwa so, als kaute er auf einem Stück Schlauch. Mit einem leisen Seufzen nahm er den Rest des Mahls in Angriff. Obwohl Victor Hasselborg im Verlauf seiner Karriere schon die ungewöhnlichsten Speisen hatte verzehren müssen, war er, was seinen Geschmack betraf, immer ein konservativer Nordamerikaner mit einer ausgeprägten Vorliebe für Steaks und Pasteten geblieben.

Mittlerweile hatte der Wirt eine Schüssel mit spaghettiartigem Inhalt und einen Becher mit einer farblosen Flüssigkeit aufgetragen. Letztere erwies sich als erstens warm und zweitens alkoholisch. Hasselborgs antrainierte Abneigung gegen Alkohol führte fast dazu, daß sich sein Magen umstülpte, aber er riß sich im letzten Moment zusammen und schluckte das Emporkommende wieder herunter.

Als härteste Prüfung indes erwiesen sich die ›Spaghetti‹, die sich beim Hineinstechen als eine Masse lebendiger weißer Würmer entpuppten. Keiner in Novorecife hatte ihn darauf vorbereitet, eine Schüssel lebender Würmer mit Stäbchen zu leeren. Yussuf Batruni und seine hohlköpfige Tochter im stillen verfluchend, wickelte er sich ein halbes Dutzend der unsäglichen Kreaturen in mühseliger Kleinarbeit um die Enden seiner Eßspieße. Als er sie jedoch an den Mund führte, flutschten sie ihm allesamt in die Schüssel zurück.

Zum Glück stritten sich Qám und Farrá gerade um irgendein astrologisches Problem und bemerkten so sein Mißgeschick nicht. Der erstere hatte, wie Hasselborg bemerkte, ebenfalls eine Portion Würmer, die jedoch bereits bis auf einige wenige Überlebende abgebaut war, welche von Zeit zu Zeit pathetisch zuckten. Hasselborg konzentrierte sich wieder auf das Insekt und seine Beilagen, wobei er trübsinnig an die Milliarden von Bakterien dachte, die er in seinen Organismus zwängte, bis Qám schließlich seine Schüssel hob und sich den Rest der Würmer über den Schüsselrand in den Mund schaufelte. Hasselborg kopierte sofort diese Technik, wobei ihm der Gedanke, daß die Bakterien eines Planeten nur in den seltensten Fällen einen Organismus von einem anderen Planeten als kongenialen Wirtskörper akzeptierten, nur ein schwacher Trost war. Draußen knallte der Regen auf die flachen Dächer.

Als der Hauptgang überstanden war, servierte der Wirt ihm eine große gelbe Frucht. Nicht schlecht, dachte Hasselborg.

Er wischte sich den Mund ab und fragte: »Hat einer von

Euch vor ungefähr zehn Zehn-Nächten einen Mann hier durchkommen sehen, der nach Rosíd wollte?«

»Nein«, sagte Qám. »Ich war nicht hier. Wie sah der Mann aus?«

»Ungefähr so groß wie ich, aber leichter, mit einem dunkelhäutigen Mädchen. Sie sahen so aus.« Er zog die Bleistiftzeichnungen aus seiner Umhängetasche hervor.

»Nein, ich auch nicht«, sagte Farrá. »Asteratun, hast du sie gesehen?«

»Nein«, antwortete der Wirt. »Ist einer mit Eurem Mädchen davongelaufen, Meister Kavir? Na?«

»Nein, aber mit meinem Geld«, korrigierte Hasselborg. »Ich verdiene meinen Lebensunterhalt mit Malen, und dieser Schuft nahm ein Porträt, das ich von ihm gemacht hatte, und lief davon, ohne zu bezahlen. Wenn ich ihn erwische ...« Mit einer Geste, von der er hoffte, daß sie angeberisch genug wirkte, klopfte er auf den Griff seines Schwerts.

Die anderen kicherten, und Qám fragte: »Und Ihr wollt nach Rosíd, um mehr Bilder zu malen, in der Hoffnung, daß Ihr diesmal bezahlt werdet?«

»Das ist meine Absicht. Ich habe ein Empfehlungsschreiben.«

Farrá kratzte sich den Bauch und sagte: »Ich hoffe nur, Ihr habt mehr Glück als der Troubadour letztes Jahr.«

»Was war denn mit dem?«

»Oh, der Dasht war überzeugt, daß der Mann ein Spion aus Mikardand war. Grundlos, müßt Ihr wissen. Es ist nur so, daß unser guter Jám eine Todesangst vor Spionen und Meuchelmördern hat. Nun, der arme Lautenzupfer endete damit, daß er bei den Spielen gefressen wurde.«

Hasselborg schluckte. Richtig, bei seiner Unterweisung war auch einmal die Rede davon gewesen, daß gewisse krishnanische Nationen Zirkusspiele nach der Art der alten Römer pflegten.

Er trank den Rest seines Schnapses hinunter und fühlte, wie es in seinem Schädel zu summen begann. Er würde sich in Rosíd besser erst einmal nach einem guten Anwalt umsehen, bevor er anfing herumzuschüffeln. Zwar war er selbst Anwalt, aber mit den krishnanischen Gesetzen kannte er sich natürlich nicht aus. Andererseits, was sollte er mit einem Anwalt in einem Land, in dem ein Feudalherr in der Manier eines mittelalterlichen europäischen Fürsten nach Gutdünken Todesstrafen verhängen konnte?

»Entschuldigt mich!« sagte er und stieß seinen Schemel zurück. »Nach einem anstrengenden Tagesritt ...«

»Gewiß, gewiß, guter Mann«, sagte Qám. »Werdet Ihr zum Nachtessen zurückkommen?«

»Ich glaube nicht.«

»Dann hoffe ich, daß Ihr morgen nicht allzu früh aufbrecht; ich würde Euch gern noch ein paar Fragen über ferne Länder stellen.«

»Wir werden sehen«, erwiderte Hasselborg. »Mögen die Sterne Euch eine gute Nacht schenken!«

»Einen Augenblick noch, Meister Kavir!« rief Farrá. »Asteratun gibt uns das zweite Bett rechts am Ende der Treppe. Nehmt Ihr die Mitte; Qám und ich kriechen dann nachher von der Seite herein. Wir werden versuchen, Euch nicht aufzuwecken.«

Hasselborg sprang fast aus seinen Stiefeln, als er diese Neuigkeit hörte. Was auch immer es war, das Farrá zum pausenlosen Kratzen animierte, der Gedanke, damit eine Nacht im selben Bett zu verbringen, erfüllte den Detektiv mit Grauen. Er nahm Asteratun beiseite und flüsterte:

»Hört, mein Freund, ich habe für ein ganzes Bett bezahlt, nicht für ein Drittel.«

Der Wirt protestierte zwar sofort, aber als Hasselborg lauthals losjammerte, daß er an Schlaflosigkeit litt, und zusätzlich einen Viertelkard nachschob, bekam er sein Bett.

Am darauffolgenden Morgen war Hasselborg, dessen Organismus sich noch nicht auf die langsamere Rotation Krishnas umgestellt hatte, lange vor seinen beiden Mitgästen aus dem Bett. Das Frühstück bestand aus platten teigigen Keksen und kleinen Stücken von etwas, das man mit einiger Phantasie als Fleisch hätte klassifizieren können: zweifellos irgendwelche Organe von irgendeinem Organismus, aber das war auch schon alles, worauf er sich festlegen wollte.

Er spülte eine Handvoll Pillen hinunter, wickelte sich in seinen Umhang und stach hinaus in den Nieselregen. Faroun schien gar nicht erbaut, losgehakt und in den Regen hinausgetrieben zu werden. Er starrte Hasselborg mißmutig an, bockte, und erst als Hasselborg ihn mit der Peitschenspitze kitzelte, setzte er sich widerwillig in Bewegung.

Als Hasselborg noch einmal über die Unterhaltung vom Vorabend nachdachte, fiel ihm nachträglich auf, daß Qáms Fragen irgendwie übertrieben pointiert gewesen waren, so als hätten sie den Zweck gehabt, jemanden zu demaskieren, der nicht das war, was er zu sein vorgab. Hasselborg begann sich zu fragen, ob der bejammernswerte Troubadour wohl auch ein Empfehlungsschreiben gehabt hatte.

Diese Überlegung löste einen anderen Gedankengang aus: Was war mit diesen Shakespeare-Zitaten, mit denen Góis so gern seine Kultur herausstellte? Gab es da nicht eine Stelle im *Hamlet*, wo einer jemand anderem ein Empfehlungsschreiben gab, das in Wirklichkeit die Anweisung enthielt, den Besitzer des Schreibens umzubringen?

Sofort wurde in Hasselborg der brennende Wunsch wach, herauszubekommen, was in dem sorgsam versiegelten Brief an den Dasht von Rúz stand. Sobald er in Rosíd war ...

Der Regen hörte auf, und hin und wieder brach ein gelber Sonnenstrahl durch die dichten Wolkenbänke, was Hasselborg dazu veranlaßte, einen abschätzenden Blick nach oben zu werfen. Welches Schicksal auch immer ihn erwarten mochte – wenigstens der Erkältungstod würde ihm diesmal erspart bleiben.

Er trieb seinen Aya zu schärferem Trab an, um genügend Zeit zu haben, sich für die kommende Nacht nach einem sicheren Schlafplatz umzusehen. Gegen Mittag krishnanischer Zeit hielt er an, sprang von seinem Karren, band seinen Aya an einen Busch und suchte sich einen passenden

Felsblock für die Mittagspause. Während er das Mittagessen verzehrte, das Asteratuns Koch für ihn eingepackt hatte, ließ er seine Blicke über die struppige Vegetation schweifen. Kleine fliegende Wesen umsummten ihn, und ein krebsartiges Kriechtier kroch an seinen Füßen vorüber. Auf der Kuppe einer fernen Anhöhe graste eine Herde sechsbeiniger Tiere.

Er sah gerade Alexandras Gesicht in den Wolken, als das ferne Trommeln von Tierhufen ihn in die Realität zurückbrachte. Zwei Reiter auf vierbeinigen kamelartigen Tieren näherten sich. Das leise Klirren von Panzern hallte zu ihm herüber, und er gewahrte zwei dünne Lanzen, die aufrecht wie Radioantennen in die Luft ragten.

Eine Warnglocke schrillte in ihm. Mit einer raschen Bewegung rückte er sein Schwert und seinen Dolch so zurecht, daß er sie so schnell wie möglich zücken konnte, obwohl er befürchtete, daß ein Anfänger wie er gegen zwei Bewaffnete wohl kaum einen Stich bekäme. Zwar deutete das Aussehen der beiden eher auf Soldaten als auf Banditen hin, aber in einem Staatswesen wie diesem war die Trennungslinie nicht so leicht zu ziehen.

Mit einigem Mißvergnügen registrierte Hasselborg, daß sie direkt auf ihn zuritten. Ihre Rüstungen hatten einen leicht maurischen Einschlag: viereckige und runde Metallplatten, darüber Kettenpanzer. Als einer von ihnen anhielt und seinem Reittier das Zeichen zum Hinknien gab, sagte Hasselborg:

»Guten Tag, meine Herren! Mögen die Sterne Euch schützen. Ich bin Kavir bad-Ma'lum.«

Der Mann, der abgestiegen war, wechselte einen raschen Blick mit seinem Kumpan und trat auf Hasselborg zu.

»Stimmt das? Was ist Euer Rang?«

»Ich bin Künstler.«

Der Mann wandte den Kopf und rief über die Schulter: »Er sagt, er sei Künstler.« Er wandte sich wieder Hasselborg zu. »Ein Gemeiner, hä?«

»Ja.« Hasselborg bereute dieses ›Ja‹, kaum daß es ihm

über die Lippen gegangen war. Wenn diese Burschen Unangenehmes mit ihm vorhatten, dann wäre es besser gewesen, er hätte sich als *Garm* – als Ritter – oder als jemand noch Adligeres ausgegeben.

»Ein Gemeiner«, sagte der erste Kerl zu seinem Kumpan. »Einen schönen Aya habt Ihr da.«

»Freut mich, daß er Euch gefällt.«

Das Lächeln, das der Mann bei diesen Worten zeigte, schien Hasselborg bei aller Unsicherheit, die er im Interpretieren krishnanischer Gesichtsausdrücke zwangsläufig noch hatte, eher grimmig als freundlich. Daß er mit seiner Einschätzung richtig gelegen hatte, bewiesen die nächsten Worte des Mannes:

»Das tut er in der Tat. Gib ihn uns!«

»*Wie bitte?*« Instinktiv griff Hasselborg nach seinem Schulterhalfter, bevor ihm einfiel, daß er seine geliebte Knarre ja gar nicht bei sich hatte.

»Nun mach schon!« fuhr der Mann in einem etwas schärferen Ton fort. »Außerdem dein Schwert und diese Ringe da und alles Geld, was du bei dir trägst. Du kannst den Sternen danken, daß wir dir deine Kleider lassen.«

»Vergiß nicht den Karren!« rief der andere. »Er sieht kräftig aus; er kann ihn selbst ziehen, ha ha!«

»Ich denke gar nicht daran«, erwiderte Hasselborg. »Wer seid ihr zwei überhaupt?«

»Soldaten der Straßenpatrouille des Dasht. Nun komm schon, mach uns keinen Ärger, sonst verhaften wir dich als Spion!«

»Oder töten dich wegen Widerstandes gegen die Festnahme«, fügte der auf dem Reittier hinzu.

Hasselborg überlegte blitzschnell. Selbst wenn er ihnen seine Sachen ließ, würden sie ihn höchstwahrscheinlich töten, um etwaigen Beschwerden oder Nachforschungen aus dem Weg zu gehen. Sich zu widersetzen, war sicher ebenso gefährlich, aber ihm blieb keine andere Wahl.

»Das würde ich an eurer Stelle besser nicht tun. Ich habe ein Empfehlungsschreiben an den Dasht von einem hochangesehenen und wichtigen *Erding*, und wenn ich verschwinde, wird das gewaltigen Stunk geben.«

»Laß mal sehen!« sagte der, der abgestiegen war.

Hasselborg zog den Brief aus der Tasche und hielt ihn dem Soldaten vor die Nase. Dieser streckte sofort die Hand aus, um ihn an sich zu nehmen, aber Hasselborg zog ihn blitzschnell wieder zurück.

»Die Adresse dürfte wohl reichen. Was willst du denn mit dem Brief?«

»Ihn öffnen, Dummkopf!«

Hasselborg schüttelte den Kopf und steckte den Brief wieder ein. »Der Dasht kann es nicht leiden, wenn man seine Briefe vor ihm liest.«

»Bring ihn um!« rief der Berittene. »Er will uns mit seinem Geschwätz bloß einwickeln.«

»Eine gute Idee«, erwiderte der andere. »Spieß ihn mit deiner Lanze auf, wenn er versucht, wegzurennen, Kaikovarr!« Gleichzeitig zog er sein Schwert und seinen Dolch und ging auf Hasselborg los.

Hasselborg hatte gerade noch Zeit, zurückzuweichen, dabei sein eigenes Schwert zu zücken und den Hieb des anderen zu parieren. *Klirr! Klirr!* So weit, so gut. Das Dumme war nur, daß der als Kaikovarr Bezeichnete inzwischen mit seinem Shomal um die beiden herumgeritten war und sich Hasselborg von hinten näherte.

Als sein Gegner merkte, daß Hasselborg seine wilden Hiebe zu parieren vermochte, änderte er seine Taktik. Vorsichtig schlich er auf Hasselborg zu, die Klinge horizontal ausgestreckt, und mit einer unerwarteten, blitzschnellen Bewegung hieb er Hasselborg das Schwert aus der Hand. Erneut zuckte die Klinge vor. Die Beine des Soldaten bogen und streckten sich wie Stahlfedern, als er vorwärtssprang und sich in einen Ausfallschritt grätschte. Die Spitze traf Hasselborg voll in die Brust, direkt über dem Herz.

4

Hasselborg dachte schon, sein letztes Stündchen hätte geschlagen, ehe er zu seiner Verwunderung bemerkte, daß sein verborgenes Kettenhemd die Spitze abgeblockt hatte und daß die Klinge seines Gegners zu einem Halbkreis verbogen war. Nachdem er die Schrecksekunde überstanden hatte, setzten seine hochtrainierten Reflexe ein. Er spannte seinen Oberkörper, drückte, noch ehe sein Gegner reagieren und das Schwert zu einem neuen Stoß zurückziehen konnte, mit der Brust voll gegen die Spitze, griff gleichzeitig mit der linken Hand unter die Klinge, schoß zurück und drückte mit aller Kraft von unten gegen das Schwert des Gegners. Wie von einem Katapult geschossen, wirbelte es durch die Luft und fiel in sicherer Entfernung zu Boden.

»*Ao!*« schrie der Kumpan auf dem Shomal, aber Hasselborg hatte keine Zeit, sich ihm zu widmen. Während er mit der Rechten fieberhaft in seiner Tasche kramte, zuckte der Dolch in der linken Hand seines Gegners vor, um ihm den Garaus zu machen. Doch Hasselborg war schneller. Mit der Linken packte er den Burschen beim Handgelenk und zog ihn mit einem Ruck zu sich heran. Gleichzeitig fuhr seine Rechte mit dem Schlagring aus der Jackentasche. Ein rechter Haken landete mit einem satten Schmatzen am Kinn des Burschen, der sofort einknickte. Nachdem er ein zweites Mal zugeschlagen hatte, ließ er den Schlagring fallen und zückte seinen eigenen Dolch, den er bisher in der Hitze des Gefechts völlig vergessen hatte.

Ein fürchterlicher Stoß von hinten ließ ihn auf die Knie sacken, direkt über den Körper des halb bewußtlosen Soldaten. Die Lanze! Er rollte sich herum, zog den zappelnden Soldaten mit sich, so daß dieser auf ihm zu liegen kam, umklammerte ihn fest mit der Linken und drückte ihm die Spitze seines Dolches gegen den Hals.

Der Shomal trippelte hin und her, als sein Reiter versuchte, sich für einen erneuten Lanzenstoß in Position zu bringen. Das erwies sich nun, da Hasselborg seinen Kumpan als Schild benutzte, als ein schwieriges Unterfangen.

»Hör auf, oder ich schlitze deinem Kumpel die Gurgel durch!« schrie Hasselborg.

»Glmpff!« gurgelte der auf Hasselborg Liegende. »Er bringt mich um!«

Der Berittene lenkte sein Tier ein paar Schritte zurück. Hasselborg kam wieder auf die Knie, den Dolch noch immer stoßbereit am Hals seines Kontrahenten.

»Was werde ich wohl jetzt mit dir machen?« fragte er.

»Mich umbringen, vermute ich, weil du nicht wagen wirst, mich laufen zu lassen.«

»Ich kann es nicht.« Ihm war plötzlich eine Idee gekommen. Sie war zwar nicht besonders genial, aber vielleicht waren die Krishnaner naiv genug, um darauf hereinzufallen.

»Warum nicht?« Die kummervolle Miene des Soldaten hellte sich sofort auf.

»Weil du der Mann bist.«

»Was meinst du damit?«

»Mein Astrologe hat mir prophezeit, daß ich eines Tages mit einem Mann in einen tödlichen Kampf verwickelt würde, dessen Todestag derselbe wie meiner sei. Wann bist du geboren?«

»Am vierten Tag des elften Monats des sechsundfünfzigsten Jahres der Herrschaft von König Ghojasvant.«

»Dann bist du es tatsächlich. Ich kann dich nicht töten, weil das bedeuten würde, daß ich am selben Tag stürbe, und umgekehrt.«

»Willst du damit sagen, daß, wenn ich dich töte, ich ebenfalls am selben Tag sterbe?« fragte der Mann mit angsterfüllter Stimme.

»So ist es. Wir sollten also besser voneinander ablassen.«

»Du hast recht, Meister Kavir. Laß mich los!«

Hasselborg entließ ihn aus seinem Klammergriff und raffte rasch seine Waffen wieder zusammen, falls die beiden doch noch einmal Ärger machen sollten. Seine Sorge war jedoch unbegründet: Sein Opfer rappelte sich mühselig auf und rieb sich mit schmerzverzerrtem Gesicht das Kinn.

»Du hast mir fast den Kiefer gebrochen mit deinem Blechding«, stöhnte er. »Laß es mich mal anschauen! Wirklich, ein sehr wirkungsvolles kleines Ding! Kannst du es sehen, Kaikovarr?«

»Ich kann es sehen«, sagte der andere Soldat. »Hätten wir gewußt, daß Ihr eine Brünne unter Eurem Mantel tragt, Meister Kavir, dann hätten wir unsere Kraft nicht an Euch erprobt. Es war nicht fair von Euch.«

»Aber so, wie es gekommen ist, ist es doch auch ganz gut, nicht wahr?« antwortete Hasselborg. »Sieht ganz so aus, als müßten wir Freunde sein, ob wir wollen oder nicht, wegen des Horoskops.«

Der mit dem Hasselborg gekämpft hatte, sagte: »Das muß ich zugeben, wie der Unha zu dem Yeki in der Fabel sagte.« Er steckte seine Waffen zurück in ihre Scheiden und ging mit noch etwas unsicheren Schritten zu seinem Knienden Shomal. »Wenn wir Euch mit Euren Sachen unbehelligt gehen lassen, werdet Ihr dann auch nichts von unserer kleinen Auseinandersetzung erwähnen?«

»Natürlich nicht. Und andersherum: Wenn ich höre, daß Ihr in einer Klemme seid, werde ich alles daransetzen müssen, Euch herauszuhelfen ... übrigens, wie heißt Ihr überhaupt?«

»Garmsel bad-Manyao. Noch etwas: Es wurde berichtet, daß Ihr in der letzten Nacht in Asteratuns Wirtshaus Fragen gestellt habt. Eine waghalsige Tat in Rúz. Aber ich denke, mit dem Brief, den Ihr da bei Euch tragt, seid Ihr in Ordnung.« Er wandte sich seinem Kumpan zu. »Komm, laß uns von hier verschwinden! Die Sterne stehen schlecht für uns an diesem Ort.«

»Mögen die Götter Euch auf Eurem Weg beschützen!« rief Hasselborg fröhlich. Sie brummten etwas Unverständliches zurück und trabten davon.

Das habe ich mit Sicherheit diesem Qám zu verdanken,

dachte Hasselborg, während er den beiden nachschaute, wie sie immer kleiner wurden und schließlich am Horizont verschwanden. Diese offenbar schon an Verfolgungswahn grenzende Phobie vor Spionen würde die Sache natürlich komplizieren. Wenn Fragen an sich schon gefährlich waren, dann konnte er natürlich nicht so mir nichts, dir nichts durch die Kneipen ziehen und die Leute an der Theke nach dem Verbleib Fallons und seines Liebchens fragen.

Er nahm wieder auf dem Felsblock Platz und verzehrte in Ruhe den Rest seines Mittagessens. Allmählich wich die Spannung wieder aus seinem Körper, und er begann, sich Gedanken über seine nächsten Schritte zu machen. Immer noch in Gedanken versunken, stieg er auf seinen Karren und fuhr weiter.

Wenige Stunden später näherte er sich Rosíd. Bereits von weitem kündigte sich die Stadt durch die außerhalb liegenden Ackerflächen und den dichter werdenden Verkehr an. Mit Interesse bestaunte Hasselborg die bemerkenswerte Vielfalt von Reit- und Zugtieren, mit denen Krishna aufzuwarten hatte. Die Kutschen und Wagen, die an ihm vorüberrumpelten, waren teilweise von geradezu phantastisch anmutender Konstruktion und Form.

Die Sonne senkte sich bereits zum Horizont, als eine Reihe von Galgen – komplett mit Leichen und sonstigem Zubehör – ihn nachdrücklich darauf hinwies, daß er soeben den Stadtrand passierte. Der Anblick erinnerte ihn an einen Vers:

Der ein'zge Baum, der in Schottland wächst
Ist der schöne Galgenbaum …

In der Ferne tauchte die Sonne die zwiebelförmigen Kuppeln des Stadtzentrums in orangerotes Licht.

Wenig später gewahrte Hasselborg erneut ein Haus mit einem Tierschädel über der Tür. Kurzentschlossen parkte er sein Gespann und trat ein.

Diesmal erwies sich der Wirt als schweigsamer Bursche,

der keine Anstrengungen unternahm, Hasselborg den übrigen Gästen vorzustellen. Letztere standen in kleinen Grüppchen zusammen und unterhielten sich äußerst gedämpft, was Hasselborg sogleich auf die Vermutung brachte, daß er auf eine Schenke gestoßen war, die von eher fragwürdigen Charakteren frequentiert wurde. Der stämmige Bursche in der Ecke mit der Hornbrille zum Beispiel konnte ebensogut ein harmloser Zufallsgast wie ein Zivilbulle sein, der ein Auge auf die Unterwelt von Rosíd hielt.

Hasselborg bekam einen Platz an der Wand. Als er sein überraschend schmackhaftes, wenn auch immer noch undefinierbares Mahl zu Ende gegessen hatte, kam ein junger Mann, der die ganze Zeit über gelangweilt an der Theke gelungert hatte, an seinen Tisch und sagte freundlich: »Ich bin Sarhad. Mögen die Sterne Euch Glück bringen. Ihr seid neu hier, nicht wahr?«

»Ja«, antwortete Hasselborg.

»Darf ich?« Ohne eine Antwort abzuwarten, setzte sich der junge Mann zu Hasselborg an den Tisch. »Einige unserer Alten werden lästig und langweilig, wenn sie trinken. Bei mir ist das anders; ich weiß immer genau, wann ich aufhören muß. Zuviel von dem Zeug ist in meinem Gewerbe nicht gut; verdirbt einem die Hand. Schlechtes Wetter in den letzten Tagen, nicht wahr? Hast du schon die Tochter von dem alten Griesgram gesehen? Ein heißer Hocker, sag ich dir, und sie sagen, sie wäre ...«

In dieser Manier ratterte er weiter, bis der ›heiße Hocker‹ höchstselbst auftrat und ihm sein Abendessen servierte. Da sie der erste weibliche Krishnaner war, den er aus nächster Nähe zu betrachten die Gelegenheit hatte, machte Hasselborg von dieser Gelegenheit ausgiebig Gebrauch. Die Frau war auf ihre breitwangige, stupsnasige, spitzohrige Art wirklich hübsch. Ihr Kleid beziehungsweise das nur spärliche Vorhandensein eines solchen betonte mehr als deutlich die übertriebenen Proportionen, wie terranische Künstler sie so gern in ihren Pin-up-Kalendern verewigten. Hasselborg fragte sich bei der Gelegenheit, ob besagte Künstler sich ursprünglich vielleicht von Fotografien krishnanischer Frauen zu diesem Stil hatten inspirieren lassen. Jedenfalls gehörten die Krishnaner unbestreitbar zur Gattung der Säugetiere, auch wenn sie Eier legten.

Sarhad ließ plötzlich eines seiner Eßstäbchen fallen. »Bitte tausendmal um Verzeihung, Meister!« murmelte er in Hasselborgs Richtung und tauchte unter die Tischplatte, um es wieder aufzuheben.

Irgend etwas erregte Hasselborgs nie schlummernden Argwohn, und er ließ unmerklich seine rechte Hand zu seinem Dolch gleiten. Ein kurzer, unauffälliger Blick verriet ihm, daß Sarhad, während er mit der einen Hand nach seinem Eßstäbchen tastete, munter dabei war, mit der anderen in Hasselborgs Umhängetasche herumzuwühlen.

Hasselborg packte Sarhads rechten Arm mit der Linken, riß mit der Rechten den Dolch aus der Scheide und grub die Spitze direkt unterhalb der Tischplatte in die unteren Rippen des jungen Mannes.

»Und jetzt die Hand auf den Tisch!« sagte er leise. »Ich will sie sehen.«

Sarhad spannte sich und schaute ihn an, wobei sein Mund sich öffnete und schloß wie der eines Goldfisches, dessen Wasser dringend gewechselt werden muß. Das Ganze sah so aus, als dächte er, er müsse irgend etwas sagen, wisse aber nicht so recht, was. Plötzlich spürte Hasselborg, wie die Linke des Kerls sich bewegte und etwas Spitzes sich gegen seine Rippen drückte, zum Glück jedoch in seinem Kettenhemd ein unüberwindbares Hindernis fand.

Sofort drückte er mit seinem eigenen Dolch etwas heftiger nach. »Ohé!« japste der Bursche. »Ich blute!«

»Dann laß dein Messer fallen!«

Hasselborg hörte, wie es zu Boden fiel, tastete danach mit der Fußspitze und stieß es weg. All dies hatte sich so rasch und lautlos abgespielt, daß offenbar keiner der Gäste etwas bemerkt hatte.

»Und nun, mein junger Freund«, sagte Hasselborg ruhig, »werden wir beide ein bißchen miteinander plaudern.«

»O nein, das werden wir nicht! Ich brauche bloß zu schreien, und sofort habt Ihr sie alle auf dem Hals.«

Hasselborg schüttelte langsam den Kopf und erwiderte: »Das glaube ich kaum. Für gewöhnlich arbeiten Taschendiebe allein; eine Bande hast du also nicht. Außerdem wärst du ein toter Mann, bevor die anderen hier wären; du hättest also keine Gelegenheit mehr, dich an meinem Ableben zu erfreuen. Und schließlich mögen es Ganoven gar nicht gern, wenn einer der Ihren in einem Schlupfwinkel wie diesem hier ein Verbrechen begeht, weil sie dadurch allesamt in Gefahr geraten. Sie betrachten sowas sozusagen als unlautere Geschäftspraktiken. Alles klar?«

Die schon von Natur aus grüne Gesichtsfarbe des Jungen wurde noch eine Spur grüner. »Woher wißt Ihr das alles? Ihr seht nicht so aus wie einer von unserer Zunft.«

»Ich bin ein bißchen rumgekommen. So, und nun bitte nicht so laut sprechen, und immer schön lächeln, wenn's recht ist!« (Hasselborg verlieh seiner Bitte mit der Dolchspitze ein wenig Nachdruck.) »Dieses Wirtshaus ist also ein Stützpunkt der Zunft, nicht wahr?«

»Sicher; das ist allgemein bekannt.«

»Gibt es noch andere davon in Rosíd?«

»Gewiß. Die Räuber verkehren im *Blauen Bishtar*, die Spione treffen sich im *Douletai's* und die Perversen im *Bampusht*. Wenn Ihr aber bei einer *Rramandú*-Orgie mitmachen wollt oder wenn Ihr Hunger auf Menschenfleisch habt, dann kann ich Euch nur das *Ye'mazd* empfehlen.«

»Danke, so groß ist mein Hunger noch nicht. So, und jetzt möchte ich alles über die Methoden der hiesigen Polizei wissen.«

»*Iyá!* Der stolze Fremde hat also was vor ...«

»Das laß mal meine Sorge sein! Die Fragen stelle ich, kapiert? Wer ist der Polizeichef?«

»Ich weiß nicht, wie Ihr das meint ... *ao*! Nicht stechen! Ich antworte ja schon! Ich vermute, Ihr wollt wissen, wer der Kommandant der Stadtgarde ist.«

»Ist das ein Teil der Armee?«

»Aber natürlich; was dachtet Ihr denn? Oder wollt Ihr vielleicht den Namen des Hauptmanns der Nachtwache? Sie haben gerade erst einen neuen gewählt; Meister Makaran, den Goldschmied.«

»Hmm-m-m. Existiert irgendein zentrales Büro, wo sie die Akten deiner Kollegen aufbewahren und sonstige Dinge, die mit dem Gesetz zu tun haben?«

»Ihr meint die Archive des Stadtgerichtshofes?«

»Nein, keine Prozeßakten. Ich meine so etwas wie eine Kartei mit den Akten von einzelnen Personen – mit einem Bild und einer Beschreibung jedes einzelnen und mit einer Liste seiner Straftaten und dergleichen.«

»Von so etwas habe ich noch nie gehört!« rief Sarhad erschrocken. »Gibt es so etwas etwa dort, wo Ihr herkommt? Das muß ja ein schreckliches Land sein! Dort könnte ja nicht einmal Maibud, der Gott der Diebe, ein ehrliches Auskommen finden, geschweige denn ein armer sterblicher Taschendieb! Wie schaffen die Diebe bei Euch das denn?«

»Oh, sie kommen schon zurecht. Sag mal, wo bekomme ich hier eine Malerausrüstung?«

Der junge Mann schaute ihn einen Moment nachdenklich an. »Oho, jetzt weiß ich, was Ihr seid! Ihr seid einer von denen, die alte Bilder fälschen, stimmt's? Ich habe schon davon gehört; muß eine faszinierende Arbeit sein. Braucht Ihr keinen Assistenten?«

»Nein. Wo ...«

»Wartet mal einen Moment! Also, Ihr geht die Straße nach Novorecife entlang, bis Ihr durch die Stadtmauer kommt; dann geht Ihr zwei Häuserblocks weiter. An der öffentlichen Erquickungsanstalt biegt Ihr nach rechts ab, dann am nächsten Block links, nächste Straße links, und dann seht Ihr das Geschäft schon linker Hand. Die Straße heißt Lejdeú-Weg. An den Namen des Geschäfts kann ich mich nicht mehr erinnern, aber Ihr erkennt es leicht an diesem – Ihr wißt schon, so ein Ding, was die Maler in der einen Hand halten, während sie mit der anderen die Farben darauf mischen – über der Tür.«

»Ich denke mir, dein Essen schmeckt dir vielleicht besser, wenn dich dabei nicht immer mein Dolch piekst. Wenn ich ihn wegtue, versprichst du mir, daß du dann ein braver Junge bist?«

»Aber natürlich, Meister. Ich tue alles, was Ihr sagt. Seid Ihr absolut sicher, daß Ihr keinen Partner braucht? Ich kann Euch hier alles zeigen und Euch überall herumführen, so wie Sivandi Lord Zerré durch das Labyrinth führte, in der Geschichte von ...«

»Noch nicht«, sagte Hasselborg, der das Gefühl hatte, daß Sarhad ungefähr so vertrauenswürdig war wie ein Skorpion unter dem Kopfkissen. Er aß mit der linken Hand weiter, um die Rechte frei zu haben, falls der Bursche irgendwelchen Ärger machte.

Als er fertig war, hängte er sich seine Tasche wieder um und fragte: »Weißt du, ob irgendeiner hier etwas von einem anderen Fremden aus Novorecife gehört hat, der vor ungefähr zehn Zehn-Tagen hier durchgekommen ist? Er hat ungefähr meine Größe ...« Während er mit seiner Beschreibung fortfuhr, zog er die Skizzen aus der Tasche und hielt sie dem jungen Mann hin.

»Nein«, sagte Sarhad. »Ich habe keinen gesehen, der so aussah. Ich könnte mal rumfragen, aber ich bezweifle, daß das was nützt; ich achte nämlich selbst sehr genau auf Neuankömmlinge. Ich mach die Runde durch die Wirtshäuser, beobachte die Stadttore und halte mich allgemein auf dem laufenden. Es passiert nur wenig in dieser kleinen Stadt, wovon der gute Sarhad nichts wüßte, das könnt Ihr mir glauben.«

Hasselborg ließ ihn so lange weiterplappern, bis er fertig war. Dann erhob er sich und sagte: »Laß dir deinen Piekser versorgen, Freundchen, sonst entzündet er sich noch.«

»Entzündet sich? *Ao*!« Erst jetzt bemerkte Sarhad den kleinen Blutfleck auf seiner Jacke. »Der Stich ist nicht so schlimm, aber wer bezahlt mir meine Jacke? Sie ist so gut wie nagelneu; ich hab sie erst zum zweiten Mal an. Sie ist vom besten Schneider von Rosíd ...«

»Dann bring sie ihm wieder zurück. Mögen die Sterne dir angenehme Träume schenken!«

Am nächsten Morgen überprüfte Hasselborg, der den primitiven krishnanischen Türschlössern nicht traute, sorgfältig seine Siebensachen, bevor er sich auf den Weg machte. Das Stadttor war mit den Köpfen frisch Enthaupteter geschmückt. Zeugt nicht gerade von erlesenem Geschmack, befand Hasselborg im stillen. Zwei mit Speeren bewaffnete Wächter hielten ihn an. Erst nachdem er ihnen den Brief an den Dasht unter die Nase gehalten und sich in eine große Liste eingetragen hatte, durfte er passieren.

In gemütlichem Bummelschritt schlenderte er durch die Stadt und nahm ihre Sehenswürdigkeiten, Geräusche und Gerüche in sich auf – wobei letztere die Eigenschaft hatten, daß er ihnen nicht aus dem Weg gehen konnte, was seine Befürchtungen, sich irgendeine Infektionskrankheit aufzuschnappen, beträchtlich steigerte. An einer Straßenecke entging er um Haaresbreite einem Kind auf einem Dreirad, und drei Schritte weiter mußte er einen gewaltigen Satz machen, um einer Kollision mit einem stattlichen Mann zu entgehen, dessen Gewand, Kette und Nasenschutz den Arzt im Dienst verrieten und der auf einem ähnlichen Gefährt dahergesaust kam.

In dem Malergeschäft fragte er nach schnelltrocknendem Gips und Siegelwachs. Damit bewaffnet, kehrte er, nachdem er sich vorher am Stadtor wieder ausgetragen hatte, in sein Hotel zurück. Als er in sein Zimmer trat, war das Zimmermädchen bereits beim Aufräumen. Es wünschte ihm einen guten Morgen und bedachte ihn mit einem Lächeln, aus dem er ohne große Anstrengungen herauslesen konnte, daß es tiefergehenden Kontakten nicht abgeneigt war. Hasselborg indes hatte Wichtigeres zu tun und zeigte ihr die kalte Schulter, bis sie mit ihrer Arbeit fertig und wieder zur Tür hinaus war.

Als er allein war, setzte er seine Brille auf, zündete seine Kerze an und holte seine Junggesellen-Nähausrüstung sowie sein kleines Gozashtandou-Portugiesisch-Wörterbuch hervor. Mit Hilfe des Gipses machte er Abdrücke von den drei großen Wachssiegeln auf dem Brief an den Dasht. Dann erbrach er die Siegel, wobei er sorgfältig darauf achtete, das steife Glanzpapier nicht zu beschädigen, und entfernte mit Hilfe der erhitzten Nähnadel die Siegelreste von dem Band, das um den Brief gewickelt war.

Er hielt den Brief gegen das Licht und runzelte angestrengt die Stirn. Es dauerte eine Weile, bis es ihm gelungen war, Góis' kunstvoll verschnörkeltes Werk zu entziffern. Es lautete:

Julio Góis an Lord Jám, Dasht von Rúz:
Ich vertraue darauf, daß die Sterne meines Herrn günstig stehen. Der Überbringer dieses Briefes ist ein Spion aus Mikardand, der Euch nur Böses will. Verfahrt mit ihm, wie er es verdient hat. Nehmt, o Herr, die Versicherung meiner unterwürfigsten Hochachtung entgegen.

5

Nachdem Hasselborg den Brief ein zweites Mal gelesen hatte, stieß er ein tiefes Knurren aus. Nur mit Mühe konnte er den Impuls unterdrücken, den Brief kurzerhand zu zerknüllen und quer durch den Raum zu werfen. Dieser drekkige kleine ... Aber dann atmete er ein paarmal tief durch und beruhigte sich wieder. Schließlich war ihm so etwas in seiner Laufbahn als Detektiv nicht zum ersten Mal passiert.

So, da hatte dieser Góis doch tatsächlich ein paar Ideen bei *Hamlet* aufgeschnappt! Hasselborg schauderte bei dem Gedanken, was wohl aus ihm geworden wäre, wenn er dem Dasht den Brief ausgehändigt hätte, ohne ihn selbst vorher zu lesen.

Was tun? Nach Novorecife zurückgaloppieren und Góis denunzieren? Nein, nicht so hastig! Was hatte Góis dazu gebracht, so etwas zu tun? Der Mann hatte ihn doch ganz offensichtlich gemocht, es mußte also etwas anderes dahinterstecken. Die einzige plausible Erklärung war, daß seine Anwesenheit auf Krishna irgendwie Góis' Interessen zuwiderlief. Wenn das so war, dann mußte Góis in irgendeine linke Sache verwickelt sein, in eine Verschwörung oder so etwas, und möglicherweise steckten seine Vorgesetzten – dieser wichtigtuerische Abreu zum Beispiel – mit drin. In jedem Fall würden diese Brasilianer, auch wenn sie für sich genommen zum großen Teil gute Kerle waren, gegen ihn, einen *Americano do Norte,* zusammenhalten. Das Risiko durfte er also auf keinen Fall eingehen.

Sollte er versuchen, einen neuen Brief zu fingieren? Das würde eine Menge Arbeit bedeuten, insbesondere als er nicht sicher war, ob er mit seinem geschriebenen Gozashtandou einen einigermaßen hellen Einheimischen hinters Licht führen konnte. Als er jedoch im Zuge dieser Idee in seinem Wörterbuch herumstöberte, stellte er fest, daß er mit einiger Geduld und einem Radiergummi die Wörter ›Spion‹

und ›Böses‹ durch ›Künstler‹ und ›Gutes‹ ersetzen konnte. Dies tat er auch. Als er fertig war, faltete er den Brief wieder zusammen und band ihn mit dem Seidenband zu. Dann schmolz er mit der Kerze ein paar Tropfen Wachs auf die Stelle, wo das Band sich kreuzte, und stempelte mit Hilfe der Gipsabdrücke neue Siegel daraus.

Bevor er jedoch seinen edlen Aya bestieg und ins Blaue sprengte, waren erst einmal ein paar neue Überlegungen angezeigt. Während er über sein weiteres Vorgehen nachdachte, flickte er mit Nadel und Faden die Risse und Löcher, die die Zwistigkeiten des Vortages in seinem Mantel hinterlassen hatten. Da Góis versucht hatte, ihn ans Messer zu liefern, war es mehr als unwahrscheinlich, daß er ihn auch bezüglich der Richtung, die Fallon eingeschlagen hatte, belogen hatte. Und da er weder über Fallons Fluchtweg Klarheit hatte noch nach Novorecife zurückkonnte, um sich neue Instruktionen zu holen, blieb ihm nichts anderes übrig, als in mühseliger Kleinarbeit sämtliche Wege abzugrasen, die von Novorecife aus ins Landesinnere führten, bis er die Spur der Flüchtigen entdeckt hatte. Das konnte ja heiter werden! Andererseits: Sollte er die Spur der beiden nicht finden, dann hatte er eine prächtige Ausrede für Batruni ... Schluß damit! ermahnte er sich streng. Das ist ein Auftrag, und den hast du zu erfüllen!

Bevor er sich jedoch auf seine Rundreise machte, war es vielleicht das beste, erst einmal den Dasht aufzusuchen. Vielleicht bekam er ja am Hof irgendeinen Fingerzeig über den Verbleib von Fallon und seiner Geliebten. Und dann nichts wie weg – vielleicht zur Abwechslung diesmal mit einem Empfehlungsschreiben an irgendeinen Bonzen in Herschíd ...

Ein frischer, kühler Wind ließ die Fähnchen auf den Zinnen der zwiebelförmigen Kuppeln des Palasts knattern und trieb große Schwärme kleiner weißer Wölkchen über den grünlichen Himmel. Dieses reizvolle Spiel aus Grün und Weiß spiegelte sich in den Pfützen vor dem Palasttor wider. Der

Wind ließ Hasselborgs Mantel ebenfalls flattern, als dieser vor dem Tor stand und mit dem Wachtposten sprach.

»Seine Großmächtigkeit«, beschied ihm der Posten, »wird Euren Brief hineinbringen, und in einer Stunde wird er zurückkommen, um Euch zu sagen, daß Ihr morgen wiederkommen sollt, um zu erfahren, wann der Dasht Euch eine Audienz zu gewähren gedenkt. Morgen wird er Euch dann sagen, daß der Terminplan für die kommende Zehn-Nacht noch nicht feststeht und daß Ihr daher bitteschön übermorgen wiederkommen sollt. Dieses Spiel wiederholt sich noch ein paarmal, bis er Euch schließlich sagen wird, daß Ihr in – von heute an gerechnet – zwanzig Tagen wieder hier erscheinen sollt. Ihr werdet also herumsitzen und trinken, bis Ihr kein Geld mehr habt, und wenn der Tag endlich gekommen ist, wird er Euch sagen, daß man Euren Termin in der letzten Minute einem wichtigeren Besucher gegeben hat, und dann werdet Ihr das Ganze von vorn beginnen, wie Qabuz in der Geschichte, der immer versuchte, auf einen Baum zu klettern, um an die Frucht zu kommen, und jedesmal, wenn er sie fast erreicht hatte, wieder herunterrutschte. Ich beneide Euch wirklich nicht.«

Hasselborg lupfte den Gurt seiner Umhängetasche ein wenig, so daß die Münzen darin klimperten, und erwiderte: »Glaubt Ihr, daß ein bißchen von dem, was ich hier drin habe, die Sache etwas beschleunigen könnte?«

Der Posten grinste. »Vielleicht, aber garantieren kann ich das nicht. Wenn Ihr Pech habt, werdet Ihr all Euer Geld los und habt am Ende doch nichts gewonnen ...«

Die Rückkehr des ganz in Schwarz gekleideten Majordomus ließ ihn verstummen. »Kommt, Meister Kavir!« säuselte dieser. »Der Dasht will Euch sofort sehen.«

Hasselborg grinste seinerseits, als dem Wachtposten die Kinnlade herunterfiel, und folgte dem Schwarzgekleideten quer über den Hof und durch das riesige Eingangstor. Sie begegneten Krishnanern beiderlei Geschlechts in hellen Gewändern von extremem Schnitt (die Frauen trugen Gewänder wie die der alten Kreterinnen) und schritten durch eine endlose Reihe von Hallen, die nur trübe beleuchtet waren von Wandfackeln, deren Halter in Form von schuppigen Drachenarmen gearbeitet waren. Gelegentlich huschte ein Page auf einem Dreirad an ihnen vorüber.

Hasselborg begann sich schon nach einem Fahrrad zu sehnen, als sie endlich vor dem Eingang eines großen ehrfurchteinflößenden Gemachs stehenblieben. Als die Tür aufschwang, sah er, wie am anderen Ende des Saals ein Mann mit einem anderen sprach, der auf einem erhobenen Sitz saß – zweifellos der Dasht. Der Majordomus flüsterte einem anderen Bediensteten etwas zu. Andere Rúzuma saßen an Tischen längs der Wände oder standen herum, so als hätten sie nichts Besseres zu tun.

Der Mann, der beim Thron stand, verbeugte sich jetzt, setzte seinen Hut auf und ging zu einem der Tische, um einem der dort Sitzenden etwas zu sagen. Ein kurzer Trommelwirbel erscholl, ein Horn blökte auf, und der Bedienstete an der Tür brüllte:

»Meister Kavir bad-Ma'lum, der berühmte Künstler!«

Wie kommen die denn auf ›berühmt‹? dachte Hasselborg. Vielleicht machten sie das immer so, um die Bauernlümmel zu beeindrucken. Während seines langen Marsches durch den Saal wurde die Gestalt des Dasht immer größer. Hasselborg erkannte, daß er es in der Tat mit einem großen Burschen zu tun hatte, mit plumpem roten Gesicht und weit vorspringenden grünen Augen hinter einer Brille, deren Gläser dick wie Limonadenflaschen waren. Abgesehen von der Brille verkörperte er fast perfekt die krishnanische Version eines mittelalterlichen Barons.

Als Hasselborg endlich den Thron erreicht hatte, zog er seinen Hut, kniete nieder und rief: »Ich knie nieder in Demut vor Eurer Hoheit!«

Offenbar hatte er das richtig gemacht, denn Jám bad-Koné sagte: »Erhebt Euch, Meister Kavir, und tretet vor, mir die Hand zu küssen. Mit dieser Empfehlung von meinem guten Freund Meister Julio stehen Euch alle Türen offen. Was führt Euch nach Rosíd?«

Jáms Hand war bemerkenswert schmutzig, und bei dem Gedanken, diesen Bazillenherd küssen zu müssen, wurde Hasselborg fast schwindlig. Er überstand jedoch die Zeremonie ohne erkennbares Zittern und sagte: »Ich habe eine gewisse Fertigkeit im Malen von Porträts, Hoheit, und ich dachte mir, daß vielleicht Ihr oder einer von Eurem Hofstaat sich von mir porträtieren lassen möchte.«

»Hm-m-m. Beherrscht Ihr den neuen *Erding*-Stil?«

»Ich bin einigermaßen vertraut mit den Methoden der *Erdinga,* Hoheit.«

»Gut. Vielleicht habe ich einen Auftrag für Euch. Einstweilen fühlt Euch hier bei Hofe wie zu Hause. Ihr könnt Euch überall frei bewegen. Übrigens, wie seid Ihr im Jagen?«

»Ich – ich habe nur sehr wenig Erfahrung ...«

»Ausgezeichnet! Meine Herren schmachten nach Amüsement, und Ihr sollt morgen an meiner Jagdpartie teilnehmen. Wenn Ihr wirklich so unerfahren in der Jagd seid, um so besser; dann haben wir anderen ordentlich was zu lachen. Seid eine Stunde vor Sonnenaufgang beim Jagdhaus! Es war mir ein Vergnügen, Euch kennenzulernen.«

Hasselborg verbeugte sich und ging rückwärts über den Teppich zurück, bis er an die Stelle kam, wo ein anderer Teppich den ersteren kreuzte und damit anzeigte, daß er sich umdrehen und vorwärts weitergehen durfte. Als er sich umwandte, produzierte der Trommler fünf kurze Wirbel und der Hornist ein Blöken nach jedem Wirbel. Der Türsteher brüllte:

»Eine Botschaft von Seiner Allerhöchsten Erlauchtheit, dem Dour von Gozashtand!«

Hasselborg trat einen Schritt zur Seite, um den Boten vorbeizulassen, und machte sich dann auf die Suche nach dem Schwarzgekleideten, der ihn hereingebracht hatte. Er ging ganz langsam, zum einen, um eine Aura von Sicherheit und Gelassenheit zu verbreiten, zum anderen, um genau sehen zu können, wie die anderen sich verhielten. Vielleicht bestand sogar die – wenn auch winzige – Chance, über Fallon und Julnar zu stolpern; zumindest sollte er die Augen offenhalten ...

Da sich niemand weiter um ihn kümmerte, schlenderte er allein weiter durch den Palast und machte von der Gelegenheit Gebrauch, sich ungestört umzusehen. In einem Raum spielten zwei barbusige Frauen eine krishnanische Variante des Damespiels, lautstark angefeuert von ein paar Zuschauern. In einem anderen Raum probte eine Gruppe von Krishnanern für irgendein Spiel. Schließlich gelangte er in einen Raum, in dem ein paar Leute sich gerade an einem kunstvoll aufgebauten Büfett gütlich taten. Er probierte ebenfalls ein paar von den Sachen, obwohl das schwere Parfüm, das die Krishnaner aufgelegt hatten, seinen Appetit erheblich dämpfte.

»Probiert mal das hier!« forderte ihn sein Nachbar auf, ein ganz in weißen Satin gekleideter Krishnaner. »Ihr seid doch der Porträtmaler, nicht wahr?«

»Ganz recht. Aber woher wißt Ihr das?«

»Klatsch. Alles Klatsch, mein Bester. Womit soll man sich die Zeit auch anders vertreiben, ohne Krieg und gerichtliche Pflichten?« Offenbar erging man sich gerade in munterem Geplauder über Nichtigkeiten.

»Ich bin Ye'man«, fuhr er fort, so als setzte er wie selbstverständlich voraus, daß jeder seinen Geschlechtsnamen und seine Titel wußte. »Der häßliche Wicht hier zu meiner Rechten ist Freiherr bad-Gavveq, der Meistergleiter. Malt ihn bloß nicht! Es würde Euch Eure Pigmente zum Gerinnen bringen, so wie die Salzteufel in der Fabel den Maraghé-See zum Gerinnen brachten. Ihr solltet unbedingt einmal zuhören, wenn Saqqiz sein Gedicht über dieses Thema rezitiert. Ein Meisterwerk im alten epischen Stil ...«

Hasselborg wartete die Gelegenheit ab, bis sein Gegenüber Luft holen mußte, und fragte rasch: »Wer ist die Dame in dem durchsichtigen blauen Gewand mit dem dazu passenden Haar?«

»Die? Na, ich bitte Euch! Fouri bab-Vazid natürlich! Ihr wißt doch, die Nichte vom alten Hasté. Ihr hättet sie doch sofort an der Haarfarbe erkennen müssen! Es laufen zahllose Gerüchte darüber, warum und wieso sie hier ist; die einen behaupten, sie wäre unsterblich in unseren guten Dasht verliebt; andere sagen, sie wäre hier, um ein bißchen schönes Wetter für die Kirche ihres Onkels zu machen, und wieder andere sind fest davon überzeugt, daß sie im Auftrag des Dour ein wenig hier herumspioniert. Aber das werdet Ihr alles noch früh genug erfahren. Wie ich hörte, nehmt Ihr auch an der Jagd teil. Vielleicht haben wir diesmal einen guten Sturz, nicht so wie letztes Mal, als das Feld den Lauf kreuzte und die Trommel Grütze durch den Kamin leitete ...«

Da das Geschwätz seines Gegenübers ihm plötzlich unverständlich erschien und darüber hinaus die Erwähnung der Jagdpartie ihn daran erinnerte, daß er noch eine Menge Vorbereitungen zu treffen hatte, entschuldigte sich Hasselborg und machte sich eilig auf die Suche nach dem Ausgang. Er fand den Majordomus in einer Art Wachhäuschen direkt neben dem Haupteingang zum Palast, von wo aus er das Tor überblicken konnte.

»Vielen Dank für Eure Dienste!« sagte er und ließ gleichzeitig ein paar Silberkarda in die Hand des Mannes gleiten. Als dessen Miene ihm verriet, daß er die Größe des Trinkgeldes richtig geschätzt hatte, fuhr er fort:

»Ich würde Euch gern ein paar Fragen stellen. Der Dasht hat mich vorhin auf eine Jagdpartie eingeladen, und da ich neu hier bin und überhaupt keine Ahnung vom Jagen habe, weiß ich jetzt gar nicht, was ich alles berücksichtigen muß. Was benötige ich, wo finde ich das Jagdhaus, und was will der Dasht überhaupt jagen?«

»Zuerst einmal braucht Ihr einen Jagdanzug, Herr. Den bekommt Ihr bei jedem guten Schneider; aber Ihr müßt Euch beeilen. Seine Hoheit wird wahrscheinlich Yekis jagen, da das Paar, das er für die Spiele hielt, erst jüngst verendet ist. Und was das Jagdhaus betrifft, da müßt Ihr ...«

Hasselborg ließ sich den Weg beschreiben und fertigte sich rasch eine Skizze an. Währenddessen dachte er darüber nach, daß es eigentlich für einen, der gewohnt war, das gefährlichste Wild zu jagen, nämlich den Menschen, ziemlich idiotisch war, durch die Gegend zu reiten und irgendein armes Viehzeug abzustechen. Aber Befehl war Befehl.

Zur festgesetzten Stunde erschien Hasselborg vor der Jagdhütte des Dasht, etwa zehn Hoda vor der Stadt. Den Rest des Vortags hatte er damit verbracht, sich einen Jagdanzug, Sattel und Zaumzeug für Faroun zu kaufen und sein Gepäck in einen anderen (und wie er hoffte, reputierlicheren) Gasthof innerhalb der Stadtmauern zu schaffen.

Den Jagdanzug hatte er fertig von der Stange gekauft, im Rosido, einer Art Kaufhaus von der billigen Sorte. Der Verkäufer dort hatte gleich versucht, ihm eine ganze Warenladung anderer Jagdutensilien aufzuschwatzen: ein kurzes Jagdschwert, eine Feldflasche und ähnlichen Krimskrams, doch er hatte sich erfolgreich widersetzt. Der Anzug war schon schlimm genug: eine schreiend gelbe Abscheulichkeit aus satinartigem Material mit einer knackengen Hose, in der Hasselborg sich vorkam, als sollte er den Torero in *Carmen* spielen.

Hasselborg hörte den Trubel vor dem Jagdhaus schon aus drei Hoda Entfernung. Die Herren saßen im Dämmerlicht auf ihren Ayas, schütteten literweise Kvad in sich hinein und redeten alle auf einmal. Es brachte Hasselborg nicht viel, ihnen zuzuhören, mußte er doch sehr bald feststellen, daß Jagdenthusiasten ein Vokabular verwenden, das für Nichtjäger schier unverständlich ist.

Außer den Teilnehmern liefen noch mehrere Männer in roten Anzügen herum. Einige von ihnen mühten sich mit einem Rudel sechsbeiniger *Eshuna*, die ungefähr so groß waren wie Schäferhunde, nur unvergleichlich häßlicher. Irgend jemand drückte ihm einen Becher Kvad in die Hand, von dem er die Hälfte mit zugehaltener Nase leerte, bevor ihn ein unwiderstehliches Würgegefühl zur vorzeitigen Aufgabe zwang. Einmal trabte der Dasht persönlich an ihm vorbei und rief ihm jovial zu:

»Ich werde Euch im Auge behalten, Meister Maler! Wenn

Ihr Euch zu dumm anstellt, lasse ich Euch den Yeki zum Fraß vorwerfen, hahaha!«

Hasselborg erwiderte das freundliche Angebot mit einem pflichtbewußten Lächeln. Eine Schar Bediensteter wurschtelte mit einem großen Netz und einem Satz dazugehöriger Pfähle. Zwei weitere schleppten ein Gestell mit einer Reihe langer Lanzen heran. (Sie müssen das Holz für ihre Bogen und Speere importieren, dachte Hasselborg; dieses Land scheint über keine gescheiten Bäume zu verfügen.) Als die beiden Diener das Gestell vor der Jagdhütte aufgestellt hatten, ritten die Jäger der Reihe nach daran vorbei, um sich eine Lanze herauszuziehen. Als Hasselborg sich seine aussuchte, hörte er, wie hinter ihm der Dasht schrie:

»... und wenn ich hören sollte, daß wieder irgendein Spitzbube unsere Beute ohne zwingende Not erlegt haben sollte, dann werde ich das mit ihm machen, was ich schon mit Sir Daviran gemacht habe ...«

Jemand blies ein Horn, das sich so anhörte, als wäre es voll Spucke. Das Durcheinander von Menschen und Tieren ordnete sich zu einer Kolonne und setzte sich in Bewegung – vorn die Eshuna mit ihren Führern, dahinter die Jäger mit ihren Lanzen, und den Schluß bildeten die Bediensteten mit dem Netz und weiteren Utensilien wie Gongs und Fakkeln.

Der Haufen zog sich auf dem schmalen Weg immer weiter auseinander; vorn zerrten die Eshuna an ihren Leinen, und die Bediensteten hatten Mühe, mit den Jägern auf ihren Ayas Schritt zu halten. Hasselborg trabte schweigend im Knäuel der anderen Jäger. Bei jedem Schritt seines Aya schlug ihm sein Schwert gegen das linke Bein. Die Sonne war immer noch nicht aufgegangen.

»Eine prächtige Schar!« schwärmte eine Stimme hinter ihm, die ihm irgendwie bekannt vorkam. Gleich darauf tauchte Ye'man, seine Smörgåsbrod-Bekanntschaft, neben ihm auf. »Wollen wir hoffen, daß der Ball nicht im Bart herumkriecht!«

»Wollen wir's hoffen«, echote Hasselborg, der nicht die

geringste Ahnung hatte, was der Bursche damit meinte. Nach und nach verebbte das Stimmengewirr, und schließlich waren nur noch das Trommeln der Hufe, das Klirren der Waffen und das gelegentliche Miauen der Eshuna von vorn zu hören. Hasselborg, dessen Gesäßmuskeln noch immer erhebliche Anpassungsschwierigkeiten hatten, fand die ganze Sache ziemlich anstrengend und ermüdend.

Als die Sonne sich schließlich zu einem ihrer prachtvollen krishnanischen Aufgänge erhob, bog die Schar vom Weg ab und ritt in ein flaches Tal hinein. Hasselborg, der zum ersten Mal in den Genuß eines Querfeldeinritts kam, mußte alsbald feststellen, daß er höllisch aufpassen mußte, wenn er nicht kopfüber aus dem Sattel fliegen wollte. Immer wieder mußte er seinen Aya zu einem kurzen Galopp anspornen, um nicht hoffnungslos hinter den anderen Jägern zurückzubleiben.

Weiter ging's, über Stock und Stein, hier einen Hügel hinauf, dort einen anderen hinunter, über Wiesen und bebaute Felder (die ihren Besitzern hernach nicht mehr viel Freude machen würden) und durch Unterholz. Zu Hasselborgs Entsetzen tauchte plötzlich eine niedrige Steinmauer auf. Die Eshuna und Aya setzten mit mächtigem Schwung hinüber – ausgenommen der Aya von Hasselborg, der, nur für die Benutzung ebener Straßen ausgebildet, kurzerhand verweigerte und seinen Reiter dabei um ein Haar aus dem Sattel geworfen hätte. Während alle anderen problemlos hinübersprangen und sich rasch entfernten, trieb Hasselborg, innerlich fluchend wie ein Müllkutscher, seinen Aya zu einem wilden Galopp an, umrundete in weitem Bogen das Ende der Mauer und hetzte keuchend hinter den anderen her, um nicht den Anschluß zu verlieren.

Als nächstes mußte er einen Zaun umrunden, den die anderen übersprangen. Die Sache wurde ihm von Minute zu Minute lästiger, aber er tröstete sich damit, daß sein Aya eben mehr Grips hatte als die anderen, die sich zum Springen zwingen ließen.

Von ganz vorn krächzten jetzt ein paar heisere Horntöne

zu ihm herüber, und die Eshuna stießen ein schauriges Geheul aus. Hasselborg hätte schwören können, daß sie im Kanon heulten. Sofort sprengte alles in wildem Galopp los. Diesmal schaffte er es beim besten Willen nicht, Schritt zu halten. Zu allem Überfluß tauchte auch schon die nächste Steinmauer auf. Als er sie endlich in gewohnter Manier umkreist hatte, fand er sich unversehens in der Meute der Bediensteten wieder.

Als das nächste Hindernis auftauchte, gab er seinem Reittier die Sporen, hielt die Zügel straff, um es am Ausbrechen zu hindern, und ließ es erst im letzten Moment abspringen, wie man es ihm beigebracht hatte. Der Aya zögerte erst, doch dann sprang er. Hasselborg ging zwar mit ihm hoch, ganz so, wie es sich gehörte, doch verharrte er auch noch in seinem Aufwärtsschwung, als das Biest schon wieder dem sicheren Boden zustrebte. Diese physikalisch bedingte Uneinigkeit zwischen Roß und Reiter hatte katastrophale Folgen: Hasselborg hob sich voller Anmut aus dem Sattel und schoß in hohem Bogen ins Moos.

Sekundenlang sah er Sterne. Diese machten den Bäuchen der Bediensteten-Ayas Platz, die hinter ihm über den Zaun sprangen. Einen Augenblick lang dachte er, sie würden mit all ihren sechs Hufen in seinem Gesicht landen. Doch wie durch ein Wunder verfehlten sie ihn alle.

Als das Universum zu rotieren aufgehört hatte, rappelte er sich mühsam auf die Beine. Ein scharfer Stein hatte ihm den Allerwertesten geprellt, er hatte sich auf die Zunge gebissen, seine Hose war über dem rechten Knie aufgeplatzt, sein Schwertgürtel hing ihm seltsamerweise nicht mehr um die Hüften, sondern hatte sich ihm um den Hals geschlungen – kurz: Er hatte sich schon besser gefühlt.

Die Bediensteten waren schon hinter der nächsten Anhöhe verschwunden, und das heisere Gekrähe des Horns und das schaurige Geheul der Eshuna verloren sich in der Ferne.

»Ein Königreich für ein Auto!« seufzte er, dann klaubte er seine Lanze vom Boden und humpelte zu seinem Aya. Dieser indes schien nicht sonderlich erpicht auf weitere Parforce-Jagden; ihm war mehr nach Ruhe und gemächlichem Grasen zumute. Als Hasselborg sich ihm näherte, hörte er auf zu grasen, rollte indigniert mit den Augen und trottete davon.

»Komm her, Faroun!« rief Hasselborg streng. Faroun entfernte sich noch ein Stück weiter.

»Komm sofort zurück!« brüllte Hasselborg, aber das verdammte Biest dachte gar nicht daran. Hasselborg überlegte einen Moment, ob er ihm einen Stein an den Kopf werfen sollte; aber aus Furcht, ihn damit endgültig zu verjagen, verwarf er diesen Plan wieder.

Als nächstes probierte er es mit Anpirschen, aber das brachte auch nichts, denn der Aya spähte zwischen den einzelnen Bissen Moos, die er sich genüßlich zu Gemüte führte, immer wieder zu ihm herüber, peinlich darauf bedacht, auf sicherem Abstand zu seinem Besitzer zu bleiben. Vielleicht war es das beste, er scheuchte das Tier beharrlich so lange von seiner jeweiligen Futterstelle fort, bis es des Spielchens müde war und freiwillig zu ihm zurückkam. Grimmig entschlossen, diesen Plan in die Tat umzusetzen, stapfte er auf das Tier los.

Etwa eine krishnanische Stunde später – er war noch immer dabei, erfolglos dem verdammten Biest nachzujagen – brach plötzlich etwas mit markerschütterndem Brüllen aus dem Unterholz und stampfte auf ihn los. Hasselborg hatte gerade noch Zeit, seine Lanze herumzureißen und die Spitze auf das bedrohliche Etwas zu richten, als es eine blitzschnelle Richtungsänderung vollzog und auf den gemütlich grasenden Faroun losging. Ein kurzes, trockenes Knacken, und der Aya lag mit zerschmettertem Genick am Boden. Wie ein Triumphator thronte der Neuankömmling über seinem Opfer. Anhand der Beschreibungen identifizierte Hasselborg ihn als einen Yeki – genau das Tier, hinter dem sie her waren. Es war ein felltragendes braunes Raubtier etwa von der Größe eines Tigers, doch ähnelte es eher einem überdimensionalen Nerz. Die Körpermitte wurde von einem zusätzlichen Beinpaar gestützt.

Sekundenlang stand das Tier reglos da, knurrte leise und beobachtete Hasselborg, so als wisse es nicht so recht, ob es den toten Aya wegschleppen oder die andere Beute auch noch niederstrecken sollte. Dann glitt es auf Hasselborg zu.

Der Detektiv unterdrückte den Impuls, sich umzudrehen und wegzurennen, denn ihm war klar, daß er das Tier auf diese Weise in wenigen Augenblicken im Nacken hätte. So sehnlich wie nie zuvor wünschte er sich ein Gewehr. Doch da das Wünschen ihm auch keins herbeizauberte, packte er seine Lanze mit beiden Händen und trat dem Raubtier entgegen.

»Hau ab!« brüllte er aus Leibeskräften.

Der Yeki machte einen weiteren Schritt auf ihn zu und stieß ein tiefes Knurren aus. Hasselborg hob, immer noch brüllend, die Spitze der Lanze und zielte auf das Gesicht des Tiers. In dem Moment, als er zustechen wollte, erhob der Yeki sich auf seinen vier Hinterbeinen und hieb mit den Vorderpfoten nach der Lanzenspitze. Sofort nutzte Hasselborg die Gelegenheit, ihm mit einem blitzschnellen Stoß in die Pranke zu stechen. Unter wütendem Gebrüll wich der Yeki einen Schritt zurück.

Hasselborg setzte sofort nach, die Lanze stoßbereit erhoben. Wie lange würde er sich das Biest noch vom Halse halten können? Die Chance, es ohne fremde Hilfe zu töten, war äußerst gering ...

Plötzlich hörte er, wie das Geheul der Eshuna wieder näherkam. Die Jagdpartie schien direkt hinter der nächsten Anhöhe vorbeizusprengen. Aus Leibeskräften brüllte er:

»He! Ich hab ihn!«

Das war äußerst übertrieben; außerdem schien ihn sowieso keiner gehört zu haben.

»Hierher!« brüllte er mit sich überschlagender Stimme. »Hussa, hallo, halali und was es sonst noch alles so gibt!«

Gleich darauf tauchte einer der Jäger auf dem Kamm der Anhöhe auf, und in Null Komma nichts kam die ganze

Riege im gestreckten Galopp auf ihn zugeflogen. Der Yeki erkannte sofort die Gefahr und versuchte, sich davonzustehlen. Doch schon hatten die Eshuna ihn umzingelt und umkreisten ihn wild heulend, ohne ihm jedoch zu nahe zu kommen. Der Yeki brüllte und schäumte und drehte sich im Kreis. Ein paarmal versuchte er, aus dem Ring auszubrechen, doch angesichts der eindeutigen Übermacht zog er es vor, mit eingekniffenem Schwanz wieder zurückzuweichen.

Dann entfalteten die Diener das Netz, und vier von ihnen befestigten es mit den Ecken an vier Pfählen und hoben es hoch wie einen Baldachin. Dann rannten sie vor und warfen das Netz über den Yeki. Binnen weniger Sekunden hatten sie ihn eingewickelt. Das riesige Raubtier brüllte in ohnmächtiger Wut und zerrte mit den Krallen wie wild an den Maschen, aber es half nichts; es zappelte hilflos im Netz.

»Gut gemacht!« brüllte der Dasht und hieb Hasselborg mit solcher Wucht auf die Schulter, als wollte er ihn in den Erdboden stampfen. »Jetzt kommen wir doch noch zu unserem Spiel. Euer Aya ist tot? Hier, nehmt meinen. *Ao,* du da!« brüllte er einem der Diener zu. »Gibt Meister Kavir deinen Aya! Ihr, Kavir, behaltet das Tier mit meinen besten Empfehlungen als kleine Auszeichnung für Euer mannhaftes Verhalten.«

Hasselborg war zu sehr mit seinen Schrammen und Prellungen beschäftigt, als daß er noch die Energie hätte aufbringen können, sich Gedanken darüber zu machen, wie der Diener wohl ohne sein Reittier nach Rosíd zurückkommen sollte. Er barg seinen Sattel, bestieg seinen neuen Aya und ritt mit den anderen zurück nach Hause. Ihre Komplimente quittierte er lediglich mit einem freundlichen Lächeln – nach Reden war ihm erst einmal nicht zumute. Als sie wieder auf den Weg einbogen, passierten sie einen großen Bishtarkarren, auf dessen Bock ein paar von Jáms Livrierten saßen; offensichtlich brachten sie den gefangenen Yeki zum Palast.

Der Dasht lenkte seinen Aya neben ihn. »Wir haben heute abend kein kleines Souper, ganz intim, in der dritten Stunde nach Sonnentuntergang. Wie gesagt, im kleinen Kreis, bloß ein paar enge Freunde – zum Beispiel Namaksari, die Schauspielerin, und Chinishk, der Astrologe. Habt Ihr Lust, ebenfalls zu kommen? Wir könnten uns dann über das Porträt unterhalten. Wie gesagt, Ihr seid herzlich eingeladen.«

»Ich danke Eurer Hoheit«, antwortete Hasselborg.

In Rosíd angekommen, machte er einen kleinen Schaufensterbummel. Obwohl er sich völlig darüber im klaren war, daß es idiotisch war, sich mit mehr Kram zu beladen, als er unbedingt brauchte, erwies sich die Versuchung, von Batrunis unbegrenztem Spesenkonto Gebrauch zu machen, als zu groß. Beladen mit einem Regenschirm mit kunstvoll geschnitztem Griff, einem Teleskop und einem abgrundtief häßlichen kleinen Elfenbeingott aus irgendeinem weit abgelegenen Teil des Planeten traf er schließlich im Hotel ein. Zu allem Überfluß hatte er noch eine ganze Stunde länger gebraucht als ursprünglich geplant, weil er sich in den winkligen Straßen und Gäßchen hoffnungslos verlaufen hatte. Er fühlte sich am ganzen Leibe klebrig und stinkig – immerhin hatte er nicht mehr gebadet, seit er Novorecife verlassen hatte.

Als er den Wirt nach einer Bademöglichkeit fragte, verwies dieser ihn an ein öffentliches Badehaus am Ende der Straße. Anhand der badewannengroßen Seemuschel über der Eingangspforte war es leicht zu identifizieren. Er zahlte seinen Obulus und schritt frischen Muts hinein, mußte jedoch zu seinem Mißvergnügen feststellen, daß die Badesitten von Rúz sich in nichts von den japanischen unterschieden. Zwar hatte er als Ex-Ehemann auf diesem Sektor keine sonderlichen Hemmungen zu überwinden, aber ein Blick auf die männlichen Krishnaner überzeugte ihn, daß er unter solchen Umständen niemals als einer von ihnen durchgehen würde. Das wohl auffälligste Unterscheidungsmerkmal war, daß sie keinen Bauchnabel hatten.

Er ging zurück zu seinem Gasthof und sagte zum Wirt: »Tut mir leid, mein Freund, aber ich hatte ganz vergessen, daß ich unter einem religiösen Bann stehe, der mir verbietet, in einem öffentlichen Badehaus zu baden. Wäret Ihr wohl so freundlich, mir eine Wanne und ein bißchen heißes Wasser auf mein Zimmer stellen zu lassen?«

Der Wirt kratzte sich die Wurzeln seiner Antennen und sagte, ja, das ließe sich wohl machen.

»Außerdem hätte ich gern etwas ... eh ...« Verdammt, was hieß ›Seife‹ auf Krishnanisch? »Ach, ist schon gut, ich sag's Euch später.« Mit seinen wunden Füßen stieg er die Treppe hinauf, um in seinem Wörterbuch nachzugucken, doch leider vergebens, denn offenbar existierte ein solches Wort im Gozashtandou nicht. Wahrscheinlich war das Zeug noch nicht erfunden. Kein Wunder, daß die Krishnaner alle Parfüm benutzten!

Die Küchenmägde, die ein paar Minuten später mit Wanne, Bürste und eimerweise heißem Wasser aufkreuzten, zeigten ein schon fast befremdlich wirkendes Interesse an der Überspanntheit ihres seltsamen Gastes und wollten ihm unbedingt den Rücken schrubben. Höflich, doch unwiderstehlich komplimentierte Hasselborg sie wieder hinaus. Er würde eine Weile brauchen, bis er aufgeweicht genug sein würde, um den Schmutz und die tödlichen Bazillen, die sich darin aalten, abschrubben zu können. Eines stand fest: Dies war die letzte seifenlose Expedition auf einen fremden Planeten, und wenn er das Zeug demnächst durch die Viagens-Kontrolle schmuggeln mußte!

Sobald sich das Wasser auf eine erträgliche Temperatur abgekühlt hatte, ließ er sich in die Wanne gleiten, so weit es nur eben ging, und lehnte mit einem behaglichen Seufzer den Kopf gegen einen der Henkel. Junge, das tat seinen armen wunden Füßen aber gut. Mit einem Blick auf die Tür, ob der Riegel auch zugeschoben war, stimmte er ein fröhliches Liedchen an. Er war gerade bis

»... junges Mädchen, rrreife Frrrau – sso bist duhuhu, duhu, duhuhuhu ...«

gekommen, als ein Pochen an der Tür ihn hochfahren ließ.

»Wer ist da?« rief er.

»Das Gesetz! Aufmachen!«

»Sekunde!« brummte er, kletterte aus der Wanne und trocknete sich flüchtig ab. Was im Namen von Ahuramazda war denn jetzt schon wieder los?

»Sofort aufmachen, oder wir brechen die Tür auf!«

Hasselborg knurrte mißmutig, schlang sich das Handtuch um die Hüften und schob den Riegel zurück. Ein Schwarzgekleideter trat ein, gefolgt von zwei anderen, die bewaffnet waren und einen ziemlich offiziell aussehenden Panzer trugen.

»Ihr seid verhaftet«, eröffnete ihm der Schwarzgekleidete. »Ich muß Euch mitnehmen.«

6

Und weswegen?« fragte Victor Hasselborg und machte ein Gesicht wie ein frischgewaschener Plüschteddybär.

»Das erfahrt Ihr später. Wollt Ihr wohl das Schwert liegenlassen! Ihr glaubt doch wohl nicht im Ernst, daß wir Gefangene mit einem Schwert herumlaufen lassen, oder?«

»Aber es könnte doch sein, daß es gestohlen wird ...«

»Keine Angst! Wir setzen das Siegel des Dasht auf Eure Tür, und wenn Ihr wieder frei seid und herkommt, werdet Ihr Eure Sachen genauso vorfinden, wie Ihr sie zurückgelassen habt. Womit ich natürlich nicht sagen will, daß Ihr jemals wieder hierherkommt. So, und jetzt beeilt Euch!«

Irgendwie mußte der Dasht dahintergekommen sein, daß er an Góis' Brief herummanipuliert hatte. Zum Nachgrübeln blieb Hasselborg indes wenig Zeit, denn die beiden Häscher bugsierten ihn nicht gerade sanft aus dem Gasthof und setzten ihn auf ein angebundenes Aya. Dann jagten sie mit halsbrecherischer Geschwindigkeit durch die Stadt, an jeder Ecke laut *»Byant-hao!«* brüllend, um freie Bahn zu haben.

Das Gefängnis, das nur einen Block vom Palast entfernt war, sah aus wie – ein Gefängnis. Der Kerkermeister, ein runzliges Individuum, dem eine Antenne fehlte, begrüßte ihn mit einem überschwenglichen »Sieh da! Der Herr aus Novorecife, wenn mich nicht alles täuscht! Vielleicht wünschen der Herr eines unserer besseren Zimmer, hmm? Mit einem prächtigen Blick auf Meister Ráus Kontor und nicht einen Karda teurer als in den etwas feineren Häusern, hehe! Was sagt Ihr dazu, mein Freund? Wie wär's?«

Hasselborg entnahm den Worten des Mannes, daß er eine Einzelzelle haben konnte, falls er dafür zu zahlen bereit wäre. Er nahm das Angebot des Kerkermeisters ohne großes Herumgefeilsche an. Während dieser und der Schwarzgekleidete sich mit irgendwelchen Papierkram befaßten, führte ein Wärter Hasselborg in seine Zelle. Diese beherbergte einen Stuhl, was immerhin schon etwas war, und da sie im zweiten Stock lag, war sie auch einigermaßen hell, trotz des kleinen Gitterfensters. Was von Hasselborgs Standpunkt aus jedoch das wichtigste war: Sie war erstaunlich sauber, obwohl er einiges darum gegeben hätte zu erfahren, ob sein Vorgänger an einer ansteckenden Krankheit gelitten hatte.

»Wie heißt der Kerkermeister?« fragte er den Wärter.

»Yeshram bad-Yeshram«, antwortete dieser.

»Würdet Ihr ihm bitte ausrichten, daß ich ihn gerne sehen möchte, sobald er Zeit hat?«

Der Kerkermeister beehrte ihn schneller, als er erwartet hatte. »Seht, Meister Kavir«, sprudelte er auf Hasselborg ein, »ich bin kein Ungeheuer, das sich am Leid seiner Schutzbefohlenen ergötzt, wie der Riese Damghan in der Legende. Aber ich bin auch kein frommer Philanthrop, der das Wohlbefinden anderer über sein eigenes stellt. Wenn sie für ein paar Extras zahlen können, um sich ihre letzten Stunden zu erleichtern, nun, sag ich immer, warum sollten sie sie dann nicht haben? Ich hatte Lord Hardiqásp während der letzten dreißig Zehn-Nächte vor seiner Enthauptung unter meiner persönlichen Obhut, und als sie ihn holten, sagte er zu mir: ›Yeshram‹, hat er gesagt, ›Yeshram, es war mir ein Vergnügen, dein Gefangener zu sein. Du hast mir meine Gefangenschaft fast zu einem Kuraufenthalt gemacht!‹ Merkt Euch das gut! Wenn Ihr nett zu Yeshram seid, Euch immer schön an die Spielregeln haltet, keinen Ausbruchversuch unternehmt, mit den anderen Gefangenen keine Revolte anzettelt und immer gut zahlt, dann werdet Ihr wenig Grund zum Klagen haben, hehehe!«

»Ich verstehe«, antwortete Hasselborg. »Das erste, was ich brauche, und zwar sofort, sind ein paar Informationen. Warum bin ich überhaupt hier?«

»Das weiß ich auch nicht ganz genau. Ich weiß bloß, daß Ihr wegen Verrats angeklagt seid.«

»Wann ist meine Anhörung? Darf man hier auch einen Anwalt haben?«

»Nun, was Eure Anhörung betrifft – wißt Ihr denn nicht, daß Eure Verhandlung heute nachmittag stattfindet?«

»Wann? Wo?«

»Die Verhandlung findet in der Justizkammer statt, wie gewöhnlich. Die genaue Zeit kann ich Euch auch nicht sagen; vielleicht fängt die Verhandlung sogar schon in diesem Augenblick an.«

»Soll das heißen, daß man in Rúz nicht an seiner eigenen Gerichtsverhandlung teilnimmt?«

»Natürlich nicht, wozu wäre das auch gut? Alles, was der Angeklagte zu seiner Verteidigung sagen würde, wäre ohnehin gelogen. Warum ihn also erst groß befragen?«

»Nun gut. Habt Ihr denn die Möglichkeit, nach der Verhandlung zu erfahren, was alles dabei herausgekommen ist?«

»Gegen ein kleines Entgelt wäre das möglich.«

Als Hasselborg allein in seiner Zelle saß, überlegte er, ob es nicht vielleicht besser wäre, sich als Erdbewohner zu erkennen zu geben. Zumindest würden sie dann ein bißchen vorsichtiger mit ihm umgehen. Oder vielleicht doch nicht? In Novorecife hatten sie ihn ausdrücklich davor gewarnt, auf sein Prestige als Erdbewohner zu bauen. Da der Interplanetarische Rat eine Politik der strikten Nichteinmischung in krishnanische Angelegenheiten beschlossen hatte, verfuhren die krishnanischen Staaten nach eigenem Gutdünken mit den *Erdinga,* die sich auf ihrem Hoheitsgebiet aufhielten. Bisweilen gefielen sie sich darin, sie äußerst respektvoll und zuvorkommend zu behandeln, dann wieder betrachteten sie sie als ihre legitime Beute und verfuhren entsprechend mit ihnen. Und wenn jemand sich über eine besonders üble Behandlung seitens der krishnanischen Behörden beim I.R. beschwerte, dann wurde er mit dem lapidaren Hinweis abgespeist, daß schließlich niemand einen Erdbewohner dazu zwinge, Krishna zu besuchen.

Darüber hinaus konnte eine solche Enthüllung den Erfolg seiner ganzen Mission aufs Spiel setzen. Er entschloß sich daher, einstweilen seine Rolle als krishnanischer Porträtmaler weiterzuspielen, zumindest so lange, bis ihre Möglichkeiten ausgeschöpft wären.

Bald darauf kam der Kerkermeister und erstattete ihm Bericht: »Es scheint, daß Ihr hierherkamt mit irgendeinem Brief von einem *Erding* in Novorecife, in welchem stand, daß Ihr ein Künstler oder so etwas ähnliches seid. Nun, soweit wäre ja auch alles in Ordnung gewesen, bloß daß heute morgen, als Ihr mit dem Dasht beim Jagen wart, plötzlich ein Bote mit einem zweiten Brief von demselben *Erding* auftaucht. In diesem Brief ging es um etwas ganz anderes, um eine völlig andere Sache, aber am Ende des Briefes hat der *Erding* einen kleinen Satz hinzugefügt, der ungefähr so lautet: ›Ist dieser mikardansische Spion, den ich mit einem Empfehlungsschreiben zu Euch geschickt habe, schon eingetroffen, und falls ja, was habt Ihr mit ihm gemacht?‹ Das kam dem Dasht verdächtig vor, und er nahm den ersten Brief, den Ihr mitgebracht habt, und las ihn sorgfältig durch, und da hat er ein paar Stellen entdeckt, die so aussehen, als hätte irgendein Spitzbube ein paar Wörter weggekratzt und neue darübergeschrieben. Dzdzdz! Ihr Spione müßt unseren Dasht ja wirklich für einen Einfaltspinsel halten.«

»Wie verlief die Verhandlung?« fragte Hasselborg.

»Oh, der Dasht hat seinen Beweis vorgelegt, und der Verteidiger hat gesagt, er könne nichts finden, was zu Euren Gunsten spreche, und das konnte er ja auch in der Tat nicht, also hat das Gericht Euch dazu verurteilt, beim Spiel gefressen zu werden, und zwar übermorgen.«

»Heißt das, daß man mich zusammen mit dem Yeki, den wir heute morgen gefangen haben, in eine Arena steckt?«

»Ganz recht, Meister Kavir. Und der Dasht fand die Vorstellung ganz köstlich und mußte schrecklich darüber lachen, hehehe! Nicht, daß ich etwas gegen Euch hätte, Meister Kavir, ganz im Gegenteil, aber ist es nicht wieder einmal so, daß die Götter einen mit seinem eigenen Feuerwerk in die Luft sprengen? Nehmt es nicht so schwer, Meister Kavir, wir alle müssen gehen, wenn unsere Kerze heruntergebrannt ist. Es tut mir wirklich leid, daß ich einen so netten

Gast so rasch wieder verliere; ehrlich, es tut mir aufrichtig leid.«

Ich weine um dich, sagte das Walroß; ich bin zutiefst betrübt, dachte Hasselborg. Laut sagte er: »Ihr werdet's schon überwinden. Was passiert eigentlich bei diesem Spiel?«

»Es findet eine Parade statt, dazu ein Feuerwerk und eine große Vorstellung im Stadion – mit Wettläufen, Ayarennen, Boxen und Ringen, Eurer Verspeisung, und ganz zum Schluß gibt es einen Kampf zwischen mehreren Koloftuma und ein paar von unseren eigenen Verbrechern, die zum Tode verurteilt sind. Da geht's um Leben und Tod, mit richtigen Waffen. Das wird der Höhepunkt der ganzen Veranstaltung! Zu schade, daß Ihr es nicht mehr erleben werdet!«

Obwohl Hasselborg nicht sonderlich eitel war, gab es ihm doch einen kleinen Stich, daß man ihn nicht für würdig befunden hatte, die Hauptattraktion des Abends zu sein. »Was ist eigentlich der Anlaß für dieses Spiel?«

»Och, irgendeine astrologische Konjunktion; welche, kann ich auch nicht sagen. Sie kommen alle paar Zehn-Nächte, das heißt, die glücksbringenden, falls Ihr an diesen ganzen Unfug glaubt, und dann verlassen die Lehrlinge ihre Arbeitsstelle und ziehen grölend und prügelnd durch die Straßen, und der Dasht läßt ein großes Fest für seinen Hof steigen, mit Zirkusspielen für das gemeine Volk.«

»Kriege ich wenigstens eine Waffe, wenn ich gegen dieses Vieh antreten muß?«

»Um Himmels willen, das doch nicht! Ihr könntet womöglich das Tier verletzen oder sogar töten! Früher bekam das Opfer immer ein Holzschwert in die Hand gedrückt, damit das Volk was zu lachen hatte, aber seitdem einer – ein *Erding* war's – dem Lieblings-Yeki des Dasht damit ein Auge ausgestochen hat, hat der Dasht angeordnet, daß sie gar nichts mehr kriegen, hehehe! Ein tolles Spektakel, kann ich Euch versichern, alles voll Blut, die ganze Arena!«

Hasselborg beugte sich nervös vor. »Habe ich Euch recht verstanden? Habt Ihr gesagt, ein Erdbewohner wurde einmal bei so einem Kampf gefressen?«

»Na klar. Was ist denn so Besonderes dabei? Es stimmt zwar, daß viele in Rúz sagen, der Dasht sollte die *Erdinga* besonders zuvorkommend behandeln, weil, es geht nämlich das Gerücht, daß sie Waffen von solcher Macht besitzen, daß ein einziges ihrer Feuerwerke ganz Rosíd mit einem Schlag von der Landkarte radieren könnte, aber der Dasht will davon nichts hören. Er sagt immer, solange, wie er der Dasht von Rúz ist, wird er dafür sorgen, daß alles in Rúz so bleibt, wie es seit alters her ist: Die Adligen haben Vorrang vor den Gemeinen, die Gemeinen vor den Fremden und alle miteinander vor den Sklaven. So weiß eben jeder Wicht, wo er steht und wonach er sich zu richten hat. Fängt man erst einmal an, Ausnahmen zu machen, dann bedeutet das den Verfall allen Rechts. Und sind nicht gerade Beständigkeit und Konsequenz das Wesen des Rechts? Obwohl ich kein Rechtsgelehrter bin, scheint mir doch, daß der Dasht recht hat. Meint Ihr nicht auch?«

Hasselborg starrte nachdenklich an die Decke. Unter den eben genannten Umständen würde es eher ein Nachteil sein als ein Vorteil, wenn er sich als Erdbewohner zu erkennen gäbe. »Yeshram, was würdet Ihr machen, wenn Ihr ... sagen wir mal, eine halbe Million Karda hättet?«

»*Ohé!* Wollt Ihr mich auf den Arm nehmen, Meister Kavir? Ich weiß genau, daß Ihr eine solche Summe gar nicht bei Euch habt. Wir haben nämlich Eure Sachen durchsucht, als Ihr herkamt. Das wäre ja schon fast ein Lösegeld für einen Dasht! Wollen wir lieber vernünftig miteinander reden, mein Freund, viel Zeit bleibt uns nämlich nicht mehr.«

»Ich meine es ernst. Was würdet Ihr mit soviel Geld tun?«

»Ehrlich, das wüßte ich nicht. Natürlich als erstes diese miese Stellung aufgeben. Dann würde ich mir ein paar Ländereien kaufen und versuchen, einen auf feinen Herrn zu machen. Vielleicht würde ich sogar meinen Ältesten zum Ritter schlagen lassen. Ich weiß es wirklich nicht. Mit solch einer riesigen Summe sind einem fast keine Grenzen gesteckt. Aber hört auf, mich zu ärgern, sonst werde ich ernstlich böse!«

»Ich habe zwar nicht soviel bei mir, aber ich könnte es beschaffen.«

»So? Jetzt sagt mir bloß nicht, daß Ihr außer Spion und Porträtmaler auch noch ein Märchenonkel seid, der einem spannende Geschichten von feuerspeienden Drachen und unsichtbaren Schlössern erzählt!«

»Was ich Euch hier erzähle, ist kein Märchen. Ich habe in Novorecife einen Kreditbrief hinterlegt, der genau diese Summe wert ist, und wenn einer mich hier herausbringen könnte, wäre ich selbstverständlich gern bereit, ihm diese Summe zu bezahlen.«

Jetzt wurde der Kerkermeister nachdenklich. »Aber wie würde ich an dieses Geld kommen? Wer gibt mir die Sicherheit, daß es tatsächlich dort bereitliegt?«

»Ihr müßtet jemand hinschicken, der es abholt. Wartet mal – ich wüßte da einen, der das mit Sicherheit machen würde, einen Soldaten der Landstraßenpatrouille. Er heißt Garmsel bad-Manyao. Wenn Ihr den irgendwie erreichen könntet, wäre es kein Problem. Ich würde ihm einen Wechsel auf den Brief aushändigen, und ich bin sicher, er würde wie der Teufel nach Novorecife reiten.«

Der Kerkermeister setzte eine skeptische Miene auf und schüttelte den Kopf. »Ich sehe da ein paar Schwierigkeiten, mein Freund. Wir müßten eine Befreiung vortäuschen, und das würde bedeuten, daß wir noch ein paar andere Leute in den Plan einweihen müßten, die natürlich alle bezahlt werden wollten. Und dann wäre da natürlich das Zeitproblem: Mag ja sein, daß Euer Freund reiten kann wie der Teufel, aber ehe er nach Novorecife und wieder zurückgeritten wäre, wärt Ihr schon längst im Schlund des Yeki verschwunden. Außerdem: Wenn Ihr nicht beim Spiel erscheint, kostet mich das meinen Kopf oder zumindest meine Stellung. Nein, ich sehe schon, ich könnte es nicht, besonders dann nicht, wenn ich das Geld noch nicht in der Hand hätte. Mit dem Geld in der Hand jedoch würde ich natürlich jedem die Stirn bieten, außer Dasht selbst.«

Nachdem sie eine Weile schweigend dagesessen und

nachgedacht hatten, nahm der Kerkermeister plötzlich den Faden wieder auf: »Vielleicht kann ich Euch auch so heil durch das Spiel bringen. Ich habe da eine Idee. Wenn Ihr mir jetzt den Wechsel gebt, werde ich tun, was ich kann, und wenn es nicht klappt, könnt Ihr mit dem Geld ohnehin nichts mehr anfangen. Nun, gebt Ihr ihn mir?«

Hasselborg, der bis jetzt wenig Grund sah, dem Kerkermeister zu vertrauen, konterte: »Ich mache Euch einen Vorschlag: Ich stelle Euch jetzt einen Wechsel über eine Viertelmillion Karda aus und einen zweiten über die gleiche Summe, sobald ich draußen bin.«

»Aber woher soll ich wissen, ob Ihr mir auch die zweite Hälfte bezahlt, wenn Ihr erst frei seid und mit den Eshuna im Nacken flieht?«

»Und woher soll ich wissen, ob Ihr mich rauslaßt, wenn Ihr erst einmal die erste Rate in der Hand habt? Mal ehrlich: Wärt Ihr nicht bedeutend beruhigter, wenn Ihr mich sicher im Bauch des Yeki wüßtet und ich keine Gelegenheit mehr hätte, irgend jemandem unseren kleinen Handel auszuplaudern? Nicht, daß ich Euch mißtraue, Meister Yeshram, aber so liegen die Dinge nun einmal. Ihr vertraut mir, ich vertraue Euch. Ihr könnt wählen. Aber bedenkt: Wenn wir uns nicht einig werden können und ich gefressen werde, dann werdet Ihr nur das bekommen, was ich am Leibe habe, und damit könnt Ihr keinen hochherrschaftlichen Prunk entfalten.«

Das Gefeilsche ging noch eine geschlagene Stunde so weiter, ehe Hasselborg endlich gewonnen hatte. So wollte Yeshram zum Beispiel eine halbe Million netto, während Hasselborg auf einer halben Million brutto bestand, daß heißt, alle sonstigen anfallenden Schmiergelder inklusive.

Nachdem sie sich auch über diesen Punkt endlich einig waren, schrieb Hasselborg schließlich seinen Wechsel aus. »Wie sieht denn Euer Plan nun aus?« fragte er den erschöpften Kerkermeister.

»Ich möchte es Euch nicht so gern erzählen, weil ein Geheimnis, das viele kennen, kein Geheimnis mehr ist, wie es in den Sprichwörtern von Nehavend heißt. Ich will Euch nur eins sagen: Tretet dem Yeki kühn entgegen, und Ihr werdet feststellen, daß er vielleicht weniger geneigt ist, Euch zu fressen, als Ihr es erwartet habt.«

Danach kam Hasselborg in den fragwürdigen Genuß, zwei krishnanische Tage und Nächte dem Zeitpunkt seiner Hinrichtung entgegenharren zu dürfen. Er versuchte sich die Zeit mit dem Lesen eines Fachbuchs über gozashtandisches Recht zu vertreiben, das Yeshram ihm besorgt hatte, gab den Versuch aber bald wieder auf: Das Recht in Gozashtand basierte zum größten Teil auf Präzedenzfällen, und außerdem beherrschte er das geschriebene Gozashtandou noch nicht gut genug, um das Buch mit Genuß lesen zu können. Er ging nervös in seiner Zelle auf und ab, rauchte, aß wenig und verbrachte ganze Stunden damit, sentimental auf Alexandras winziges Taschentuch zu starren.

Zwischendurch schickte er immer wieder den Wärter hinaus, um in Erfahrung zu bringen, ob es schon irgendeine Nachricht von Garmsel gab. Er wußte zwar, daß das noch gar nicht der Fall sein konnte, aber irgendwie hoffte er trotzdem auf ein kleines Wunder. Ein kleiner, wenngleich schwacher Trost für ihn war die Tatsache, daß er trotz seiner aussichtslosen Lage immer noch genügend Selbstbeherrschung aufgebracht hatte, seinen Handel mit Yeshram über weniger als die Hälfte der Summe abzuschließen, die sein Kreditbrief abdeckte. Er war mehrmals nahe daran gewesen, den gesamten Betrag in die Waagschale zu werfen, obwohl er wußte, daß das bedeuten würde, Geld zum Fenster hinauszuwerfen.

Am zweiten Nachmittag nach seiner Ankunft im Knast kam Yeshram zu ihm in die Zelle und fragte: »Seid Ihr bereit? Nur Mut, Meister Kavir! Nein, nein, zum hundertsten Male, keine Neuigkeiten! Garmsel würde einen von Aquebats gezogenen Gleiter brauchen, wie Prinz Bourudjird in der Legende, wollte er jetzt schon wieder zurück sein. Warum zittert Ihr so? Mein Risiko ist nicht minder groß als Eures.«

Hasselborg wurde in eine Art Käfig auf Rädern verfrachtet und quer durch die Stadt zum Stadion gekarrt. Dort angekommen, wurde er von Bewaffneten in einen Raum unterhalb der Tribünen geführt. Von draußen drangen die Geräusche der hereinströmenden Zuschauermassen zu ihm. Die beiden Wärter beobachteten ihn schweigend. Nach einer Weile sagte einer von beiden zu seinem Kumpan:

»Die Menge ist heute in schlechter Stimmung.«

»Eine langweilige Vorstellung!« grunzte der andere zurück.« Die Leute sagen, der Dasht wäre in der letzten Zeit viel zu stark mit seinem Liebesleben beschäftigt, um sich angemessen um die Spiele zu kümmern.«

Danach kehrte wieder Schweigen ein. Hasselborg entfachte eine krishnanische Zigarre und bot den beiden Wärtern ebenfalls eine an. Sie nahmen sie mit einem Grunzen des Danks entgegen und rauchten schweigend.

Die Warterei zog sich hin.

Schließlich steckte ein Mann den Kopf zur Tür herein und rief: »Es ist soweit!«

Die Wärter nickten Hasselborg zu, und einer sagte: »Eure Jacke müßt Ihr hierlassen. Hebt die Arme, damit wir Euch durchsuchen können.« Als sie damit fertig waren, führten sie ihn in einen der Tunnel, die die Umkleideräume mit der Arena verbanden.

Am Ende des Tunnels befand sich ein schweres Gittertor aus Eisen. Der Pförtner sprang dienstbeflissen herbei und öffnete es, als die drei anrückten. Hasselborg warf einen Blick über die Schulter. Die beiden Wärter hielten ihre Hellebarden stoßbereit umklammert; offenbar befürchteten sie, daß er im letzten Moment noch versuchen würde zu türmen.

Hasselborg, der keine Alternative sah, steckte die Daumen in den Gürtel und schlenderte mit gespielter Gleichgültigkeit in die Kampfbahn.

Sie erinnerte ihn ein wenig an die Stadien, in denen er früher, in seiner Collegezeit, Football gespielt hatte; er hatte damals Fullback gespielt. Diese Arena war jedoch ein bißchen zu klein für Football; sie war eher eine Art Stierkampfarena als eine nordamerikanische Football-Bowl. Die Sitzreihen fielen steil ab; die Kampfbahn selbst lag gut sechs Meter unterhalb der untersten Sitzreihe, so daß die Möglichkeit, sich gegebenenfalls mit einem mächtigen Satz ins Publikum zu retten, von vornherein ausgeschlossen war. Vor den ersten beiden Sitzreihen patrouillierten bewaffnete Wächter auf einem hölzernen Steg. Sollte er versuchen, sich eine der Hellebarden zu schnappen und sich per Stabhochsprung auf den Steg zu retten? Ziemlich abwegiger Gedanke, zumal für jemanden, der – wenngleich früher ein passabler Leichtathlet – noch nie Stabhochsprung trainiert hatte.

Der Himmel war wolkenbedeckt, und ein naßkalter Wind peitschte die Wimpel gegen die Fahnenstangen, die ringsherum die Tribünen zierten. Der Dasht saß in seiner Loge, eingehüllt in seinen Mantel. Hasselborg blickte zu ihm hinauf, vermochte jedoch aufgrund der Entfernung nicht zu erkennen, welche Miene seine Hoheit aufgesetzt hatte.

Als das Tor krächzend hinter ihm zufiel, sah er, wie das Tor auf der gegenüberliegenden Seite aufging und sein Freund, der Yeki, hereinspaziert kam.

Ein gedämpftes »Oh« erhob sich von der Tribüne, Hasselborg beschloß, erst einmal nichts zu tun und völlig reglos in seiner Ecke stehenzubleiben. Wenn Yeshram wirklich so eine tolle Idee gehabt hatte, dann sollte sie jetzt ihre Wirkung zeigen!

Der Yeki tapste langsam vorwärts, blieb stehen und schaute sich um. Erst blickte er Hasselborg an, dann ließ er seinen Blick über die Menge auf den Tribünen schweifen. Er stieß ein behagliches Grunzen aus, drehte sich langsam ein paarmal im Kreis, legte sich in den Sand, gähnte und schloß die Augen.

Hasselborg stand unbeweglich da.

Ein Murren ging durch die Menge, wurde lauter, steigerte sich zum Tumult. Hasselborg schnappte die ersten Mißfallensäußerungen auf, etwa: »Eintrittsgeld zurück!« oder: »Brennt dem Mistviech eins drüber!« Die ersten Sitzkissen flogen; ein Krug kullerte nicht weit neben ihm durch den Staub der Arena.

Irgendwo begannen zwei Gozashtandouma aufeinander einzuprügeln wie die Kesselflicker. Zwei andere warfen Gemüse in Richtung der Loge des Dasht. Ein paar schubsten einen der Wächter von dem Holzsteg herunter. Er plumpste mit lautem Geklirr in den Sand, und mit einer Behendigkeit, die erstaunlich war für einen Gepanzerten, sprang er auf und rannte zum nächstbesten Ausgang, obwohl der Yeki lediglich einmal müde mit einem Auge blinzelte und es gleich darauf wieder schloß. Ein anderer Wächter erwehrte sich mit der Hellebarde einer wütenden Gruppe von Jugendlichen, die versuchte, ihn ebenfalls von dem Steg zu drängen. Ein Teil des Publikums hatte inzwischen ein paar der Bänke herausgerissen und ein munteres Feuerchen entfacht.

»Meister Kavir!« gellte eine Stimme über das Getöse. »Hierher!«

Hasselborg fuhr herum und sah, daß das Tor hinter ihm einen Spaltbreit offenstand. Ohne lange zu warten, wie der Tumult sich weiter entwickelte, lief er hinaus. Einer der Gefängniswärter schloß das Tor hinter ihm.

»Kommt schnell, Herr!« Er folgte dem Mann durch die Katakomben unter dem Stadion hinaus auf die Straße, wo man ihn wieder in den fahrenden Käfig verfrachtete. Als das Gefährt auf seinen ungefederten Holzrädern über das Kopfsteinpflaster zurück zum Gefängnis polterte, begann es zu donnern. Sie waren fast angekommen, als der Regen losprasselte. Der Kutscher zog seinen Ayas eins mit der Peitsche drüber und schrie *»Byant-hao!«*

»So, das hätten wir also geschafft, heheh!« empfing ihn Yeshram.

»Und wie, wenn ich fragen darf, habt Ihr das angestellt?« fragte Hasselborg, während er eine Leine quer durch die Zelle spannte, um seine nassen Kleider aufzuhängen.

»Na schön, ich denke, ich kann's Euch ruhig erzählen,

jetzt, da's vorbei ist. Es war ganz einfach: Ich habe Rrafun, den Tierwärter, bestochen, daß er den Yeki die ganze Nacht wachhält, indem er ihm Wasser in den Käfig spritzt. Danach, hab ich ihm gesagt, soll er ihm einen ganzen Unha zu fressen geben, möglichst direkt vor dem Spiel. Danach war der Yeki natürlich weit mehr auf Schlaf erpicht als darauf, einen mikardandischen Spion in seinen ohnehin schon überfüllten Bauch zu stopfen. Habt Ihr übrigens genügend Decken? Ich möchte nicht, daß Ihr mir an Erkältung sterbt, bevor ich nicht die Hälfte meiner Belohnung gekriegt habe. Wollen wir hoffen, daß Garmsel schnell genug zurückkommt, ehe der Dasht anfängt, sich Gedanken über die merkwürdige Appetitlosigkeit seines Schoßtierchens zu machen!«

Der Rest des Tages und die darauffolgende Nacht vergingen jedoch ohne irgendeine Nachricht von Garmsel oder vom Dasht. Hasselborg versuchte sich mit dem Gedanken zu trösten, daß für die nächste Zeit erst einmal kein Zirkus mehr auf dem Spielplan stand, zumindest nicht bis zur nächsten astrologischen Konjunktion ... Andererseits konnte Jám ihn natürlich auch ohne großes Brimborium hinrichten lassen, wenn er wütend genug war.

Nach dem Mittagessen hörte er plötzlich, wie sich Stimmen seiner Zelle näherten. Gleich darauf kamen Yeshram und Garmsel herein, der letztere völlig durchnäßt und ziemlich abgekämpft.

»Ihr lebt noch, Meister Kavir?« begrüßte ihn der Soldat mit einem Seufzer der Erleichterung. »Den Sternen sei gedankt! Ich habe es nicht geglaubt, als dieser Bursche hier, mein Freund Yeshram, es mir gesagt hat; es ist nämlich weit und breit bekannt, daß er von allen Lügnern der größte ist. Wenigstens brauche ich mir jetzt für eine Weile keine Gedanken um mein Todeshoroskop zu machen.«

»Um was?« fragte Yeshram neugierig. »Was für ein Todeshoroskop?«

»Ach, das ist bloß eine Privatsache zwischen Garmsel und mir«, antwortete Hasselborg hastig. Er wollte auf keinen

Fall, daß der Glaube des Soldaten an diesen pseudowissenschaftlichen Firlefanz durch die Skepsis des Kerkermeisters unterminiert wurde. »Erzähl mal, Garmsel!« fuhr er fort, wobei er bewußt wieder in die vertrauliche Anrede verfiel. »Wie hast du's gemacht?«

»Den Ritt nach Novorecife habe ich in Rekordzeit geschafft«, berichtete der Soldat stolz. »Aber der Rückweg ging natürlich nicht so schnell. Schließlich hatte ich drei große Pack-Ayas bei mir, alle voll beladen mit Goldsäcken«, fügte er fast entschuldigend hinzu. »Das Gold ist jetzt unten in der Halle, und ich hoffe, daß ich gebührenden Lohn für meine Tat erhalte.«

»Wann hat Yeshram jemals einen treuen Freund im Stich gelassen?« jammerte Yeshram beleidigt.

»Niemals – weil er noch nie einen gehabt hat«, konterte Garmsel. »Komm schon! Zahl mich aus, damit ich gleich wieder zur Kaserne zurückreiten kann, um mich zu trocknen. *Fointsaq,* was für ein Sauwetter!«

Als Yeshram wieder in Hasselborgs Zelle zurückkam, fragte dieser: »Wenn es noch immer am Regnen ist, wäre es da nicht jetzt der günstigste Zeitpunkt, mich hier rauszukriegen?«

Der Kerkermeister zögerte. Hasselborg interpretierte dieses Zögern sofort dahingehend, daß es der Bursche jetzt, da er das Geld hatte, vielleicht für günstiger hielt, ihn dazubehalten, statt sein Geld aufs Spiel zu setzen, indem er versuchte, es zu verdoppeln. Ganz ruhig! sagte sich Hasselborg. Jetzt bloß nicht die Nerven verlieren und ausflippen!

»Überlegt gut, mein Freund!« umsalbte er mit sanfter Stimme den Kerkermeister. »Wie Ihr selbst gesagt habt, wird der Dasht früher oder später Nachforschungen anstellen. Irgendwas scheint ihn bis jetzt davon abgehalten zu haben, und wenn man den Gerüchten glaubt, leidet er zur Zeit an Liebeskummer und hat deshalb erst einmal andere Sorgen. Angenommen, er kommt darüber hinweg und taucht in den nächsten Tagen hier auf – wäre es Euch dann nicht bedeutend lieber, ich wäre über alle Berge und würde vielleicht gerade die Vorbereitungen zur Übersendung der zweiten Viertelmillion treffen als hier, wo der Dasht mir seine rotglühenden Zangen anlegen und vielleicht die Wahrheit aus mir herausprügeln lassen kann?«

»Gewiß, das war auch mein Gedanke«, erwiderte Yeshram schnell – ein wenig zu schnell nach Hasselborgs Geschmack. »Ich habe lediglich überlegt, wie wir Eure Flucht am günstigsten bewerkstelligen können. Ihr braucht Eure Sachen, nicht wahr? Es war nicht klug von Euch, Teile davon in Rosíd herumliegen zu lassen, wo die Schergen Ihrer Hoheit sie finden und Euch mit ihrer Hilfe aufspüren könnten. Was für Sachen habt Ihr, und wo liegen sie?«

Hasselborg beschrieb es ihm.

»Kleidet Euch an, damit Ihr rasch verschwinden könnt, mein Freund, und dann versucht, ein bißchen zu schlafen, denn die Vorbereitungen für Eure Flucht werden ein paar Stunden in Anspruch nehmen. Welche Straße habt Ihr Euch als Fluchtweg gedacht?«

»Die Straße nach Hershíd, denke ich.«

»Dann überlaßt alles Nötige Yeshram! Wir werden Euch so sauber aus der Stadt herausbekommen, wie der Dieb von Gavehon König Sabzavarrs Tochter wegzauberte. Und wenn Ihr draußen seid, wenn dieses herrliche Gefühl der Erleichterung Euch durchströmt, dann überlegt Euch, ob der gute Yeshram nicht vielleicht ein kleines Extrascherflein für seine Bemühungen verdient hätte, hehe! Mögen die Sterne Euch leiten.«

Nach den Erdbewohnern wahrscheinlich die habgierigste Rasse in der Galaxis, dachte Hasselborg. Aus dem Schlaf wurde jedoch nichts. Sein Organismus weigerte sich standhaft. Er wälzte sich auf seiner Pritsche herum, sprang auf, trabte eine Weile nervös in seiner Zelle auf und ab und probierte es erneut mit Hin- und Herwälzen. Seine Schlaftabletten befanden sich noch immer in seinem Hotelzimmer und somit außer Reichweite. Mehr als die Hälfte dieser endlosen Nacht mußte bereits verstrichen sein, als er endlich zu seiner Freude ein gewisses Müdigkeitsgefühl in sich spürte.

Er warf sich auf die Pritsche, doch kaum hatte er die Augen geschlossen, als das Knarren seiner Zellentür ihn wieder hochfahren ließ.

»Kommt!« sagte eine Gestalt mit einer Kerze.

Hasselborg sprang von seiner Pritsche, schlug sich seinen Mantel um die Schultern und schritt zur Tür hinaus. Als er näher an die Gestalt herankam, sah er, daß sie maskiert war und daß sie in einer Hand eine gespannte Armbrust hielt. Im Vorbeigehen glaubte er die Augen von einem der Wärter zu erkennen. Auch die Größe und die Stimme paßten. Aber er hatte jetzt keine Zeit, sich darüber Gedanken zu machen.

Unten stand ein zweiter Maskierter und bewachte mit seiner Armbrust den Kerkermeister und dessen ersten Gehilfen. Beide waren kunstvoll gefesselt und geknebelt. Yeshram blinzelte Hasselborg zu und wackelte mit seinen Antennen einen Abschiedsgruß. Dann gingen sie hinaus in den Regen, wo ein weiterer Maskierter mit drei gesattelten Ayas auf sie wartete.

Hasselborgs Begleiter hielten kurz an, um ihre Masken abzunehmen. Er hatte recht gehabt: Es waren zwei der Gefängniswärter. Wortlos stiegen alle drei auf ihre Ayas und galoppierten in Richtung Osttor los.

Hasselborg, praktisch blind in dem Regen und der Dunkelheit, klammerte sich an seinen Sattel, jeden Moment damit rechnend, daß er herunterfiel oder daß sein Tier ausglitt und er auf das nasse Kopfsteinpflaster knallte. Er konzentrierte sich so sehr darauf, nicht aus dem Sattel zu fallen, daß er gar nicht merkte, wie seine Begleiter neben ihm ihre Tiere zügelten, als sie das Tor erreichten. Als sein eigenes Reittier ebenfalls anhielt, hob es ihn fast kopfüber aus dem Sattel.

Einer seiner Befreier brüllte einen der Torwächter an: »Wo ist er hin, Dummkopf? Wer? Das fragst du noch, Blödmann? Der Gefangene, der aus dem Gefängnis ausgebrochen ist! Er muß hier durchgekommen sein! Wenn ihr ihn nicht erwischt habt, dann ist er weg aus der Stadt und über alle Berge! Zur Seite, Idioten!«

Das Tor schwang auf. Hasselborgs Begleiter spornten ihre Tiere zu einem wilden Galopp an, obwohl ihm schleierhaft war, wie sie überhaupt etwas sehen konnten. Er hetzte hinter ihnen her, so gut er eben konnte, kaum fähig, ihre Silhouetten auszumachen. Zu allem Überfluß klatschte ihm auch noch ein Klumpen Matsch von einem ihrer Hufe ins Gesicht und verteilte sich so gleichmäßig, daß er für einen Moment völlig von der Außenwelt abgeschlossen war. Als er endlich wieder sehen konnte, waren sie so weit voraus, daß er sie nur noch am Trampeln ihrer Hufe erkennen konnte. Er schaute sich um. Die Laternen des Stadttors waren nicht mehr zu sehen.

Noch ein paar Minuten dauerte diese Tortur; dann hob einer von ihnen den Arm, und sie verfielen in einen leichten Trab. Ehe Hasselborg sich's versah, stand er plötzlich vor seinem Karren, der am Straßenrand parkte. Ein Mann stand dabei und hielt den Kopf seines neuen Aya, der bereits fertig eingespannt war.

»Da wären wir, Meister Kavir!« sagte eine Stimme in der Dunkelheit. »Eure Sachen findet Ihr hinten auf dem Karren; wir haben sie so gut verstaut, wie wir konnten. Verliert unterwegs keine Zeit und zündet vor allem kein Licht an. Es ist gut möglich, daß man einen Suchtrupp hinter Euch herschickt. Mögen die Sterne über Euch wachen!«

»Gute Nacht, Freunde!« sagte Hasselborg, kletterte von seinem Aya und übergab dem Mann neben seinem Karren die Zügel. Dieser schwang sich wortlos in den Sattel, und alle drei sprengten in die Dunkelheit davon.

Hasselborg stieg auf seinen Karren, nahm Zügel und Peitsche in die Hand, löste die Bremse und verfiel in die schnellste Gangart, die er beherrschte, ohne in der Dunkelheit seinen Karren in den Graben zu setzen – einen leichten Schritt.

7

Als der Morgen dämmerte, hatte Hasselborg den größten Teil der Nacht damit zugebracht, abwechselnd zu dösen und immer in dem Moment rechtzeitig hochzufahren, wenn er gerade von seinem Sitz zu kippen drohte. Dabei hatte er einen der wenigen Vorteile entdeckt, die ein von einem Tier gezogenes Vehikel gegenüber einem Automobil hat: daß man nämlich blind darauf vertrauen kann, daß das Tier nicht sofort in den Straßengraben fällt, wenn der Fahrer einmal einnickt.

Es hatte aufgehört zu regnen, doch war der Himmel noch immer bedeckt. Hasselborg gähnte, reckte und streckte sich und merkte mit einem Mal, daß er fürchterlichen Hunger hatte. An alles hatten seine Freunde aus dem Knast von Rosíd gedacht, bloß nicht daran, ein bißchen Proviant in den Karren zu packen. Und ein Dorf war weit und breit nicht in Sicht. Zum Glück hatten sie ihm wenigstens seine Pillen und Tröpfchen eingepackt, ohne die er sich bloß als halber Mensch fühlte.

Er kitzelte seinen neuen Aya, der übrigens auf den Namen Avváu hörte, zu frischem Trab hoch und rollte so mehrere Stunden in gleichmäßiger Geschwindigkeit über die ebene Landstraße. In einem Bauernhaus konnte er schließlich seinen Hunger stillen. Er kaufte sich zusätzlich etwas Proviant, fuhr noch ein paar Meilen weiter und hielt an einer Stelle, wo der Pfad zu einer schmalen Furt über einen Bach abfiel. Er lenkte sein Gespann ein Stück stromabwärts bis hinter die erste Biegung, wo die Uferböschung hoch genug war, um den Blick von der Straße aus zu verwehren. Dort machte er ein kurzes, unruhiges Nickerchen, bevor er wieder weiterfuhr.

Kurz vor Sonnenuntergang begann die Wolkendecke aufzureißen. Der Weg schlängelte sich jetzt kurvenreich durch die Ausläufer einer Kette zerklüfteter Hügel: die Kodum-

Hügel, wenn er die Karte noch richtig im Kopf hatte. Hier gab es sogar Bäume, richtige Bäume, auch wenn sie aussahen wie überdimensionale Farne mit ihren grünen Stämmen und rostroten Wedeln.

Der Sonnenuntergang wurde von Minute zu Minute prächtiger. Die Unterseiten der Wolken leuchteten purpurn und golden, und zwischen ihnen schimmerte smaragdgrüner Himmel. Wenn ich mich hier schon als Künstler ausgebe, dachte Hasselborg, dann sollte ich vielleicht auch lernen, mich wie einer zu verhalten. Was würde ein Künstler jetzt an meiner Stelle tun? Nun, er würde den Karren auf dem Kamm einer Anhöhe anhalten, eine farbige Skizze von dem Sonnenuntergang machen und diese bei Gelegenheit zu einem kompletten Gemälde vervollkommnen.

Der Aya trottete auf eben eine solche Anhöhe zu – ein langer Sporn, der aus den dunklen Kodum-Hügeln in die Ebene hineinragte. Das Tier fiel in langsamen Schritt, als es die Anhöhe erreichte, während Hasselborg in seinen Sachen herumkramte, um seine Malerausrüstung hervorzuholen. Kurz bevor sie den Kamm erreichten, brachte er das Gespann zum Stehen und zog die Bremse. Der Aya begann im Moos zu grasen, und Hasselborg stieg ab und schleppte seine Staffelei hinauf auf die Spitze der Anhöhe. Als er den Kopf über den Kamm schob, gerade so weit, daß er über den gegenüberliegenden Abhang in die Ebene blicken konnte, blieb er wie angewurzelt stehen, und der kurz zuvor noch gehegte Gedanke, Claude Monet zu übertreffen, schwand ihm mit einem Schlag aus dem Kopf.

Unten in der Ebene war ein Dutzend Männer auf Ayas und Shomals gerade dabei, einen Pulk von Fahrzeugen anzugreifen. Die Angreifer ritten seitlich links und rechts – eine Reihe in Fahrtrichtung, die andere in entgegengesetzter Richtung – an der Wagenreihe vorbei und beschossen sie mit Pfeilen, und mehrere Männer in dem Konvoi schossen zurück. Das erste Gefährt in der Reihe war eine große Bishtarkutsche, aber der Bishtar hatte – offenbar von einem Pfeil getroffen – das Fahrzeug mit Tritten demoliert und war unter lautem Trompeten in die Ebene davongestoben.

Hasselborg stellte seine Staffelei ab und holte das kleine Teleskop hervor, das er sich in Rosíd gekauft hatte. Jetzt konnte er einzelne Details erkennen. Einer der Verteidiger lag auf dem Dach eines der Wagen; ein zweiter entzündete gerade ein krishnanisches Feuerwerk. (Hasselborg wußte, daß die krishnanische Pyrotechnik nicht auf Schießpulver basierte, sondern auf den getrockneten Sporen einer bestimmten Pflanze, die, wenngleich nicht explosiv, mit einer zischenden Stichflamme aufloderten, wenn man sie anzündete.) Das Feuerwerk spie mehrere Flammenbälle, woraufhin die Formation der Angreifer in Unordnung geriet. Ein Shomal brach, offenbar von einem der Feuerbälle angesengt, aus und raste in wildem Galopp über die Ebene, direkt auf Hasselborg zu. Er sah, wie der Reiter mit wütenden Schlägen und Tritten versuchte, das wildgewordene Tier zur Räson zu bringen, jedoch vergebens.

Als er sein Teleskop wieder auf den Konvoi richtete, gewahrte er in der letzten Kutsche eine Krishnanerin. Obwohl die Entfernung zu groß und das Licht inzwischen zu schlecht war, um sie genauer zu erkennen, konnte er doch sehen, daß ihre Kleidung von gutem Schnitt und hoher Qualität war. Auch ihre Figur konnte sich sehen lassen. Sie schien jemandem in einem der vorderen Wagen etwas zurufen zu wollen.

Obwohl Victor Hasselborg von Natur aus ein eher nüchtern denkender, überlegt handelnder Mann war, der sich selten von Gefühlsaufwallungen beeinflussen ließ, war diesmal der Adrenalinschock so heftig, daß seine Pferde mit ihm durchgingen. Noch während sein Verstand ihn mahnte, sich lieber zu verstecken, bis das Spektakel vorüber war, und dann in Ruhe seine Fahrt nach Hershíd fortzusetzen, rannte er zurück zu seinem Karren, spannte den Aya aus – er war mittlerweile schon fast ein Experte im An- und Ausschirren –, holte seinen Sattel aus dem Karren, nahm dem Tier das Geschirr ab, legte ihm den Sattel auf, schnallte sich sein Schwert um, stieg auf, gab dem Aya die Sporen und sprengte auf das Getümmel zu, so schnell die sechs Beine des Tieres ihn zu tragen vermochten, so als wäre er der legendäre krishnanische Nationalheroe Qarar, der hinausritt, um es mit einem ganzen Bataillon glitschiger Drachen aufzunehmen.

Der Bursche, dessen Shomal durchgegangen war, hatte es inzwischen geschafft, sein Tier wieder unter Kontrolle zu bekommen. Da er schon wieder gewendet hatte und zu dem Konvoi zurückritt, sah er Hasselborg erst in dem Moment, als dieser schon fast über ihm war. Der Hufschlag von Hasselborgs Aya ließ ihn im Sattel herumfahren. Ehe er einen Pfeil aus dem Köcher hatte, war Hasselborg schon hinter ihm und stieß ihm aus vollem Galopp das Schwert zwischen die Rippen. Nicht gerade die feine englische Art, dachte der Detektiv, aber dies ist nicht der richtige Moment für edles Rittertum. Die Klinge fuhr bis zum Heft in den Rücken des Mannes. Unglücklicherweise hatte sein Aya soviel Schwung drauf, daß ihm der Griff seines Schwertes aus der Hand glitt, bevor er noch Zeit hatte, die Klinge aus dem Rücken seines Opfers zu ziehen.

Fataler hätte die Situation gar nicht sein können. Da ritt Victor Hasselborg nun, unbewaffnet und so gut wie schutzlos, in gestrecktem Galopp geradewegs auf sein Unglück zu. Der Widerstand seitens der Überfallenen war inzwischen so gut wie zusammengebrochen. Einer der Männer raste, verfolgt von zweien der Räuber, über die Ebene, ein anderer focht vom Rücken seines Aya aus gegen eine Übermacht von drei Mann. Die anderen Räuber hatten alle Hände voll damit zu tun, die Passagiere des Kovois zu fesseln beziehungsweise diejenigen von ihnen, die sich noch immer wehrten, zu bändigen. Die Frau stand noch immer im hintersten Gefährt, so als wartete sie darauf, daß der erste Räuber, dem der Sinn danach stand, zu ihr geritten käme und sie einsacke.

Hasselborg hielt auf sie zu und brüllte laut: »Ich will versuchen, Euch zu befreien!« Als er näher kam, sah er, daß die

Frau jung und schön war und daß sie die blaue Haarfarbe der westlichen Völker des Planeten hatte.

Sie zögerte einen Moment, als er den Arm ausstreckte, doch dann ließ sie sich bereitwillig aufheben und in den Sattel hinter Hasselborg setzen. Dieser ließ seinen Aya herumwirbeln und galoppierte zurück in die Richtung, aus der er gekommen war. Im selben Moment verriet ihm wütendes Geschrei hinter ihm, daß die Räuber nicht die Absicht hatten, ihn ungeschoren mit seiner Beute entwischen zu lassen.

Während Hasselborg noch fieberhaft überlegte, wie er wieder aus der Patsche herauskommen sollte, in die sein Adrenalinschock ihn gebracht hatte, trug ihn sein Aya direkt an dem Räuber vorbei, den er auf dem Hinweg niedergestreckt hatte. Er war von seinem Shomal gefallen und kroch auf allen vieren auf der Erde herum. Der Schwertgriff ragte ihm aus dem Rücken. Hasselborg, der das Gefühl hatte, in den kommenden Minuten ein ganzes Waffenarsenal brauchen zu können, langte hinunter und zog das Schwert wieder heraus. Ich müßte einen Film davon haben, dachte er; jeder würde denken, ich hätte die Nummer von Anfang an so geplant.

»Da kommt einer!« rief die Frau hinter ihm. Hasselborg warf einen Blick nach hinten. Einer der Räuber war ihm hart auf den Fersen.

»Festhalten!« brüllte er und legte sich mit seinem Aya hart in die Kurve. Diese sechsbeinigen Viecher könnten glatt auf einem Bierdeckel wenden, dachte er. Der Räuber zügelte sein Reittier, so als wäre er überrascht, von einem vermeintlich unbewaffneten Mann plötzlich mit einem Schwert angegriffen zu werden.

Statt zuzustoßen (Hasselborg war viel zu nervös, um sich daran zu erinnern, wie das ging), holte er aus und zielte auf den Kopf des Mannes. Zu spät wurde ihm klar, daß er dabei wahrscheinlich seine Klinge auf dem Eisenhelm des Mannes zerbrechen würde. Doch Da'vi, die krishnanische Glücksgöttin, hatte ihn anscheinend noch nicht im Stich gelassen, denn der Schlag ging dicht am Kopf des Räubers vorbei, und statt, wie befürchtet, auf dem Helm zu zerbrechen, schnitt die Klinge dem Kerl ein Ohr ab und traf ihn genau zwischen Hals und Schulter. Mit einem wütenden Schmerzschrei ließ er seine Keule fallen.

»Ihr solltet zusehen, daß Ihr schnell wegkommt!« rief die Frau ihm ins Ohr. Ein kurzer Seitenblick zeigte ihm, daß sie inzwischen mindestens drei weitere von den Burschen im Nacken hatten.

Hasselborg wendete abermals und nahm seine Flucht wieder auf. Er wünschte sich in diesem Moment nichts sehnlicher, als einen fein ausgetüftelten Fluchtplan parat zu haben, statt wie ein gehetztes Reh in der Gegend herumzuirren. Aber völlig aussichtslos war die Lage nun auch wieder nicht: Wenn er vor ihnen die Hügel erreichte, hatte er auf dem unebenen Untergrund einen leichten Vorteil gegenüber den Räubern auf ihren langbeinigen Shomals und konnte ihnen vielleicht in der Dunkelheit entwischen.

Hasselborgs Aya sprang in langen Sätzen den Anstieg zum Hügel hinauf. Ein kurzer Blick über die Schulter zeigte ihm, daß die Verfolger beständig an Boden gewannen. Hasselborgs Reittier war durch die doppelte Last auf seinem Rücken natürlich gehandikapt, obwohl es aus der speziellen Zucht des Dasht stammte. Etwas zischte an seinem Ohr vorbei. Ein Flugtier vielleicht? Nein; als das Geräusch sich kurz darauf mehrfach wiederholte, wurde Hasselborg klar, daß die Verfolger mit Pfeilen auf ihn schossen. Er lenkte sein Reittier vom Weg ab und setzte querfeldein in den bewaldeten Kamm des Hügels. Die Gefahr, getroffen zu werden, war zu groß; außerdem brachte es wenig, wenn er sie geradewegs zu seinem Karren führte. Ein Pfeil fetzte durch die Zweige und erneut dicht an seinem Ohr vorbei.

»Holen sie auf?« fragte er seine Sozia.

»Ich – ich glaube nicht.«

»Haltet Euch gut fest!«

Hasselborg hatte das Gefühl, daß sein Herz ihm bis zum Halse schlug, als sein Aya über Baumstämme sprang, unter ihm wegzusacken drohte, wenn er mit einem Satz auf tieferliegendes Gelände sprang oder mit einem ruckartigen Hakenschlag Bäumen auswich. Er umklammerte den Rumpf des Tiers mit den Schenkeln, beugte sich nach links und rechts und duckte sich vor Ästen, die manchmal so rasch aus der Dunkelheit vor ihm auftauchten, daß er glaubte, sie würden ihn enthaupten. Er dankte der Vorsehung, daß die Flucht aus Rosíd wenigstens ein bißchen Übung im scharfen Reiten gebracht hatte. Der Aya geriet mehrere Male bedenklich ins Stolpern, und Hasselborg lobpries jedesmal seine sechs Beine, wenn er sich wieder fing, ohne seine Reiter abzuwerfen.

Von hinten war jetzt ein dumpfes Krachen zu hören, und gleich darauf wütendes Fluchen. »Einer der Shomals ist gestürzt«, sagte das Mädchen.

»Sehr gut. Hoffentlich hat sich der Reiter den Hals gebrochen. Wenn es erst dunkel genug ist ...«

Sie mußten jetzt den Fuß des Ausläufers erreicht haben, wo das Gelände sich unregelmäßig hob und senkte. Hasselborg lenkte den Aya nach rechts in eine flache Senke. Das Tier brach durch dichtes Unterholz; Zweige peitschten den Reitern über die Beine. Dann ging es in rasender Folge aufwärts – abwärts – links – rechts – hoch – runter. Fast hätte der Aya sie an einem jungen Baum abgestreift, in den er in der Finsternis voll hineinrannte. Zu seinem Entsetzen spürte Hasselborg, wie der Sattel, den er offenbar in der Hast nur ungenügend befestigt hatte, zu rutschen begann.

»Ich glaube, wir haben sie abgehängt«, meldete sich das Mädchen.

Hasselborg brachte den Aya zum Stehen und lauschte über das heftige Atmen des Tieres in die Dunkelheit. Von weither vernahm er das Knistern von Unterholz und leises Stimmengewirr, aber ein paar Minuten später waren auch diese Geräusche vollkommen verstummt.

Hasselborg kletterte steif von seinem Aya und half dem Mädchen aus dem Sattel. »Habe ich Euch nicht schon einmal irgendwo gesehen?«

»Wie soll ich das wissen? Wer seid Ihr, daß Ihr in der Gegend herumreitet und jungen Damen aus der Patsche helft?«

»Ich bin Kavir bad-Ma'lum, der Maler«, stellte er sich vor, während er die Sattelgurte neu befestigte. Bei der Hälfte von ihnen schien er in der Eile die falschen Enden miteinander verknüpft zu haben.

»So? Ich hörte am Hofe des Dasht von Euch.«

»Jetzt weiß ich auch wieder, wo ich Euch gesehen habe! Jemand zeigte mir Euch und sagte, Ihr wärt Fouri bad-Soundso.«

»Ich bin Vazids Tochter.«

»Also heißt Ihr Fouri bad-Vazid. Und Ihr seid die Nichte von irgend jemandem, wenn ich mich recht erinnere.«

»Ihr müßt meinen Onkel Hasté meinen. Hasté bad-Labbadé. Ihr wißt doch, der Hohepriester.«

»Sicher.« Das war er zwar ganz und gar nicht, aber egal. Jetzt galt es, den Kavalier rauszuhängen. »Es freut mich sehr, daß ich dem Gnädigen Fräulein zu Diensten sein konnte, obwohl es mir, wie ich frank bekennen muß, lieber gewesen wäre, wir hätten uns unter weniger ungünstigen Umständen kennengelernt. Wart Ihr auf dem Heimweg von Rosíd?«

»Ja; aber ich war ursprünglich eigentlich nach dort gegangen, um meine Freundin, Lady Qéi, zu besuchen; doch da der Dasht zusehends unangenehmer wurde, hielt ich es für an der Zeit, zu meinem Onkel nach Hause zurückzukehren. Der Händler Charrasp hatte eine Gruppe von Leuten ausgewählt, die die Tabidernte nach Hershíd bringen sollte, bevor der Preis wieder fallen würde, und ein paar Herren von Stand hatten sich angeboten, ihn aus Sicherheitsgründen zu begleiten. Und da dachte ich mir, warum nicht sofort aufbrechen? Ich hoffe nur, daß meinem Diener und meiner Zofe, die mich ebenfalls begleiteten, nichts Schlimmes zugestoßen ist. Was sollen wir jetzt tun?«

»Ich denke, wir versuchen, die Straße wiederzufinden.«

»Und dann?«

»Wenn mein Karren noch immer da sein sollte, spannen wir ihn an und fahren damit nach Hershíd. Wenn nicht, müssen wir die ganze Strecke zu zweit auf meinem Aya reiten.«

»Und in welcher Richtung liegt die Straße?«

»Das wissen höchstens die Sterne; ich weiß es jedenfalls nicht.« Er lauschte in die Dunkelheit, doch außer den leisen Atemzügen von drei Lungen war nichts zu hören. Da nur einer der drei Monde am Himmel stand und letzterer immer noch teilweise wolkenverhangen war, war die Beleuchtung nur spärlich.

»Wenn mich nicht alles täuscht«, murmelte er nachdenklich, »sind wir durch dieses kleine Tal gekommen, nachdem wir erst von hier aus gesehen nach links über den Kamm geritten sind ...«

Mit diesen Worten nahm er Fouri bei der Hand, die Zügel des Aya bei der anderen und machte sich auf den Rückweg durch die flache Senke. Er bewegte sich sehr behutsam und vorsichtig vorwärts, blieb oft stehen und lauschte in die Dunkelheit, ob womöglich die Räuber noch irgendwo in der Nähe waren. Er führte seine beiden Begleiter über den Kamm, über den sie, wie er glaubte, auf dem Hinweg gekommen waren, dann über einen anderen, der davon abzweigte – und stellte fest, daß das Terrain ihm völlig unbekannt war.

8

Eine Stunde später sagte er: »Ich befürchte, wir haben uns verlaufen.«

»Und was machen wir nun? Hierbleiben, bis es hell wird?«

»Das wäre natürlich eine Möglichkeit, obwohl mir der Gedanke nicht sonderlich behagt, daß diese Spitzbuben sich noch hier in der Gegend herumtreiben.« Nachdem er einen Moment nachgedacht hatte, fügte er hinzu: »Alles was uns zu unserem Glück noch fehlt: daß ein Yeki hier auftaucht und uns auf einen Baum jagt.«

Wie als Antwort klang ein tiefes Brüllen von den Bergen herüber. Fouri schlang ihm die Arme um den Hals und murmelte: »Ich fürchte mich so!«

»Nur keine Angst!« beschwichtigte er sie und tätschelte ihr den Rücken. »Er ist viele Hoda weit entfernt.« Am liebsten hätte er in dieser angenehmen Stellung den Rest der Nacht verbracht, aber es gab jetzt fürwahr Wichtigeres zu überlegen. »Wenn ich bloß diesen langgezogenen Ausläufer wiederfinden könnte! Von dort aus müßten wir nur geradeaus hinuntergehen – ich hab's! Kommt, haltet mal Avváu fest!« Noch einmal würde er seinen Aya nicht ausreißen lassen!

Er nahm seinen Gürtel ab und kletterte auf den nächstbesten Baum. Obwohl dies ein recht schwieriges Unterfangen war – der Stamm war teuflisch glatt, und die Äste hatten einen ziemlichen Abstand voneinander –, schaffte er es mit einiger Mühe, etwa zehn Meter über den Erdboden zu gelangen.

Von dem Baum aus sah er auch nicht viel mehr als vorher. Ein paar Hügel, hier und da mit ein bißchen Wald oder einzelnen Bäumen bewachsen, das war schon alles. Dort drüben, war das nicht der Ausläufer, den er suchte? Aber bei dem trüben Mondlicht war das schwer zu sagen …

Mit zusammengekniffenen Augen starrte er angestrengt in die Dunkelheit. Plötzlich erregte etwas seine Aufmerksamkeit: ein kleiner Lichtpunkt, ganz weit weg, wie ein winziger Stern in einer kalten Erdennacht. Er kniff die Augen noch mehr zusammen und starrte auf den winzigen Punkt. Richtig, da war er wieder! Sah nach einem Feuer aus. Die Räuber vielleicht?

Er prägte sich das Gelände ein, so gut es bei den schlechten Lichtverhältnissen möglich war, merkte sich die Position des Mondes und kletterte wieder vom Baum herunter. »Wenn wir in diese Richtung gehen, könnten wir möglicherweise Ärger bekommen. Andererseits, wenn sie um ein Feuer sitzen, bemerken sie uns vielleicht gar nicht, wenn wir vorsichtig genug sind, und auf diese Weise würden wir wenigstens unsere Straße wiederfinden.«

»Wie mein Held meinen!«

Hasselborg zog die Augenbrauen hoch. So, ein Held war er jetzt also? Er schritt munter aus und hielt nur von Zeit zu Zeit an, um sich kurz zu orientieren. Nach einem einstündigen Marsch konnte er den Lichtpunkt von der Ebene aus sehen.

»Wir müssen uns so leise wie möglich verhalten«, flüsterte er seiner Begleiterin zu. »Ich weiß jetzt wenigstens, wo wir sind. Kommt!«

Er setzte zu einem großen Bogen um das Feuer herum an und näherte sich ihm spiralförmig. Nach einer weiteren Viertelstunde hatten sie die Spitze eines steilen Anstiegs erreicht und hielten an.

»Dort liegt die Straße«, sagte er und deutete mit dem Finger nach unten. »Sie scheint geradewegs auf unsere Freunde zuzuführen.«

Das Feuer war von ihrem Standpunkt aus nicht zu sehen. Als sie den Abhang hinunterrutschten und auf die Straße kamen, erkannte Hasselborg in ihm die Stelle wieder, an der ihm am Nachmittag die Idee gekommen war, den Sonnenuntergang zu malen. Er ließ Fouris Hand los und hielt sein Schwert fest, damit es nicht klirrte und sie womöglich verriet.

»Da steht der Karren«, flüsterte er mit einem tiefen Aufatmen.

Er ging um ihn herum und tastete nach seinem Gepäck, entdeckte jedoch zu seiner großen Erleichterung keinerlei Anzeichen dafür, daß jemand sich daran zu schaffen gemacht hatte. Weiter oben sah er über dem Kamm eines Hügels den Widerschein des Feuers in den Baumwipfeln flakkern.

»Haltet den Aya mal einen Augenblick!« flüsterte er Fouri zu.

Er stieg langsam und auf leisen Sohlen den Hügel hinauf. Oben angekommen, duckte er sich, um von den Männern nicht gesehen zu werden. Die letzten paar Meter bis zum Kamm kroch er auf allen vieren, und dann spähte er vorsichtig hinüber.

Sieben von den Kerlen standen oder hockten um das Feuer herum, welches sie unweit der Straße entfacht hatten. Zwei weitere lagen notdürftig verbunden neben dem Feuer auf der Erde. Der Rest verzehrte gierig die Reste einer Mahlzeit. Hasselborg hörte das Schnauben ihrer Tiere und die Worte:

»Warum im Namen der Sterne hast du nicht ...«

»Blödmann! Wie konnte ich wissen, daß du danach wegrennen würdest ...«

»Selber Blödmann! Die Karawane war nicht so wichtig; wir sind für das Mädchen bezahlt worden! Alle sollten ...«

»Eine schöne Bescherung: vier Tote, zwei Verwundete, ein Vermißter und nicht einen Karda in der Hand! Der Dasht kann sein Gold behalten ...«

»Warum habt ihr nicht die Leute von der Karawane getötet? Dann hätten sie nicht noch einmal Mut gefaßt und ...«

»Lösegeld, du Idiot ...«

»... uns beeilen und hier wegkommen, bevor die Soldaten uns aufstöbern ...«

»... der Dasht hat versprochen ...«

»Zum Ghuvoí mit dem Dasht! Ich denke an den Dour. Wir sind ganz dicht an seiner Grenze ...«

Hasselborg robbte zurück und flüsterte: »Wenn wir den Karren ganz leise anspannen, können wir geradewegs durch sie hindurchfahren. Seid Ihr bereit, es auf einen Versuch ankommen zu lassen? Ich glaube nicht, daß sie es wagen werden, uns weit in das Gebiet des Dour zu verfolgen.«

»Ich tue alles, was Ihr sagt.«

Sie nahmen dem Aya den Sattel ab, sorgsam darauf bedacht, kein Geräusch zu machen. Jedesmal, wenn eine der Gurtenschnallen leise klirrte, fuhren sie hoch und hielten erschreckt den Atem an. Als sie es endlich geschafft hatten, legten sie ihm das Geschirr an. Das Ganze schien unendlich lange zu dauern.

»So«, sagte Hasselborg, als sie den Aya endlich angespannt hatten, »könnt Ihr ein Gespann lenken?«

»Recht gut sogar.«

»Um so besser! Nehmt die Zügel! Damit wir rascher an Fahrt gewinnen, laufe ich erst ein Stück neben dem Karren her und springe dann auf. Wenn ich ›los‹ sage, gebt ihm eins mit der Peitsche, aber so fest Ihr könnt. Fertig? Also dann – los!«

Als die Peitsche zischend durch die Luft sauste und mit lautem Knallen auf dem Rücken des Aya landete, langte er blitzschnell hinein und löste die Bremse. Der Karren ruckte an, die Räder mahlten durch das Erdreich, und Matsch spritzte von den sechs Hufen des verschreckten Tiers auf. Hasselborg, der sich mit einer Hand an dem Karren festhielt, machte noch ein paar schnelle Schritte, und dann schwang er sich auf den Bock neben Fouri.

»Gebt ihm Saures!« rief er. Mit der Linken an das Stemmbrett geklammert, lehnte er sich hinaus, das Schwert in der Rechten.

Schnell hatten sie den Kamm erreicht. Oben angekommen, ließ Fouri noch einmal die Peitsche über den Rücken des Aya knallen. In halsbrecherischem Tempo holperten sie auf das Feuer zu.

Alarmiert von dem Geräusch drehten sich ein paar der Räuber um. Entsetzt sahen sie, wie das Vehikel direkt auf sie zugerast kam. Sie sprangen auf und griffen nach ihren Waffen. Einer hielt den Arm hoch wie ein Verkehrspolizist und schrie etwas, doch gleich darauf begab er sich mit einem mächtigen Sprung aus der Gefahrenzone. Ein anderer sprang mit gezücktem Schwert vor. Hasselborg stieß nach ihm. Sein Stoß wurde mit einem lauten ›Kling‹ pariert, und dann waren sie durch und donnerten davon in die Dunkelheit.

»Sie scheinen uns nicht zu verfolgen«, sagte Hasselborg. Noch immer weit hinausgelehnt, spähte er nach hinten. »Ich glaube, sie hatten genausoviel Angst wie wir. Wahrscheinlich sind sie auch gar nicht auf den Gedanken gekommen, daß ihr ausersehenes Opfer ausgerechnet in dieser Karre sitzen könnte.«

»Was meint Ihr – ›ausersehenes Opfer‹?«

Hasselborg erzählte ihr von dem Gespräch, das er belauscht hatte.

»Dieser dreckige Unha!« rief sie empört. »Nicht genug damit, mich dazu zu zwingen, daß ich von seinem Hof fliehe! Nein, jetzt dingt er sich auch noch ein paar Halsabschneider, um mich zu kidnappen! Aber ich werde ihn dafür zahlen lassen, so wie Königin Nirízi den Juwelier zahlen ließ für das, was er ihr angetan hatte!«

Hasselborg hätte zwar liebend gern erfahren, welch grausiges Schicksal den Juwelier wohl durch die Hand von Königin Nirízi ereilt haben mochte, aber es gab im Moment Wichtigeres zu tun. Sie passierten jetzt die Stelle, wo die Karawane angegriffen worden war. Außer den Trümmern der Bishtar-Kutsche und ein paar Leichen war nichts von ihr übriggeblieben.

»Ich glaube, ich weiß, was passiert ist«, sagte Hasselborg. »Die Banditen dachten, sie hätten alles unter Kontrolle, und das hatten sie auch, bis zwei von ihnen dem einen Burschen, der auf seinem Aya wegritt, nachsetzten und ein paar weitere uns hinterherjagten, so daß nur zwei für die Bewachung der Gefangenen übrigblieben. Als die Gefangenen das sahen, hoben sie ihre Waffen, die sie gerade erst niedergelegt hatten, wieder auf und machten Hackfleisch aus den beiden Spitzbuben. Als die anderen von ihrer vergeblichen Jagd wieder zurückkamen, war die Karawane schon meilenweit weg, und sie wagten nicht, sie über die Grenzen von Jáms Territorium hinaus zu verfolgen, weil sie sich von ihm ihren Schutz erkauft hatten.«

»Das würde ja bedeuten, daß meine Leute noch leben! Wir müßten es eigentlich schaffen, sie noch vor Hershíd einzuholen, meint Ihr nicht?«

»Ich weiß es nicht; ich müßte mir die Sache erst auf der Karte anschauen, und ich weiß nicht, wie genau die ist.«

»Na schön. Wollt Ihr jetzt die Zügel wieder übernehmen?«

»Einen Moment noch!« Hasselborg schaute sich noch einmal um. Das Feuer war außer Sichtweite. Nachdem sie ein paar Meilen gefahren waren, sagte er: »Ich schlage vor, wir halten jetzt erst einmal an und zünden die Laternen an. Dieses Herumgetapse in der Dunkelheit à la Ben Hur geht mir allmählich auf den Keks.«

»Ist das ein Ausdruck aus Eurer Muttersprache? Ich finde, mein Retter hat genug Mut bewiesen auf jenem wilden Ritt durch die Hügel. Ohne Euch wäre ich unrettbar verloren gewesen, o tapferer Held!«

»Ach, so wild war es nun auch wieder nicht«, murmelte er, während er sich an den Laternen zu schaffen machte, froh darüber, daß sie sein verlegenes Gesicht nicht sehen konnte. »Eigentlich entsprang die ganze Idee ...« Er war drauf und dran, ihr zu gestehen, daß die ganze Idee, sie zu retten, einer Art momentaner geistiger Umnachtung entsprungen war und daß er den Versuch niemals unternommen hätte, wenn er seinen Verstand hätte sprechen lassen. Aber im letzten Moment wurde ihm bewußt, daß sie eine solche Bemerkung zu Recht als taktlos empfunden hätte. »So, jetzt laufen wir wenigstens nicht mehr Gefahr, aus der Kurve zu fliegen.«

Er übernahm wieder die Zügel. Da ihr Gewand keinen

ausreichenden Schutz gegen die empfindliche Kälte der langen krishnanischen Nacht bot, nahm er sie kurzerhand mit unter seinen weiten Mantel. Sie kuschelte sich an ihn, kitzelte sein Gesicht mit ihren Antennen und hauchte ihm einen unerwarteten Kuß auf die Wange.

Aha! Jetzt erhob also Sexus sein anmutiges Haupt! Wie nett, daß die Krishnaner diesen hübschen terranischen Brauch übernommen hatten! Und noch netter, daß man in einem Gespann nicht immer nach vorn auf die Straße zu gucken brauchte. *O quente cachorro!*

Die Sonne war bereits voll aufgegangen, als Fouri erwachte und sich mit einem wohligen Seufzer reckte. »Wo sind wir?« fragte sie.

»Irgendwo auf der Straße nach Hershíd.«

»Das weiß ich auch, mein kleiner süßer Dummkopf! Aber wo genau?«

»Ich weiß nur, daß wir irgendwann im Laufe des Nachmittags ankommen.«

»Sehr gut. Haltet am nächsten Bauernhaus an. Ich habe Hunger.«

Dieser scharfe, gebieterische Ton war etwas ganz Neues. Offenbar war von seinem Heldenimage über Nacht schon wieder etwas abgebröckelt. Er warf ihr einen stummen, etwas hölzernen Blick zu.

Reumütig, fast ein wenig zerknirscht, schlug sie die Augen nieder. »Oh, habe ich meinem Helden weh getan? Ich bitte um Verzeihung! Wie konnte ich nur so sein? Welch böse, gemeine Hexe ich doch bin!« Sie ergriff seine Hand und bedeckte sie mit heißen Küssen. »Ihr brecht mir die Leber! Sagt, daß Ihr mir vergebt, oder ich werfe mich vor den Wagen!«

»Ist schon gut, Lady Fouri!« sagte er beschwichtigend und wünschte sich, daß sie sich nicht gar so theatralisch gebärdete. Das Leben war schon ohne solch überflüssige Schauspielkunst kompliziert genug. Er tätschelte und küßte sie aufmunternd, während seine Gedanken schon weit vorauseilten und er sich Gedanken über seine Ankunft in Hershíd machte.

Plötzlich sagte sie: »Wir müssen schon weit im Gebiet des Dour sein. Haben wir heute nacht nicht seine Grenze passiert?«

»Ihr meint die Stelle, wo das Tor mit dem Wachtpostenhäuschen war? Ihr habt geschlafen.«

»Und die Wächter? Haben sie Euch anstandslos durchgelassen?«

»Wird wohl so sein, sonst wären wir ja jetzt nicht hier. Sie schliefen ebenfalls, und da bin ich eben ausgestiegen und habe das Tor eigenhändig geöffnet. Ich hätte es nicht übers Herz gebracht, die armen Kerle in ihrem Schlummer zu stören.«

In einem Bauernhaus aßen sie zu Mittag. Während des Essens fragte Hasselborg: »Kennt Ihr einen guten, akzeptablen Gasthof in Hershíd? In Rosíd bin ich in einer üblen Diebeskaschemme gelandet, und ich möchte diesen Fehler nicht noch einmal machen.«

»Aber Kavir! Ich lasse Euch doch nicht in einem Gasthof übernachten! Was denkt Ihr von mir? Die schönsten Gemächer im Palast meines Onkels werden Euch selbstverständlich zur Verfügung stehen, und ich werde Euch jeden Tag besuchen kommen!«

Obwohl der letzte Punkt deutlich machte, daß bei dem großzügigen Angebot mehr als pure Dankbarkeit im Spiel war, unterdrückte Hasselborg ein Lächeln, als er protestierte: »Das kann ich auf keinen Fall annehmen! Schließlich bin ich nichts weiter als ein Nobody. Ich bin nicht mal ein Ritter, und Euer Onkel kennt mich überhaupt nicht.«

»Das macht nichts; er wird Euch schon kennenlernen. Der Retter seiner Nichte wird ihm in jedem Fall willkommen sein, und wenn nicht, dann werde ich ihn schon soweit bringen, daß er es bereuen wird, jemals ausgebrütet worden zu sein!«

Daß sie dazu imstande war, bezweifelte er nicht eine Sekunde. »Na schön ... wenn Ihr also darauf besteht ...«

Das tat sie natürlich, worüber Hasselborg mächtig erfreut war – trotz der zu erwartenden Komplikationen, die daraus erwachsen würden; denn es eröffnete ihm die Möglichkeit, sich frei und ungehindert und noch dazu von Luxus umgeben, inmitten des Geschehens zu bewegen. Er konnte sich zwar, wenn er mußte, trotz seiner Bakterienphobie auch in der miesesten Unterkunft noch einigermaßen wohl fühlen, hatte aber beileibe nichts dagegen, die beste zu nehmen, wenn er sie kriegen konnte.

Der Rest des Tages verging ohne nennenswerte Ereignisse. Sie schafften es nicht mehr, die Karawane zu überholen, die offenbar ohne Pause durchgefahren war.

Hershíd war, ganz wie es sich für die Hauptstadt eines Kaiserreichs geziemte, größer und prachtvoller als Rosíd. Wie erwartet wurden sie am Tor angehalten. Die Torwächter erkannten Fouri, noch ehe sie zwei Worte gesagt hatte, präsentierten hackenknallend ihre Hellebarden und winkten den Karren durch.

Fouri lotste Hasselborg durch die Stadt, bis sie vor den Toren des Palastes ankamen. Die Tore waren mit geometrischen Figuren verziert, die Hasselborg sofort als astrologische Symbole erkannte.

Der unvermeidliche Torwächter trat vor und schrie: »Achtung! Lady Fouri!« Sofort schwärmte eine riesige Schar von Leuten aus dem Palast und scharte sich um den Karren. Jeder versuchte, Fouris Hand zu küssen.

Dann erschien ein großgewachsener Krishnaner in einem langen blauen Gewand, und die Menge bildete eine Gasse, um ihn durchzulassen. Er und Fouri umarmten und küßten sich. »Onkel, das hier ist mein Retter, der tapfere Meister Kavir«, stellte Fouri Hasselborg vor.

Hasselborg ließ sich die Hand schütteln – auch ein von der Erde importierter Brauch – und versuchte, dem gleich darauf ausbrechenden Palaver zu folgen.

»Was ist geschehen?« – »Sandú, lauf schnell zur Kaserne und sag dem Befehlshaber, er soll die Schwadron nicht ausrücken lassen ...« – »Ja, die Karawane ist erst vor ein paar

Minuten mit ihrer schlimmen Nachricht eingetroffen ...« – »Was hat man mit Euch gemacht, Lady Fouri? Ihr schaut aus, als wärt Ihr in eine wildgewordene Herde Ayas geraten!«

Das war natürlich eine Übertreibung, auch wenn Fouris Fähnchen nach dem wilden nächtlichen Ritt durch die Kodum-Hügel in der Tat ein wenig mitgenommen aussah. Als man ihn auf sein Zimmer führte, bemerkte Hasselborg, daß er, wenn überhaupt jemand, derjenige war, der dringend der fürsorglichen Pflege eines Kammerdieners bedurfte. Sein Anzug war zerrissen und völlig verdreckt, sein Kinn voller Bartstoppeln, und seine Wange schmerzte von einer langen blutigen Schramme – offenbar von einem Zweig, der ihm bei dem Ritt ins Gesicht geschlagen hatte. Er würde sich schnellstens einer Rasur unterziehen müssen, sonst würde es auffallen, daß sein Stachelbart rotbraun war und nicht grün, wie bei den Krishnanern üblich.

Alle diese notwenigen Pflegedienste übernahm Hastés Dienstpersonal, das seine Aufgaben mit geradezu unkrishnanischer Präzision und Geschwindigkeit erledigte.

Eine Stunde später war er rasiert, gebadet und parfümiert (eine Tortur, die er zum Zweck der Aufrechterhaltung des süßen Scheins zähneknirschend über sich ergehen ließ), und sein Anzug lag gereinigt, geflickt und gebügelt für ihn bereit. Nach einem kurzen Nickerchen kleidete er sich an und ging nach unten, um seinem Gastgeber seine Aufwartung zu machen. Dieser erwartete ihn schon mit einem Ding, das aussah wie ein Cocktailshaker.

Hasté bad-Labbadé unterschied sich insofern von den anderen Krishnanern, die Hasselborg bisher gesehen hatte, als sein Haarschopf nur noch aus einem Kranz bestand und dieser auch noch weiß war. Auch waren seine runzligen, pergamentartigen Gesichtszüge schärfer als die der Mehrzahl seiner Rassengenossen. Wären da nicht diese Riechorgane gewesen, die zwischen seinen Brauen hervorsprossen, dann hätte er glatt für einen Erdbewohner durchgehen können.

»Mein Sohn«, sagte Hasté, wobei er Hasselborg einen Drink einschenkte, »mir fehlen die Worte, Euch meine Dankbarkeit zum Ausdruck zu bringen. Ich kann Euch nur eines sagen: Wann immer Ihr einen Wunsch habt, ich will jederzeit alles tun, was ich kann, ihn zu erfüllen.«

»Danke, Hochwürden«, antwortete Hasselborg und äugte nervös auf seinen Drink. Zum Glück war dieser jedoch so geschickt gemixt, daß man den Alkohol kaum herausschmecken konnte, und Hasselborg bekam ihn herunter, ohne zu würgen. Er ermahnte sich, vorsichtig zu sein und seine Drinks zu zählen.

Als Fouri sich zu ihnen gesellte, sagte Hasté: »Und jetzt erzählt mir alles über diese außergewöhnliche Rettungstat.«

Als sie fertig waren, fragte Fouri ihren Onkel: »Glaubst du, der Dour wird auf deine Intervention hin nun endlich Maßnahmen gegen Jám ergreifen?«

Hasté lächelte dünn. »Ich weiß nicht. Du weißt, wie wenig Gewicht meine Stimme beim Dour nur noch hat.«

»Das kommt bloß daher, daß du zu wenig Mut hast, dem alten Griesgram mal ordentlich die Meinung zu sagen«, erwiderte sie bissig. »Du solltest ihn besser mal mir überlassen. Ich würde schon mit ihm fertig!«

»Nun, das will ich gern glauben. Der Grund dafür ist, daß er dich als eine Art Tochter ansieht. Mich hingegen verachtet er.«

»Das hat nichts mit Gernhaben oder Nichtgernhaben zu tun«, antwortete sie patzig. »Es liegt daran, daß er ein harter Mann ist, und ein kluger dazu; einer, der seine Ziele durch harten Kampf erreicht hat und der von denen, mit denen er zu tun hat, erwartet, daß sie genauso hart und klug sind wie er. Tritt hart gegen ihn auf, und er wird dich respektieren; wenn du ihm aber nachgibst, so wie du es bisher immer getan hast, dann wird er dich weiterhin mit Füßen treten. Ach, wäre ich doch bloß ein Mann!«

Hasselborg spürte instinktiv, daß die unterschwellige Spannung, die zwischen den beiden herrschte, nicht allein auf ihrer unterschiedlichen Auffassung bezüglich der richtigen Behandlung des Königs beruhte. Hier galt es nachzubohren. »Ich – eh – vielleicht könntet Ihr mir das einmal näher erklären, Hochwürden. Ich war noch nie in Hershíd und kann mir daher noch kein Bild über die Situation hier machen.«

Hasté schaute ihn mit einer Mischung aus Verblüffung und Neugier an. »Meine Nichte kann sich nicht im Zaum halten. Sie ist einfach kein Diplomat. Selbst wenn sie in einem Prozeß, in dem es um ihr Leben ginge, vor Gericht stünde, würde sie dem Richter frank und frei sagen, was sie von ihm hält, und wäre es noch so verleumderisch.«

»Wie kommt es zu den Differenzen zwischen Euch und dem Dour?«

»Das ist eine lange Geschichte, mein Sohn, die bis auf den Ursprung der Menschheit selbst zurückgeht. Ich weiß nicht, wie die Leute in Eurem Land denken, aber hier in Gozashtand hatten die Menschen schon immer unterschiedliche Auffassungen zu der Frage, warum die Ereignisse so verlaufen, wie sie es tun.

Der alte Glaube behauptete, daß alles dem Willen der Götter unterworfen ist. In dem Maße jedoch, wie das Wissen sich vermehrte, schien dieser Glaube immer unzureichender. So stellte sich zum Beispiel die Frage, warum die Götter soviel Aufhebens um die Angelegenheiten der Menschen machen sollten, oder noch weitgehender: warum sie sich überhaupt für uns Sterbliche interessieren sollten. Schließlich behaupteten ein paar Gotteslästerer sogar, die Götter existierten gar nicht. Diese Meinung wurde jedoch rasch unterdrückt.

Vor etwa dreihundert Jahren dann bewiesen unsere Theologen zu ihrer großen Zufriedenheit, daß die Götter weder eine Horde prassender und schlemmender Barbaren sind, die sich auf den Gipfeln des Meshaq-Gebirges die Zeit mit Orgien vertreiben (wie unsere Urahnen es in ihrer Einfalt noch glaubten), noch eine Ansammlung unberührbarer und unfaßbarer Abstraktionen, wie ›der Geist der Liebe‹ oder dergleichen, womit ohnehin nie jemand etwas hatte anfangen können. Statt dessen, so behaupteten die Theologen, seien sie in Wirklichkeit die Lichter des Himmels: die Sonne, die Monde, die Planeten und die Sterne, die, während sie um unsere Welt kreisten, einzeln und miteinander ihre geheimnisvollen Strahlen auf uns herabsandten und so das Schicksal der Menschen beeinflußten. Das war, wenn Ihr zurückrechnet, zu der Zeit, als man entdeckte, daß unsere Welt rund ist.

Und so glaubten wir denn, endlich die wahre wissenschaftlich begründete Religion gefunden zu haben, die alle Aufgaben einer echten Religion erfüllte – nämlich den Menschen und das Universum zu erklären, die Zukunft vorauszusagen, dem Menschen in der Not Trost zu spenden und den Jungen eine feste Moral einzuimpfen. Alle Probleme schienen mit einem Schlag gelöst, und die neue Lehre wurde als offizieller Glaube in Gozashtand und allen angrenzenden Nationen etabliert. Jede Abweichung wurde unter Strafe gestellt. Wenn Ihr wollt, zeige ich Euch später einmal eine der alten Zellen in meinem eigenen Keller, in denen die Ketzer zum Verhör eingesperrt wurden. Heute können wir so etwas nicht mehr tun, obwohl der Dour bisweilen immer noch Anklage wegen Ketzerei erhebt, wenn er sich politisch unerwünschter Personen entledigen will.

Ihr werdet wissen wollen, wie es weiterging: Nun, die *Erdinga* landeten mit ihren Raumschiffen an jener Stelle, die heute Novorecife heißt, und brachten die Kunde von anderen Sonnen und anderen Welten, die sich um die Sonne drehen, wodurch wir zum ersten Mal erfuhren, daß auch unsere Welt sich um unsere Sonne dreht und nicht umgekehrt, wie wir immer geglaubt hatten. Der Planet Qondyor«, – er meinte damit Vishnu –, »zum Beispiel, den wir immer für den Gott des Krieges gehalten hatten, war plötzlich nichts weiter als eine ganz normale Welt wie unsere auch, bloß wärmer und mit einer Tierwelt, die sich kaum von unserer unterschied.

Das Resultat war, wie Ihr seht, Meister Kavir, ein allmählicher Abfall vom wahren Glauben. Die Kirche darf ihre

Feinde nicht mehr direkt bestrafen, sondern muß tatenlos und schweigend zusehen, wie eine ganze Reihe gemeiner Sekten (von denen ein paar sogar von den *Erdinga* übernommen wurden) sich wie eine Seuche über das Land ausbreitet, uns unsere geistige Kraft aussaugt und unsere Einkünfte schmälert. Und in dem Maße, wie unsere Kraft schwindet, wächst die des Dour. Die Folge davon ist natürlich, daß die Beziehungen weit weniger herzlich sind, als sie es früher einmal waren.«

Ein wenig erstaunt über derlei Offenheit, fragte Hasselborg: »Hochwürden, welches ist denn Eure Meinung über die Götter, die Planeten und alle diese Dinge?«

Erneut lächelte Hasté dünn. »Als Oberhaupt der Kirche vertrete ich natürlich die offiziellen Anschauungen und Dogmen, wie sie auf dem Konzil von Mishé vor sechsundvierzig Jahren festgelegt wurden. Privat jedoch bin ich, wie ich gestehen muß, selbst ein wenig verwirrt ... das bleibt selbstverständlich unter uns. So, gehen wir jetzt zu Tisch! Das Essen ist fertig.«

Fouri verblüffte Hasselborg einmal mehr durch die Wandlungsfähigkeit ihrer Persönlichkeit: Diesmal kehrte sie die Steife, Förmliche hervor. »Kavir ist in Hershíd, um Aufträge für Porträts zu bekommen. Könnten wir ihm da nicht ein wenig behilflich sein? So könnten wir uns wenigstens etwas für seine Heldentat erkenntlich zeigen.«

»Bestimmt ließe sich da etwas machen. Laß mich mal überlegen – ich würde ja selbst eines in Auftrag geben, hätte ich nicht erst letztes Jahr eins von mir machen lassen. Und wenn alle Stricke reißen, kann ich das ja immer noch tun. Was den Hof betrifft, da weiß ich nicht so recht, wie ... mein Stern ist zwar im Augenblick nicht in seinem günstigsten Sektor, aber vielleicht ...«

»Ach, komm, Onkel! Warum versuchst du es nicht gleich beim Dour selbst?«

»Beim Dour? Aber Fouri, du weißt doch selbst, welcher Wind zur Zeit aus dieser Ecke weht ...«

»Reiß dich zusammen, du alte Memme! Bestehst du denn

bloß noch aus Pudding?« brüllte sie plötzlich über den Tisch. Ihr förmlich-steifes Gehabe war mit einem Schlag verflogen. »Immer nur Ausflüchte und Entschuldigungen! Morgen tritt doch der Geheime Rat zusammen, nicht wahr?«

»Gewiß, mein Kind, aber ...«

»Kein Aber! Du nimmst Meister Kavir mit dorthin und stellst ihn Seiner Allerhöchsten Illumineszenz als den größten lebenden Porträtmaler vor, klar? Oder ziehst du es vor, Streit mit deiner geliebten Nichte zu bekommen?« fügte sie drohend hinzu.

»Liebe Sterne, nur das nicht!« entfuhr es dem guten Hasté. »Ich nehme ihn mit! Vorausgesetzt natürlich, er möchte das überhaupt. Seid Ihr denn auch für diesen Plan, mein Sohn?«

»Sicher«, sagte Hasselborg und murmelte ein paar unverständliche Dankesworte hinterher.

»Das habe ich befürchtet«, sagte Hasté seufzend.

Später, als sie gemütlich bei einer Zigarre zusammensaßen, rückte Hasselborg mit einem anderen Anliegen heraus: »Hochwürden, ich bin auf der Suche nach einem jungen Mann, der mir ein Porträt abgekauft hat und sich dann aus dem Staub gemacht hat, ohne zu bezahlen. Er hatte ein Mädchen bei sich.«

»So?«

»Könntet Ihr mir vielleicht sagen, ob es hier in Hershíd irgendwo eine Stelle oder Institution gibt, wo man vielleicht weiß, ob er hier durchgekommen ist?«

»Nun, da käme höchstens der Spähdienst des Dour in Frage, obwohl ich bezweifle, daß der die Spur jedes einzelnen Reisenden verfolgt, der hier durchkommt. Immerhin ist Hershíd der Knotenpunkt eines ganzen Kaiserreichs. Wie sahen die beiden Ausreißer denn aus?«

»So«, sagte Hasselborg und zog die beiden Skizzen hervor.

Hasté betrachtete sie, runzelte die Stirn und lachte. »Wieviel schuldet er Euch denn?«

»Fünfhundert Karda.«

Hasté läutete eine Glocke. Ein junger Mann in einer blauen Priesterrobe trat ins Zimmer. »Nimm fünfhundert Karda aus meiner Privatschatulle und gib sie Meister Kavir!« trug ihm Hasté auf.

»Die Sterne mögen mich davor bewahren!« rief Hasselborg mit gespieltem Entsetzen. »Ich denke nicht daran, die Schulden eines Halunken von Euer Hochwürden einzukassieren!«

»Schon gut, mein Sohn, schon gut! Das hat schon seine Richtigkeit. Zählt nicht die Zähne eines geschenkten Shomal, wie Qarar es tat bei seinem Handel mit der Hexe vom Va'andao-See! Erstens ist es eine – wenngleich nur kleine – Belohnung dafür, daß Ihr meine Nichte gerettet habt, und zweitens wird die Zeit, die alles mit sich bringt, mir die Gelegenheit bringen, mir das Geld von diesem Eurem Schuldner zurückzuholen.«

»Ihr kennt ihn?«

»Nur flüchtig.«

»Wer ist dieser Mann?«

»Ist es möglich? Seid Ihr wirklich erst so neu hier in dieser Gegend, daß Ihr das nicht wißt? Nun, wenn ich mich nicht sehr irre, ist dieser Mann das Beeindruckendste, was ich je an politischer Zielstrebigkeit erlebt habe, ein wahres Wunder, die Verkörperung schlechthin aller politischen Tugenden: der neue Dour von Zamba. Und die Frau ist seine Douri.«

»Der König von Zamba?« fragte Hasselborg erstaunt. »Seit wann? Und was ist Zamba?«

In diesem Augenblick kam der junge Priester mit einem schweren Segeltuchsack in das Zimmer zurück. Als er ihn neben Hasselborg absetzte, ertönte ein leises Klirren.

»Ghaddal, hol eine Karte von Gozashtand und den angrenzenden Ländern!« befahl Hasté dem jungen Mann. »Meister Kavir, für einen weitgereisten Mann ist Euer Wissen höchst ... nun, wie soll ich sagen ... lückenhaft. Woher stammt Ihr, wenn ich fragen darf?«

»Aus Malayer tief unten im Süden«, antwortete Hasselborg.

»Das erklärt einiges. Nun, Zamba ist eine Insel im Sabadao-Meer. Sie ist der Halbinsel Harqain vorgelagert, die gleichzeitig den östlichen Punkt Gozashtands bildet. Seit Jahren wurde Zamba immer wieder von Aufständen und Revolten erschüttert – Partei gegen Partei und Klasse gegen Klasse. Schließlich kam es soweit, daß die Gemeinen den Adel vollständig hinwegfegten und alle abschlachteten, die nicht rechtzeitig fliehen konnten. Und als sie keinen gemeinsamen Feind mehr hatten, zersplitterten die Gemeinen sich untereinander in Gruppen und Grüppchen, die sich ebenso mörderisch bekämpften – Führer gegen Führer.

Dieser Bürgerkrieg ging rasch zu Ende, als vor ein paar Zehn-Nächten Euer Freund Antané – so heißt er doch, nicht wahr? – mit einer Bande von Raufbolden, die er sich von wer weiß woher zusammengesucht hatte, auf der Insel landete und sich in wenigen Tagen zum Herrscher aufschwang. Oh, er hat die ganze Aktion sauber durchgeführt und seither einiges verändert. So hat er zum Beispiel aus den Führern der Gemeinen eine ganz neue Aristokratie aufgebaut ... das heißt, mit den Führern natürlich, die sich früh genug auf seine Seite schlugen ... mit allen Titeln und allem Pomp der alten Führer. Die Titel sind jedoch nur Staffage für die offiziellen Posten seines kleinen Königreichs; sie sind nicht vererbbar und werden in dem Augenblick wieder zurückgezogen, da der Träger sein Amt nicht zur Zufriedenheit des Dour versieht. Die Zeiten, da die jungen Adligen Zambas in der Sünde des Müßiggangs schwelgten, sind vorbei!«

Vielleicht hat Fallon die Biographie Napoleons gelesen, dachte Hasselborg; vielleicht mußten sich die Dinge in der gegebenen historischen Situation aber auch so entwickeln. Er hätte noch gern einiges mehr über König Anthony und seinen wundersamen Aufstieg erfahren, aber Hasté schien keine besondere Lust zu haben, weiter über das Thema zu sprechen. Er erging sich statt dessen in allgemeinen Äußerungen über Themen wie Fortschritt und Stabilität oder freier Wille und Prädestination.

»Ihr müßt nämlich wissen«, erklärte er Hasselborg, »daß es Leute gibt, die das Gerücht ausstreuen, König Antané wäre gar kein richtiger Mensch, sondern ein verkleideter *Erding*. Nicht, daß mich persönlich das sonderlich stören würde, wo ich doch meiner Herde seit Jahren immer wieder predige, daß es falsch ist, Menschen nach ihrer Rasse zu beurteilen, statt nach ihren persönlichen Qualitäten und Verdiensten. Ich bin indes sicher, daß Antané kein *Erding* ist; denn die meisten *Erdinga* glauben an die seltsame Doktrin von der Gleichheit aller Menschen, während unser junger Held kein solches System auf seinem Inselkönigreich errichtet hat. Nun, mein Sohn, Ihr habt während Eures Aufenthaltes in Novorecife ja Gelegenheit gehabt, die *Erdinga* ein wenig zu studieren. Klärt einen alten Mann ein wenig über diese Dinge auf. Was hat es mit dieser Gleichheitsdoktrin auf sich, und ist es wirklich so, daß alle Erdbewohner ihr anhängen?«

»In der Tat ist es so, daß ...« begann Hasselborg und wollte schon zu einem brillanten Zehnminutenvortrag über das Thema ansetzen, als ihm plötzlich durch den Kopf ging, daß ein krishnanischer Porträtmaler wohl kaum so beschlagen in den politischen Theorien der Erde war. Versuchte der alte Knabe, ihn in eine Falle zu locken? Vorsichtig schränkte er ein: »Natürlich weiß ich über diese Dinge nichts aus erster Hand, Hochwürden. Ich weiß bloß das, was ich aus den Gesprächen aufschnappen konnte, die meine *Erdinga*-Freunde bisweilen miteinander führten. Soweit ich verstanden habe, ist diese Theorie unter den Erdbewohnern jetzt groß im Schwange, obwohl sie das beileibe nicht immer war und möglicherweise auch nicht immer bleiben wird. Außerdem bedeutet diese Gleichheit nicht, daß alle Individuen in jeder Hinsicht gleich sind; es handelt sich vielmehr um eine gesetzliche Gleichheit, eine Gleichheit in rechtlichen Dingen.

Sie sagten mir, daß es zwei große Schwierigkeiten gebe, auf die man stoße, wenn man auf einer solchen Basis ein politisches System errichten wolle. Erstens seien die Menschen biologisch betrachtet nicht gleich, sondern Individuen, die sich in ihren Fähigkeiten und Talenten oft bedeutend voneinander unterschieden; zweitens, daß man eine bestimmte Art von politischer Organisation haben müsse, wenn man die Gesellschaft effektiv verwalten wolle, daß jedoch jene, die die Macht innehätten, naturgemäß dahin tendierten, das System dahingehend zu verändern, daß sie gesetzlich höher stünden als die Regierten. Und das täten sie alle, ob sie sich nun Fürsten, Kapitalisten oder Kommissare nannten ...«

Im Verlauf ihrer Unterhaltung kam es Hasselborg manchmal so vor, als wisse sein Gastgeber verblüffend gut über terranische Institutionen Bescheid.

Fouri behielt ihre Förmlichkeit den ganzen Abend hindurch bei. Das änderte sich erst, als sie sich nach dem Abendessen gute Nacht sagten. Sie hielt Hasselborg die Hand zum Kuß hin, warf einen raschen Blick über die Schulter, um sich zu vergewissern, ob ihr Onkel sie nicht beobachtete, beugte sich vor und flüsterte: »Seid Ihr verheiratet, mein Held?«

Hasselborg hob alarmiert die Augenbrauen. »Nein.«

»Ausgezeichnet!« Sie gab ihm blitzschnell einen Kuß und entschwebte.

Oh, oh, dachte Hasselborg, man braucht keine Röntgenaugen, um zu sehen, was sie im Schilde führt! Jetzt, da er wußte, wo Fallon steckte, war es das beste, er verduftete so schnell wie möglich aus Hershíd. Sollte er sich vielleicht schon diese Nacht davonstehlen, vielleicht unter dem Vorwand, er schwärme von ausgedehnten Karrenfahrten bei Mondlicht? Nein, das war nichts. Erstens brachte ihn das nicht nach Zamba: Auf der Karte hatte er gesehen, daß die felsige Halbinsel Harqain praktisch über keine Staßen verfügte. Man mußte von Majbur aus mit dem Schiff fahren. Zweitens würde es zu gar nichts führen, wenn er jetzt Hals über Kopf und ohne jegliche Vorbereitung in Zamba einfiel. Einfach zu Julnar gehen und ihr sagen, sie solle bitteschön zurück zu ihrem Papa kommen, würde wohl kaum Zweck haben. Schließlich besaß Fallon alle Möglichkeiten, ihn ohne viel Aufhebens aus dem Weg zu räumen. Vielleicht blieb er trotz der Ehedrohung seitens der schönen Fouri noch ein paar Tage in Hershíd und knobelte sich einen Plan aus.

Hasselborg war überrascht, als Hasté ihn dem Dour vorstellte. Nach allem, was Fouri über den König gesagt hatte, hatte er mit einer souveränen, eindrucksvollen Erscheinung gerechnet, etwa wie der Dasht von Rúz. Statt dessen erinnerte König Eqrar bad-Qavitar ihn an nichts mehr als an eine ordinäre terranische Maus.

»Ja, ja, ja«, quiekte der mächtige Monarch nervös und hielt Hasselborg seine winzige Hand zum Kuß hin. »Ich habe schon oft an so etwas gedacht. Ein Porträt. Hm-m-m. H-m-m. Eine gute Idee. Wirklich, ein ausgezeichneter Vorschlag. Freut mich sehr, daß Ihr diesen Wicht mitgebracht habt, Hasté. Ich wette, Eure Nichte hat da ihre Hand im Spiel gehabt; sie weiß genau, wie man mit dem alten Herrn umgehen muß, ha-ha-ha. Wüßtet Ihr genausoviel wie sie, Ihr wärt fürwahr eine Macht im Land. Meister Kavir, wie viele Sitzungen würdet Ihr brauchen?«

»Ich schätze, so etwa ein Dutzend, Eure Illumineszenz.«

»Gut – gut – gut. Machen wir die erste gleich heute nachmittag. Eine Stunde vor dem Essen. Im Westflügel des Palastes. Die Lakaien werden Euch hereinlassen und zu mir führen. Und bringt Eure gesamte Ausrüstung mit. Alles, hört Ihr? Nichts geht mir mehr auf die Nerven als ein Experte, der zu mir kommt, um irgendeinen Dienst zu verrichten, und der dann erst einmal wieder nach Hause zurück muß, weil er die Hälfte von seinem Kram vergessen hat. Also, merkt Euch das!«

»Jawohl, Eure Illumineszenz«, erwiderte Hasselborg. Offenbar war Eqrar einer von denen, die einem alles dreimal sagen mußten, ehe sie auch wirklich glaubten, daß man sie verstanden hatte.

»Gut – gut – gut. Und es ist mein Wille und Befehl, daß

Ihr die Stadt Hershíd nicht eher verlaßt, bis das Porträt fertig ist. Ich bin ein sehr beschäftigter König, und ich muß sehen, daß ich die Sitzungen irgendwie in meinen Terminplan einbauen kann. Ihr habt meine Erlaubnis, jetzt zu gehen.«

Hasselborg, äußerlich ganz devot, fluchte innerlich wie ein Bierkutscher. Jetzt hing er Gott weiß wie lange in Hershíd fest, besonders, wenn der Dour dazu neigte, Termine platzen zu lassen! Und wenn er sich einfach aus dem Staub machte, konnte es ihm passieren, daß man ihn schnappte, bevor er die Grenze erreicht hatte. Auch wenn er durchkam – in jedem Falle würde sein Name in die schwarze Liste dieses zwar nervösen, aber äußerst mächtigen Königs kommen, und das war tunlichst zu vermeiden.

Als er wieder in Hastés Palast war, fragte er Fouri: »Wie kommt man von hier nach Majbur?«

»Ihr wollt schon abreisen?« schrie sie mit weit aufgerissenen Augen.

»Noch nicht; der König hat es mir untersagt. Trotzdem würde ich es gerne wissen.«

»Ihr könnt entweder mit Eurem Karren fahren – es gibt eine gute Straße, sie geht vom Südtor ab – oder mit der Bahn.«

»Mit der Bahn? Welcher Bahn?«

»Natürlich mit der Bahn! Wußtet Ihr denn nicht, daß Hershíd der Endpunkt der Linie nach Majbur und weiter hinunter zur Küste nach Jazmurian ist?«

Man lernt eben nie aus, dachte Hasselborg, hütete sich jedoch, weitere Fragen zu stellen; das hätte womöglich Verdacht erregt.

»Wie wär's mit einem kleinen Ausritt vor dem Essen?«

Natürlich willigte sie sofort ein. Der Bahnhof befand sich außerhalb der Mauern am Südende der Stadt. Die Schienen hatten etwa einen Meter Spurbreite, die Waggons waren vierrädrige kutschenähnliche kleine Gefährte, und die Lokomotiven waren – Bishtars. Ein paar der Tiere rangierten gerade einige Waggons über das Bahnhofsgelände, als Hasselborg und Fouri eintrafen. Die Treiber, die auf den massigen Hälsen saßen, bliesen kleine Trompeten, um Karambolagen mit anderen Gespannen zu vermeiden.

»Ihr habt einen etwas ungünstigen Zeitpunkt erwischt, mein Held«, flötete Fouri. »Der Zug nach Qadr ist schon abgefahren, und der Gegenzug kommt erst gegen Sonnenuntergang.«

»Wo liegt Qadr?«

»Ein Vorort von Majbur. Er liegt auf dieser Seite des Pichidé. Nach Jazmurian geht kein durchgehender Zug; der Fluß ist für eine Brücke zu breit. Man muß in Qadr aussteigen und mit dem Boot hinüberfahren, bevor man mit dem Zug weiterfahren kann.«

»Vielen Dank für die Auskunft!«

Nachdem sie eine Weile dem Treiben zugeschaut hatten, fuhr sie fort: »Ich stelle fest, wir sind echte Seelenverwandte, Meister Kavir. Auch ich habe es nämlich schon immer geliebt, am Zaun des Bahnhofs zu stehen und zuzuschauen, wie die Züge ankommen und abfahren.«

Hasselborg zuckte innerlich leicht zusammen, so als hätte er sich an einem schmutzigen Küchenmesser geschnitten und kein Desinfektionsmittel zur Hand.

»Wenn Ihr wirklich vorhabt, nach Majbur zu fahren – ich kann den Dour mit Leichtigkeit dazu überreden, Euch freizugeben. Ich brauche bloß mit dem Fuß aufzustampfen und ihm zu sagen, daß mein geliebter Gemahl gerne eine Reise machen möchte, und schon würde er ...«

Hasselborg wechselte schnell das Thema, indem er sie nach Zamba und seinem neuen Herrscher fragte.

Der König erwies sich als äußerst schwieriges Porträtmodell. Ständig juckte und kratzte er sich und putzte sich die spitze Nase am Ärmel ab. Doch damit nicht genug: Pausenlos kam irgend jemand hereingekatzbuckelt, um ihm irgend etwas ins Ohr zu flüstern oder Papiere zum Unterzeichnen vorzulegen. All dies zusammengenommen brachte Hasselborg, der ohnehin nicht allzuviel Vertrauen in seine künstlerischen Fähigkeiten hatte, in einen Zustand, der am ehesten mit dem Begriff ›wilde Verzweiflung‹ zu umreißen ist. Schließlich hielt er es nicht mehr aus.

»Wenn Eure Illumineszenz diese Pose wenigstens für fünf Minuten einhalten könnten ...«

»Was erdreistet Ihr Euch, Maler?« keifte der König. »Ihr Wicht, Ihr wagt es, mich zu kritisieren? Ich halte diese Pose jetzt seit fast einer Stunde, ohne auch nur mit der Wimper zu zucken, und Ihr erkühnt Euch, das Gegenteil zu behaupten? Hinaus mit Euch! Wie konnte ich mich nur auf so etwas einlassen? Geht mir aus den Augen, Elender! Nein, nein, so habe ich das nicht gemeint! Kommt zurück und macht Euch wieder an die Arbeit! Aber daß wir uns verstehen: keine respektlose Kritik mehr! Ich bin ein sehr beschäftigter Mann, und wenn ich nicht jede Minute meinen königlichen Obliegenheiten widme, dann kriege ich sie nie geschafft. Ihr seid ein braver und treuer Bursche. So, und nun macht zu, kommt – kommt – kommt, steht nicht da und haltet Maulaffen feil, an die Arbeit, an die Arbeit!«

Hasselborg seufzte und begab sich mit stoischem Gleichmut wieder an die Arbeit. Kaum hatte er den Stift in die Hand genommen, als auch schon der nächste Lakai zur Tür hereinkam – diesmal ausnahmsweise nicht geschlichen, sondern gestürzt. Sogar das Flüstern vergaß er in der Aufregung:

»Mit Verlaub, Eure Illumineszenz, der Dasht von Rúz ist unangemeldet eingetroffen, mit fünfzig Bewaffneten! Er sucht nach einem entflohenen Gefangenen, und er glaubt, daß er hier an Eurem Hofe ist!«

9

Der König saß ein paar Sekunden mit weit aufgerissenem Mund da, dann sprang er mit einem gellenden Aufschrei hoch. »Dieser ungehobelte Dummkopf! Das sieht ihm ähnlich, ohne Voranmeldung mir nichts, dir nichts hier hereinzuplatzen! Keine Einladung, kein Gesuch, keine Anmeldung, kein Nichts – *Ohé!*« Er schaute argwöhnisch Hasselborg an, der es einstweilen aufgegeben hatte, an seiner Skizze weiterzuarbeiten. »Ihr, Meistermaler, taucht hier eines schönen Morgens mit einer schönen Geschichte auf, wie Ihr Hastés Nichte auf Jáms Hoheitsgebiet aus den Klauen von Räubern befreit habt. Und am Ende desselben Tages kommt Jám höchstpersönlich und sucht nach einem entflohenen Gefangenen. Ein seltsames Zusammentreffen der Ereignisse, findet Ihr nicht auch?«

»Ja, Eure Illumineszenz.«

»Schön, also nun mach schon, bring ihn rein, bring ihn rein! Wir werden dieses Knäuel gleich entwirren.« Hektisch raste er hin und her. »Ich bezweifle nicht, daß die Rettung genauso verlaufen ist, wie Ihr es erzählt habt. Meine Leute haben nämlich die Überlebenden dieser unglückseligen Karawane ausführlich verhört. Trotzdem, irgendwie ist die Sache mysteriös, versteht Ihr, mysteriös, myst ... Ah, mein lieber Vasall Jám!«

Der Dasht von Rúz kam in den Raum geschossen, deutete flüchtig einen Kniefall vor dem König an und ging mit einem Wutschrei auf Hasselborg los, wobei er am Griff seines Schwerts zerrte. »Du *Zeft*! Ich werd dir zeigen, dich aus meinem Gefängnis herauszuschmieren!«

Hasselborg, der von Konfrontationen dieser Art allmählich die Nase voll hatte, hielt verzweifelt nach einer Waffe Ausschau; sein Schwert hatte er abgeben müssen, bevor man ihn zum König vorgelassen hatte.

Eqrar nahm die Sache jedoch selbst in die Hand. Er

streifte sich blitzschnell einen seiner Ringe vom Finger, steckte ihn in den Mund und blies hindurch. Ein gellendes Pfeifen ertönte. Sofort flogen zwei unauffällige Türen in der Wand auf, und aus jeder sprangen zwei Wachtposten mit gespannten Armbrüsten.

»Bleibt stehen, oder Ihr seid ein toter Vasall!« quiekte der König.

Jám steckte widerstrebend sein Schwert wieder in die Scheide. »Eure Illumineszenz, ich bitte demütigst um Verzeihung für mein respektloses Eindringen. Aber bei Qondor und Hoi, es ist einfach unerträglich, daß dieser stinkende Haufen, der sich selbst als Maler bezeichnet, die Erde noch länger mit seiner abscheulichen Gegenwart belastet!«

»Was hat er denn getan?«

»Das will ich Euch sagen: Er kommt zu mir, gibt sich als Porträtmaler aus und wird aufgenommen wie ein alter Freund. Und was passiert dann? Gleich am nächsten Tag erfahre ich, daß er gar kein Maler ist, sondern ein Spion aus Mikardand, der geschickt worden ist, um mich umzubringen. Ich werfe ihn natürlich gleich ins Gefängnis, um ihn bei den heiligen Spielen gegen den Yeki antreten zu lassen. Und was macht dieser Kerl? Mit irgendeinem Zaubertrick verhext er den Yeki so, daß dieser ihn nicht fressen will, und gleich darauf verschwindet er mit Hilfe zweier Spießgesellen aus dem Gefängnis und setzt sich ab. Vermutlich hat er jemanden aus meinen Diensten bestochen; andernfalls wäre die ganze Sache nicht so glatt gegangen. Aber die verdammten Halunken schwören Stein und Bein, daß sie unschuldig sind, und ich kann sie doch nicht alle hängen lassen, nur um sicherzugehen, daß der Richtige dabei ist.«

»Woher wißt Ihr, daß er ein Spion ist?« fragte der König.

»Mein Freund Julio Góis aus Novorecife hat mich davon unterrichtet. Hier ist sein Brief, und da ist noch einer, den er diesem Kerl da mitgeschickt hat und der ihn gefälscht hat.«

»Mit Verlaub, Eure Illumineszenz«, unterbrach Hasselborg den Dasht. »Ich bin kein Mikardandu, wie Ihr leicht feststellen könnt, wenn Ihr dort nachforscht. Ich habe lediglich auf dem Weg nach Novorecife einmal eine Nacht in Mishe verbracht und bin dann sofort weitergereist. Mikardand ist nämlich kein gutes Pflaster für einen Künstler. In Novorecife lernte ich Góis kennen und bat ihn, mir ein Empfehlungsschreiben an irgend jemanden in Rosíd mitzugeben; das ist alles, was ich darüber weiß. Der Dasht ist bloß deshalb so sauer, weil ich ihm die Tour vermasselt habe, als er die Lady Fouri von seiner Bande von Halsabschneidern kidnappen lassen wollte.«

»Was höre ich da? Was höre ich da?« fragte Eqrar.

»Ganz recht; genau das hatte er vor. Sie hat mir selbst gesagt, daß sie von Rosíd weg wollte, weil er sie nicht in Ruhe ließ; also ließ er sie wieder einfangen, und das bestimmt nicht, weil er einen Partner fürs Damespiel haben wollte.«

»Was habt Ihr dazu zu sagen, mein guter Jám?« fragte der König.

»Lügen, alles Lügen!« antwortete der Dasht. »Wo sind denn die Beweise?«

»Ich habe gehört, wie die Räuber an ihrem Lagerfeuer darüber sprachen«, sagte Hasselborg. »Bringt ein paar von ihnen her, sie werden es Euch bestätigen.«

»Wo sind diese Räuber denn jetzt?« wollte der König wissen.

»Aufgeknüpft, alle miteinander!« brüllte Jám. »Ich bin zufällig auf sie gestoßen, als sie gerade dabei waren, die arme Frau zu verfolgen, und habe sie auf der Stelle verurteilt und hinrichten lassen.«

»Weil sie sie nicht gekriegt hatten wie befohlen und damit sie nichts mehr ausplaudern konnten.«

Der Dasht fing schon wieder an, Obszönitäten zu brüllen, als der König beschwichtigend die Arme hob. »Friede – Friede – Friede, alle beide! So, da haben wir ja wirklich ein echtes Rätsel. Ihr, Jám, sagt, Meister Kavir sei ein Spion, und Euer einziger Beweis dafür ist die Aussage des *Erding* Julio, welche nach gozashtandischem Gesetz als Beweismittel unzulässig und nach unseren generellen Erfahrungen wertlos ist. Und Ihr, Herr Maler, beschuldigt meinen treuen

Vasallen der Anstiftung zur Entführung der Nichte des Hohepriesters der Etablierten Kirche in grausamer Absicht – obwohl die Grausamkeit dieser Absicht gemildert werden könnte durch die außerordentliche Schönheit der Dame, die selbst in der Leber des heiligsten Eremiten noch Liebesgefühle erwecken würde. Nun, wie auch immer, ich habe jedenfalls einen Narren an dem Mädchen gefressen, da ich selbst keine Töchter habe, und deshalb würde ich die Sache natürlich als besonders schwerwiegend ansehen, wenn es sich tatsächlich so verhalten sollte, wie Ihr behauptet. Doch ist Euer einziger Beweis das Wort von Männern, deren Wort nur wenig Gewicht haben würde, wenn sie lebendig wären, und überhaupt keines, da sie tot sind.

Ich könnte euch natürlich beide mit heißen Kneifzangen verhören lassen«, – er setzte ein grimmiges Lächeln auf, woraufhin Jám und Hasselborg beide betreten zu Boden schauten –, »wenn ich nicht aus Erfahrung wüßte, daß eine solche Behandlung, so wohltuend für das Opfer und so erbaulich für den Zuschauer sie oftmals auch sein mag, in der Regel nicht das zutage fördert, was uns am meisten interessiert – nämlich die Wahrheit. Was wollt Ihr mit diesem Mann machen, Jám?«

»Am liebsten würde ich ihn zurück nach Rúz schaffen, Eure Illumineszenz, und sein Urteil von Tod durch Gefressenwerden in Tod durch Enthaupten umwandeln, sozusagen als Beweis für meine barmherzige Natur, obwohl ich bezweifle, daß er diese Umwandlung zu würdigen wüßte. Und wenn seine Zauberkünste ihn wieder zusammenkleben, nachdem sein Kopf vom Rest seines Körpers getrennt ist, dann würde ich sagen, daß er sein wertloses Leben verdient hätte.«

»Aber wie soll ich dann mein Porträt fertigkriegen?« schrie der König. »Seiner Skizze nach zu urteilen, wird es bei weitem das beste, das ich je von mir habe machen lassen, woraus hervorgeht, daß er – Spion oder nicht – ein wahrer Künstler ist, so wie er es behauptet. Nein – nein – nein, Jám, Ihr werdet ihn nicht eher mitnehmen, bis das große Werk vollendet ist; das sind wir dem Reich und der Nachwelt schuldig!«

Jám kaute auf der Lippe und überlegte einen Moment. »Könnten wir ihn nicht so lange unter Bewachung hierlassen, bis er mit dem Bild fertig ist, und ihn dann enthaupten, wie er es verdient hat?«

»Eure Illumineszenz«, schaltete sich Hasselborg ein, »glaubt Ihr wirklich, daß ein Mann von meinem künstlerischen Feingefühl wirklich sein Bestes geben kann, solange ein Todesurteil über ihm schwebt?«

»Nein – nein – nein, ich verstehe schon, was Ihr meint, Meister Kavir, und außerdem steht da ja auch noch Eure Beschuldigung gegen Jám im Raum ...«

»Ihr werdet doch diesen phantastischen Hirngespinsten keinen Glauben schenken!« ereiferte sich der Dasht.

»Ihr wollt bitte so freundlich sein, Euren Souverän nicht zu unterbrechen! Es ist eine schwerwiegende Angelegenheit, Meister Kavir, eine solch ungeheure Anschuldigung gegen einen gesalbten Dasht vorzubringen. Aber wie auch immer – Eure Anschuldigung ist genauso wohlbezeugt und beglaubigt wie seine, nämlich überhaupt nicht. So, und nun hört mein Urteil, ihr beiden: Ihr, Kavir bad-Ma'lum, werdet unbehelligt in Hershíd verweilen, bis Ihr mit Eurer Arbeit fertig seid. Danach könnt Ihr weiter in dieser Stadt bleiben, auf die Gefahr hin, daß Jám mit einem stichhaltigen Beweis zurückkehrt, der mich zwingen würde, Euch ihm auszuliefern. Natürlich steht es Euch frei, nach Beendigung Eurer Arbeit die Stadt zu verlassen; doch in diesem Fall steht es ihm ebenso frei, Euch gefangenzunehmen, wenn er Euch kriegen kann. Ihr, Jám bad-Koné, haltet Euch strikt an diese Bedingungen, und wehe Euch, Ihr kommt auf die Idee, Meister Kavir von einem Eurer Halsabschneider heimlich töten zu lassen, solange er sich auf meinem Territorium aufhält! Sollte ihm irgend etwas dieser Art zustoßen, dann werde ich wissen, an wen ich mich zu wenden habe. Ist das nicht ein faires Urteil?«

»Dann bleibt mir eben nur noch eine Möglichkeit!« brüllte

der Dasht. »Kavir bad-Ma'lum, oder wie immer Ihr auch heißt, ich erkläre Euch hiermit für einen Wicht, einen Schurken, einen Spion, einen Feigling, einen Lügner und einen Dieb und fordere Euch auf, diese Beschuldigungen im bewaffneten Zweikampf gegen meine Person zu widerlegen!« Mit diesen Worten zog der Dasht seinen Handschuh aus und warf ihn Hasselborg vor die Füße.

Der König stieß einen Seufzer aus. »Ich dachte, ich hätte nun alles zum Besten geregelt, und da kommt Ihr mir mit sowas. Es ist aber noch die Frage, ob eine Person von Meister Kavirs Stand gezwungen ist, eine Herausforderung von einem Herrn von Rang und Namen anzunehmen, besonders von einem, der einen so hohen Rang bekleidet wie Ihr ...«

»Denkt doch einmal an die Sache Yezdan gegen Qishtaspandu letztes Jahr«, erwiderte Jám schlagfertig. »Ein Künstler gilt einwandfrei als Mann von Rang und darf daher herausgefordert werden.«

»Moment, Moment!« mischte sich Hasselborg ein. »In Malayer kennen wir so etwas nicht; das heißt, wir machen das dort ein wenig anders. Erkläre mir mal einer genau, um was es jetzt eigentlich hier geht. Wenn ich recht verstanden habe, will Jám gegen mich kämpfen, richtig?«

»Und wie ich das will!« schnaubte der Dasht.

»Und was passiert, wenn ich keine Lust dazu habe?«

»Haha!« schnaubte Jám verächtlich. »Ein mieser kleiner Feigling, dem gleich die Leber in die Hose sinkt, habe ich es nicht gesagt? Schon versucht er, sich herauszuwinden. Nun, mein Herr, in diesem Falle brandmarken wir Euch, als Stigma Eurer Feigheit, mit den fünf Verstümmlungen, angefangen mit den Ohren ...«

»Schon gut, schon gut, den Rest könnt Ihr Euch sparen. Habe ich freie Wahl der Waffen?«

»Selbstverständlich. Alle Waffen auf der amtlichen Liste stehen Euch frei – Lanze, Pike, Schwert, Dolch, Streitaxt, Keule, Hellebarde, Dreschflegel, Speer, Bogen, Armbrust, Schleuder oder Wurfmesser; mit oder ohne Schild, gepanzert oder nackt, zu Fuß oder beritten. Egal, welche Kombination Ihr auch zu wählen beliebt, Ihr habt gegen mich nicht die Spur einer Chance. Ihr werdet bereits der zwölfte sein, der versucht, es mit mir aufzunehmen. Zwölf ist übrigens meine Glückszahl.«

Hasselborg, der es nicht für notwendig hielt zu fragen, was aus den anderen elf geworden war, zog seinen Schlagring aus der Tasche und zeigte ihn dem König. »Ist so etwas auch erlaubt?«

»Nein – nein – nein«, beschied ihm der König. »Für was haltet Ihr uns? Für Wilde aus den Koloft-Sümpfen, daß wir uns gegenseitig mit den Fäusten bearbeiten?«

»Dann wähle ich Armbrust, ungepanzert, und zu Fuß«, entgegnete Hasselborg, der sich als versierter Gewehrschütze mit dieser Waffe noch die größten Chancen ausrechnete. »Ihr müßt mir aber wenigstens ein paar Tage zum Üben einräumen.«

»Akzeptiert«, sagte Jám großspurig. »Es wird mir ein Vergnügen sein, da ich doch der beste Armbrustschütze von ganz Rúz bin. Habt Ihr meine Kopfsammlung nicht gesehen?«

»Ihr meint die auf den Piken über dem Stadttor? Eine äußerst vulgäre und geschmacklose Zurschaustellung, wenn Ihr meine Meinung als Künstler hören wollt.«

»Ha!« schnaubte Jám beleidigt. »Das sind die Köpfe der Tiere, die ich erlegt habe! Eure Illumineszenz, ich muß Euch dringend ersuchen, daß Ihr diesen Burschen unter Bewachung stellt, damit er sich nicht in der Nacht davonstiehlt.«

»Stattgegeben«, antwortete der König. »Meister Kavir, vernehmt meine königliche Order: Ihr bringt alle Eure Habe sofort in den königlichen Palast. Ich werde Euch ein paar von meinen Leuten mitschicken, die Euch tragen helfen.«

Und die aufpassen, daß Ihr nicht türmt, fügte Hasselborg im Geiste hinzu.

Fouris Augen weiteten sich vor Entsetzen, als Hasselborg ihr vom neuesten Stand der Dinge berichtete, während Hasté milde Kümmernis demonstrierte.

»Ein törichter Brauch, dieses Duellieren!« sagte er grämlich und schüttelte den Kopf. »Das Konzil von Mishé hat ihn mit eindeutigen Worten gebrandmarkt und verurteilt. Obwohl wir von der Geistlichkeit seit langem dagegen wettern und immer wieder alles darangesetzt haben, den Adel von der Sündhaftigkeit dieses barbarischen Brauchs zu überzeugen, haben wir uns, wie Ihr seht, nicht durchsetzen können. Im Gegenteil, sie schlagen uns mit unseren eigenen Waffen, mit der Astrologie, indem sie sagen: Werden die Sterne denn nicht dem den Sieg schenken, dessen Triumph vorherbestimmt ist? Es ist entmutigend.«

Als Hasselborg auf sein Zimmer ging, um zu packen, kam Fouri sofort hinter ihm her. Die beiden Wächter, die ihn begleiteten, schnauzte sie an: »Wollt ihr wohl draußen vor der Tür bleiben, ihr Flegel? Weg mit Euch!«

Entweder hielten die beiden Soldaten es für besser, sich nicht mit einer solch kecken jungen Dame anzulegen, oder sie wußten um den Stein, den sie beim Dour im Brett hatte – jedenfalls nickten sie beide betreten und blieben vor der Tür stehen. Kaum war diese geschlossen, als Fouri Hasselborg auch schon freurig um den Hals flog.

»Mein Held! Mein Geliebter! Kann ich irgend etwas tun, Euch zu retten?«

»Das könnt Ihr in der Tat«, erwiderte Hasselborg trocken. »Könntet Ihr ein Paar Polster in die Ellbogen der Jacke meines alten Anzugs nähen?«

»Polster? Nähen? Was meint Ihr damit?«

Hasselborg drehte geduldig die Jacke auf links und zeigte ihr, was er haben wollte.

»Oh, jetzt verstehe ich!« sagte sie. »Ich bin zwar miserabel mit Nadel und Faden, aber ich würde nicht zulassen, daß eine andere es macht, denn wenn Ihr diese Jacke tragt, dann wird die verborgene Kraft meiner Liebe durch Eure Adern rinnen und Euch zu machtvollen Taten beflügeln.«

»Das wäre schön«, antwortete er und faltete seine Kleider auf dem Bett zusammen.

»O ja, so wird es sein!« hauchte sie begeistert. »Und dann

wird diesen dreckigen Kerl seine gerechte Strafe ereilen, und ich werde endlich gerächt sein.« Nachdem sie eine Weile unbeholfen an der Jacke herumgewerkelt hatte, fragte sie plötzlich: »Sagt, Kavir, warum haltet Ihr Euch von mir fern? Ihr seid kälter als die große Statue von Qarar in Mishé!«

»Wirklich?«

»Ja, wirklich. Habe ich Euch nicht alle Ermutigung gegeben, die Euch ein wohlerzogenes Mädchen nur geben kann, und mehr noch? Schaut, Onkel Hasté könnte uns heute abend mit ein paar Worten vermählen, und dann hätte der König auch nichts dagegen, wenn ich Euch in Euer neues Gemach in seinem Palast begleitete. Und wie auch immer der Kampf ausgehen würde, wir hätten dann ein süßes Andenken, das wir mit ins Grab nehmen könnten.«

Hasselborg begann schon zu überlegen, ob er gegen sein besseres Wissen kurzerhand ›ja‹ sagen sollte, nur damit diese leidige Diskussion endlich aufhörte. Als er sie anschaute, mußte er seinen ganzen Willen zusammennehmen, um nicht auf ihre Offerte einzugehen. Und er hätte es sicherlich auch getan, wenn er willens gewesen wäre, sein Inkognito fallenzulassen. Natürlich war da noch Alexandra, aber die war schließlich Lichtjahre entfernt ...

Er gab sich einen Ruck. »Ich danke Euch für Eure Freundlichkeit, Fouri, aber ich bin nicht so sehr auf ein frühes Grab erpicht; jedenfalls jetzt noch nicht. Die Ehe ist eine zu ernste Sache, als daß man sie gewissermaßen als Vorspann zu einem Duell betrachten sollte ...«

»Dann näht Euch Euren Kram doch selbst! Hoffentlich stecht Ihr Euch dabei in den Finger!« Sie warf ihm Jacke, Nadel, Faden und Polster an den Kopf, stampfte hinaus und knallte die Tür hinter sich zu.

Mit einem säuerlichen Lächeln, das sich zusammensetzte aus Belustigung, Mitleid und Wut über die Lage, in die ihn die Umstände gebracht hatten, hob Victor Hasselborg die Jacke auf, setzte sich die Brille auf die Nase und begann, die so jäh unterbrochene Handarbeit zu vollenden. Zwischen

Hastés quecksilbriger und liebestoller Nichte und dem grimmigen Herrn von Rúz fühlte er sich fast wie Odysseus bei dem Versuch, sich zwischen Scylla und Charybdis hindurchzulavieren.

Nachdem er seinen Umzug in den königlichen Palast bewerkstelligt hatte, verbrachte Hasselborg einen traurigen Abend. Die Wachtposten, die der König ihm zugeteilt hatte, hatten offensichtlich den strikten Befehl erhalten, wie Schmeißfliegen an ihm zu kleben. Er hätte sich gern ein wenig unter den Hofstaat gemischt, um etwas mehr über Zamba und sein neues Herrscherpaar zu erfahren, aber die Höflinge erwiesen sich als unerwartet unzugänglich für seine Art von Charme. Er fragte sich schon, ob nicht vielleicht die Anwesenheit der beiden Wachtposten, die nicht einen Schritt von seiner Seite wichen, der Grund für diese merkwürdige Zurückhaltung war, als eines seiner Opfer ihn aufklärte:

»Nicht, daß wir Euch nicht leiden könnten, Meister Kavir; es ist nur so, daß wir befürchten, für den Fall, daß Ihr in dem bevorstehenden Kampf unterliegt, etwas von Eurem Unglück auf uns zu ziehen, wenn wir Euch zu nahe kommen.«

Daraufhin zog er sich mürrisch in sein neues Domizil zurück. Hasté und Fouri – die inzwischen wieder ganz die höfliche Gesellschafterin war – leisteten ihm noch eine Weile Gesellschaft. Der erstere schien recht betrübt, wie gewohnt auf seine ihm eigene, etwas umständliche und hilflose Art.

»Offiziell, wenn Ihr mich recht versteht«, sagte Hasté mit grämlicher Miene, »mißbilligt die Etablierte Kirche selbstverständlich jede Art von Magie. In einem Fall wie diesem jedoch könnte ich vielleicht versuchen, mit einer der ortsansässigen Hexen Kontakt aufzunehmen. Vielleicht könnte sie die Armbrust des Dasht verzaubern oder so etwas ...«

»Redet ruhig weiter!« sagte Hasselborg interessiert.

»Nicht, daß ich eigentlich an Zauberei glauben würde«, fuhr Hasté fort, »aber man kann nicht abstreiten, daß manchmal seltsame Dinge geschehen, für die die herkömmliche Philosophie keine Erklärung weiß, wie der Prinz in Harians Drama sagt ...«

Schließlich mußte Hasté gehen, weil er noch einige astronomische Berechnungen nachprüfen mußte. Fouri folgte ihm nicht gerade begeistert.

Allein bis auf seine allgegenwärtigen Schatten, versuchte Hasselborg erneut, ein Buch auf Gozashtando zu lesen, gab den Versuch jedoch bald wieder auf. Die Hieroglyphen waren einfach zu schwer auseinanderzufummeln, besonders da er, um seine Unkenntnis des geschriebenen Gozashtando nicht zu verraten, darauf verzichtete, im Beisein seiner beiden Wachhunde sein Wörterbuch zu benutzen. Hinzu kam, daß das Werk selbst ein endlos langer Roman in Versform war, vergleichbar vielleicht mit den terranischen Epen von Ariost und Vega Carpio.

Als nächstes versuchte er, die beiden Soldaten in ein Gespräch zu verwickeln. Er fand die beiden recht sympathisch, mußte jedoch sehr schnell feststellen, daß das Gespräch eher zu einem Monolog seinerseits geriet. Geschickt streute er ein paar Anspielungen auf seine Flucht aus dem Knast von Rosíd ein:

»... daß ich nämlich immer das Glück hatte, rasch Freunde zu finden, die mir aus solchen Klemmen heraushalfen, und zum Glück auch immer die Möglichkeit hatte, sie ordentlich dafür zu bezahlen. Der Freund, der mir in Rosíd aus der Patsche geholfen hat, hat für sein Leben ausgesorgt ...«

Einer der Wachtposten antwortete: »Sehr interessant, Herr, aber sowas könnte hier niemals passieren.«

»Nein?«

»Nein. Unser Dour ist ein guter Menschenkenner, und er sucht sich für seine persönliche Leibgarde immer nur solche Männer aus, die unbestechlich sind. Würdest du mir da zustimmen?« fragte er seinen Kollegen.

»Unbedingt.«

Entweder ist er genauso ehrlich, dachte Hasselborg, oder er hat Angst, vor seinem Kollegen etwas anderes zuzugeben. Wenn ich ihn einmal allein erwischen könnte, dann könnte ich vielleicht ...

Doch mit der Zeit mußte Hasselborg einsehen, daß er weder den einen noch den anderen jemals allein erwischen konnte, denn sie hatten den Befehl, nicht nur ihn, sondern auch sich gegenseitig nicht aus den Augen zu lassen.

Enttäuscht ging er ins Bett und verbrachte die Zeit bis zum Einschlafen damit, undurchführbare Fluchtpläne zu wälzen. Er war gerade dabei zu überlegen, ob er Fouri durch ein Heiratsversprechen dazu bringen sollte, den beiden zu befehlen, daß sie wegschauten, wenn er türmte, als ihm die Augen zufielen und er einschlief.

Am nächsten Morgen begab sich Hasselborg hinunter in die königliche Waffenkammer, um sich eine Armbrust auszuleihen. Schließlich fand er eine, die seiner Armlänge entsprach und deren Stahlbogen gerade so stark war, daß er ihn eben noch mit beiden Händen spannen konnte. Danach ging er hinaus auf den Übungsplatz, auf dem tags darauf das Duell stattfinden sollte.

Kaum hatte er den Platz betreten, als eine offiziell aussehende Person auf ihn zugestürzt kam und rief: »Meister Kavir, ich darf Euch jetzt nicht mit der Waffe auf den Platz lassen!«

»Hä? Warum denn nicht?« Eine Menge stand mit dem Rücken zu ihm auf dem Platz und verfolgte irgendein ihm nicht sichtbares Geschehen. Da er größer war als die meisten der vor ihm Stehenden, hatte er rasch herausgefunden, daß sie Jám bad-Koné beim Übungsschießen zuschauten.

»Das wäre gegen die Vorschrift. Seit Sir Gvastén den Pandr von Lúsht ›versehentlich‹ mit einem Pfeil niederstreckte, als sie gemeinsam für ihr Duell trainierten, hat der Dour strikt verboten, daß zwei Herren, die unter Herausforderung stehen, zur gleichen Zeit üben.«

»Okay; dann gebe ich Euch solange die Armbrust, bis er fertig ist«, sagte Hasselborg und drückte dem verdutzten Mann die Waffe in die Hand.

»Schön und gut – es ist nur so ... ich traue mich nicht, Euch hier herumspazieren zu lassen, solange *er* bewaffnet ist; versteht Ihr das nicht?«

»Oh, ich passe schon auf, daß ich ihm nicht zu nahe komme.« Mit seinen beiden Wachhunden im Schlepptau mischte Hasselborg sich unauffällig unter die Zuschauer und sah dem Dasht eine Weile ruhig zu, bis plötzlich einige von ihnen seine Anwesenheit bemerkten. Sofort richteten sich alle Blicke auf ihn. Der Dasht, der ihn jetzt ebenfalls bemerkte, warf ihm einen verächtlichen Blick über die Schulter zu und konzentrierte sich wieder auf sein Ziel.

Hasselborg hatte das System rasch durchschaut: Der Duellant mußte sich, die ungespannte Armbrust in der Hand, mit dem Rücken zum Ziel aufstellen. Auf ein Pfeifensignal hin mußte er einen Pfeil aus dem Gürtel ziehen, die Waffe spannen, herumwirbeln und feuern. Der nächste Pfeil des Dasht traf den Pappkameraden in der Herzgegend (das heißt, in der krishnanischen Herzgegend, die etwas mehr in der Körpermitte lag als bei den Erdbewohnern) und vergrößerte die ohnehin schon beängstigende Anzahl von Löchern um ein weiteres. Jám war offensichtlich alles andere als ein Anfänger.

Hasselborg verfolgte jeden einzelnen Handgriff des Dasht genauestens; vielleicht konnte er ihm irgendwelche Tricks abgucken. Er erinnerte sich, daß er vor Jahren einmal während seines Studiums in Harvard, als er ein Seminar über veraltete Gesetze besuchte, einen Fall über einen Engländer gelesen hatte, der irgendwann ums Jahr 1817 herum nach einer Prozeßniederlage seinen Kontrahenten zu einer Prozeßentscheidung durch Waffen herausgefordert hatte. Am festgesetzten Tag erschien er, mit Lanze und Schwert bewaffnet, vor den Schranken des Gerichts und behauptete, den Prozeß gewonnen zu haben, weil die andere Partei nicht erschienen sei. Daraufhin stellten die Richter und Anwälte die ganze juristische Bibliothek auf den Kopf und fanden heraus, daß der Mann seinen Prozeß tatsächlich gewonnen hatte, woraufhin in der darauffolgenden Parlamentssitzung die Entscheidung durch Zweikampf abgeschafft werden mußte.

Nach ungefähr einer Stunde hörte der Dasht mit den Schießübungen auf und marschierte vom Platz, gefolgt von den Bewaffneten, die er aus Rosíd mitgebracht hatte. Ein Teil der Zuschauer blieb da und wartete darauf, Hasselborg bei seiner Vorstellung zuzuschauen.

Dieser indes hatte nicht die Absicht, sich vor versammeltem Publikum zu blamieren. Er ließ sich statt dessen faul auf einer Bank nieder und verwickelte seine Wachhunde in ein Gespräch über die technischen Aspekte des Armbrustschießens, wobei er, um seine völlige Unkenntnis nicht allzu offenkundig werden zu lassen, zu seinem inzwischen schon zur Gewohnheit gewordenen Standardspruch griff: »Wißt Ihr, wir machen das in Malayer alles ein bißchen anders, aber vielleicht könntet Ihr mir ein paar Tips geben, wie man das hier so betreibt ...«

Da der Unbestechliche, bei dem er sich am Vorabend vergeblich einzuschmeicheln versucht hatte, sich als ausgesprochener Enthusiast auf dem Gebiete des Armbrustschießens erwies, brauchte Hasselborg ihn bloß mit gelegentlichen Zwischenfragen zu füttern, um ihn am Sprudeln zu halten. Als die Zuschauer sahen, daß nichts passierte, trotteten sie davon.

»Ich mache jetzt mal ein paar Probeschüsse«, sagte Hasselborg, der inzwischen seine Armbrust wieder zurückerhalten hatte. »Vergeßt nicht, daß man in meinem Land eine andere Art von Armbrust verwendet, wenn ich anfangs ein paar Fehlversuche mache.«

Und das tat er dann auch. Das Blöde an dem Ding war, daß es kein Visier hatte, aber vielleicht konnte man da ja Abhilfe schaffen.

»Wo kriege ich ein paar Nadeln her, ungefähr so lang und mit einem runden Kopf, etwa so?« fragte er, wobei er mit den Händen eine Nadel etwa von der Art und Größe einer Korsettnadel beschrieb.

»Solche Nadeln kann ich Euch beschaffen«, sagte der

Enthusiast. »Meine Liebste ist nämlich Kammerzofe bei der Lady Mandai. Aber da ich Euch nicht aus den Augen lassen darf, dauert das natürlich eine Weile ...«

Eine halbe Stunde später hatte Hasselborg seine Nadeln. Eine davon drückte er fest in den hölzernen Schaft der Armbrust, ganz am vorderen Ende, direkt neben die Pfeilnut, und die andere in die entsprechende Stelle am hinteren Ende der Waffe. Dann machte er ein paar weitere Schußversuche, wobei er die Stellung der Nadeln so lange veränderte, bis er schließlich aus der Wettkampfdistanz das Ziel sauber treffen konnte.

»Bei allen Göttern!« schwärmte der Enthusiast. »Was hat unser guter Meister Kavir da gemacht? Bei der Nase des Tyazan – eine ganz neue tödliche Idee!«

»Och, da, wo ich herkomme, ist das ein alter Hut«, beschwichtigte ihn Hasselborg.

Er war jetzt ziemlich zuversichtlich, daß er keine Schwierigkeiten haben würde, das Ziel sauber zu treffen; doch bestand weiterhin das Problem, das Ziel daran zu hindern, *ihn* zu treffen. Jám hatte alle seine Schüsse im Stehen abgegeben. »Fordert die Regel, daß man im Stehen schießen muß?«

»Welche Stellung gibt es denn noch?« fragte der Enthusiast verwundert.

»Ich habe schon mal welche gesehen, die sich beim Schießen hinknieten«, mischte sich der andere Wachhund ein. »Der Exerziermeister, den der Dour vor dem jetzigen hatte, lehrte zum Beispiel, daß man sich auf ein Knie stützen muß, wenn man hinter einer Mauer oder einem anderen Hindernis steht und direkt darüberschießen will. Aber das war noch vor deiner Zeit, Ardebil.«

»Und was sagen die Regeln dazu?« fragte Hasselborg.

»Ich wüßte von keiner Regel, die einen daran hindert, eine bestimmte Schußposition zu wählen«, sagte der Enthusiast. »Soviel ich weiß, ist es sogar erlaubt, auf Euren Gegner loszugehen und ihm die Armbrust über den Schädel zu hauen.«

Hasselborg spannte die Armbrust und legte sich flach auf

die Erde, froh über die Polster in seiner Jacke, jedoch weniger froh über die Tatsache, daß die Steinplatten des Exerzierplatzes anscheinend seit Generationen nicht mehr gekehrt worden waren. Seine Schüsse indes saßen allesamt so gut, daß die beiden Wachhunde anerkennend durch die Zähne pfiffen.

»Es wäre schon ein Gebot der Ritterlichkeit, den Dasht vor dem zu warnen, was ihn da erwartet!« rief der Enthusiast.

»Ihr wollt ihm doch nicht die Überraschung verderben, oder?« konterte Hasselborg.

Am nächsten Morgen stand Hasselborg auf denselben Steinplatten und hörte zu, wie der Zeremonienmeister die Wettkampfregeln verlas: »... und an den Enden des Hofes werden Euch Eure Waffen ausgehändigt. Ihr müßt mit dem Gesicht zur Wand stehen und dürft Euch nicht bewegen, bis die Pfeife ertönt und das Signal zum Kampf gibt. Dann dürft Ihr kämpfen, wie immer es Euch beliebt. Mögen die Sterne dem Besseren den Sieg gewähren!«

Der Zeremonienmeister stand neben einer kleinen, etwa einen Meter langen, brusthohen Holzwand, hinter die er sich ducken konnte, falls die Sache zu heiß werden sollte. Er und die Duellanten waren die einzigen auf dem Hof. Aus dem Augenwinkel sah Hasselborg jedoch, daß die Palastfenster, die den Exerzierhof auf drei Seiten umrahmten, voll von Gesichtern waren. König Eqrar, Hasté, Fouri ...

»Stellt Euch Rücken an Rücken!« forderte der Zeremonienmeister sie auf. »Und nun geht bis zum Ende des Hofes vor: eins-zwei-eins-zwei ...«

»Seid Ihr bereit?«

Hasselborg stand mit dem Gesicht zur Mauer und spürte, wie ihm eine Gänsehaut über den Rücken kroch. Jede Sekunde erwartete er den tödlichen Aufprall von Jáms Eisenpfeil im Rücken. Er stellte fest, daß solch ein förmliches Duell weit heftiger an seinen Nerven zerrte, als er erwartet hatte. Ein richtiger Zweikampf war eine ganz andere Sache, eine, bei der ihm erheblich wohler gewesen wäre. Er hatte auf der Erde schon einige ausgefochten, und sie alle waren für seinen Gegner tödlich ausgegangen. Beim ersten Mal hatte ihn danach ziemlicher Katzenjammer gepackt, aber dann hatte er es als etwas Normales betrachtet, etwas, das zu seinem Beruf gehörte. Doch jetzt spürte er wieder das alte Kniezittern wie bei seinem ersten tödlichen Kampf. Dieses elende, endlose Warten, bei dem man sich vorkam wie ein Trottel, der ...

Ein schriller Pfiff ertönte. Hasselborg gab sich einen Ruck, setzte seine Armbrust mit der Nase auf den Boden, steckte seinen Zeh in den Bügel am Ende der Waffe und zog mit beiden Händen an der Sehne. Mit einem leisen Zirpton sprang sie in die Kerbe. Er zog einen Pfeil aus seinem Gürtel, wirbelte herum, ließ sich elegant auf seine Ellenbogenpolster fallen, schob den Pfeil in die Nut und visierte sein Ziel an.

Jám bad-Koné blinzelte gerade über den Schaft seiner bereits gespannten Armbrust, als Hasselborg die Nadelköpfe auf seiner Waffe in eine Linie mit der am hellsten glänzenden Medaille auf der Brust des Dasht brachte. Jám schien einen Moment zu zögern; er hob den Kopf und starrte verdutzt auf diesen seltsamen Gegner, der schon hingefallen war, ehe er ihn getroffen hatte. Doch dann blinzelte er wieder über den Schaft seiner Waffe und zielte.

Hasselborg betätigte den Abzug. Der Schaft schlug heftig zurück, als der Pfeil mit einem Zischen davonschoß.

In diesem Moment explodierte etwas in Hasselborgs Kopf, und die Lichter gingen aus.

10

Er spürte, wie jemand versuchte, ihn auf den Rücken zu wälzen, und schlug die Augen auf. Sein Kopf schmerzte fürchterlich.

»Er lebt noch«, sagte eine Stimme.

»Was man von dem anderen nicht behaupten kann«, sagte eine andere Stimme. Das Gemurmel um ihn herum verursachte ein dumpfes Brummen in seinem Kopf.

Mit großer Mühe richtete er den Oberkörper auf und betastete sich den Kopf. Erleichtert stellte er fest, daß zumindest keine Schädelsplitter gegeneinanderrieben wie Eisschollen in einem arktischen Sturm, auch wenn seine Finger blutbeschmiert waren. Der Pfeil des Dasht hatte offenbar seinen Skalp aufgeritzt und seinen Hut weggetragen, der, wie ihm ein schmerzhafter Blick über die Schulter verriet, zwischen ihm und der Steinmauer gelandet war.

»Ich bin wohlauf«, krächzte er. »Laßt mich bloß mal eine Minute allein.« Er wollte vermeiden, daß irgendwelche krishnanischen Finger an den Wurzeln seiner gefärbten Haare und an seinen aufgeklebten Antennen herumfummelten.

»Seht mal!« rief eine Stimme. »Bei den Sternen, eine ganz neue Methode zu zielen! Wenn wir sowas bei der Schlacht von Meozíd gehabt hätten ...«

»... bei Qondyor, das war nicht ritterlich! Er hätte Jám warnen müssen, damit der ...«

»... hat der neue Dasht seine Mehrheit erreicht?«

Hasselborg bemerkte erst jetzt, daß der König auf ihn herunterblickte. Er stand mühsam auf, etwas torkelig in den Beinen, und sagte:

»Eure Illumineszenz möchten mich sprechen?«

»Meister Maler, Ihr habt mir einen guten Vasallen geraubt, einen guten, kräftigen Burschen. Aber da es ja nun einer von euch beiden sein mußte, bin ich nicht einmal so böse darüber, daß er es war. Obwohl er immer eine starke und loyale rechte Hand war, kann ich nicht abstreiten, daß er schwierig war. Jawohl, schwierig. Damen zu kidnappen, sowas! So, und jetzt geht rasch zum Wundarzt, und laßt Euch Euren Schädel flicken, damit wir gleich wieder mit dem Malen weitermachen können. Ich habe es eilig. Ich werde wohl an seiner Beerdigung teilnehmen müssen; barbarische Angelegenheit, Beerdigungen!«

»Ich danke Eurer Illumineszenz, aber so, wie sich mein Kopf anfühlt, befürchte ich, daß das Bild ziemlich schauerlich aussehen würde. Können wir nicht die nächste Sitzung wenigstens auf übermorgen verschieben?«

»Nein, elender Wicht! Wenn ich sage ›heute‹, dann meine ich auch ... aber vielleicht habt Ihr doch recht. Ich möchte nicht, daß meine Nase auf dem Bild über mein Gesicht wandert wie der Pichidé-Fluß über die Gozashtando-Ebene, bloß weil mein Maler nicht geradeausschauen kann. Jetzt laßt Euch erst einmal wieder zurechtflicken, und dann ruht Euch aus. Und sobald Ihr Euch wieder gesund fühlt, macht Euch an die Arbeit. Aber daß Ihr mir nicht die Stadt verlaßt!«

»Die Wächter brauche ich doch jetzt wohl nicht mehr, oder?«

»Nein, nein, sie können gehen.«

»Und würde es Euch etwas ausmachen, wenn ...«

»Wenn was? Wenn was?«

»Ach, gar nichts, Eure Illumineszenz. Ihr habt mir schon genug Vergünstigungen gewährt.«

Er legte eine etwas zittrige Verbeugung hin, und der König trippelte davon. Hasselborg hatte den König fragen wollen, ob er wieder in Hastés Palast zurückkehren durfte, wo der Service besser organisiert war, doch dann war ihm gerade noch rechtzeitig eingefallen, daß er damit Fouri bloß wieder ermutigen würde, sich einen neuen Plan auszuhekken, wie sie ihn in die Ehe locken oder auch zwingen konnte.

Fouri gratulierte ihm gerade überschwenglich zu seinem

Sieg, und Hasté tat dasselbe auf eine etwas gemäßigtere Art, als ein grobschlächtig aussehendes Individuum zu ihm trat und fragte: »Meister Kavir, würdet Ihr mich anhören? Ich bin Ferzao bad-Qé, Hauptmann der Leibgarde des verstorbenen Dasht.«

Nachdem er Hasselborg beiseite genommen hatte, fuhr er fort: »Nun, da der Tod des Dasht uns von unserem Treueeid entbunden hat, fragen die Burschen und ich uns natürlich, was wir jetzt machen sollen, versteht Ihr? Der Dasht war ein guter Kerl, wenngleich etwas sorglos mit seinem Geld, so daß unser Sold manchmal etwas unregelmäßig eintraf. Jetzt, da er tot ist, erbt sein Ältester alles, aber da er noch nicht volljährig ist, übernimmt seine Witwe die Regentschaft. Ein sauertöpfisches Frauenzimmer, sag ich Euch, so geizig, wie der Dasht freigebig war, und bestimmt fängt sie gleich damit an, daß sie die Hälfte von uns rauswirft und dem Rest den Sold kürzt.

Und da haben wir uns gefragt, ob nicht vielleicht Ihr uns gemäß der alten Sitte als Eure Männer in Dienst nehmen wollt. Wir sind alle wackere Kämpfer, es gibt keine, die tapferer und grimmiger sind, und Ihr braucht uns bloß ein Wort zu sagen, dann erobern wir Euch eine Insel in der Sabadao-See und machen Euch zum Meereskönig, so wie dieser eine Bursche auf Zamba. Nun, was sagt Ihr denn dazu?«

Ein ganz neues Problem, das da auf ihn zukam. »Wieviel hat der Dasht euch bezahlt?« fragte er.

»Oh, was das anbetrifft, das hing vom Rang, vom Dienstalter und solchen Dingen ab. Alles zusammengerechnet, kam man etwa auf vierzig Karda pro Zehn-Nacht.«

Nicht schlecht für eine bewaffnete Bande, dachte Hasselborg und überschlug im Geist rasch die Kosten, die da auf ihn zukämen. Aber vielleicht würde er diese Burschen noch gut gebrauchen können ... man konnte nie wissen ... und mit dem Geld, das er von Hasté bekommen hatte, konnte er sie eine ganze Weile bezahlen, ohne eigens nach Novorecife zu müssen, um Nachschub zu holen.

»Okay, ich mach's!« sagte er.

Wie sich rasch herausstellte, wollten nicht alle von Jáms Leuten in Hasselborgs Dienste eintreten; lediglich neunundzwanzig erklärten sich sofort dazu bereit. Ein paar von den anderen sagten, sie wollten es sich erst noch überlegen und erst einmal nach Rosíd zum Begräbnis ihres früheren Bosses zurückkehren. *Tant mieux;* dann würde er mit dem Geld um so länger auskommen.

Hasselborg schloß sich in seinem Gemach ein, nahm eine Handvoll Pillen gegen seine Kopfschmerzen und versuchte, seine Wunde zu untersuchen. Unglücklicherweise befand sich diese genau in der Mitte des Schädels, so daß ein einziger Spiegel nicht reichte. Nachdem er eine halbe Stunde mit einem zweiten Spiegel herumexperimentiert hatte, gelang es ihm schließlich, sich von oben zu betrachten.

Die Wunde hatte aufgehört zu bluten, und das Haar rings herum war blutverkrustet. Er wusch ein wenig von dem Blut ab, schnitt mit der kleinen Schere aus seinem Nähzeug die Haare rings um die Wunde ab, strich Desinfektionssalbe darüber und verschloß die Wunde mit einem Stück Klebeband. Nicht gerade professionell, aber es würde schon reichen.

Während er sich verarztete, bemerkte er, daß sein Haar an den Wurzeln allmählich schon wieder braun zu werden begann. Er nahm den kleinen Pinsel und trug auf die betreffenden Stellen ein wenig von dem Haarfärbemittel auf, das ihm der Friseur in Novorecife verkauft hatte. Die Antennen saßen noch immer bombenfest. Eine der Spitzen auf seinen Ohren hatte sich jedoch ein wenig verschoben, und er klebte sie bei der Gelegenheit wieder fest.

Er verbrachte den größten Teil des Tages mit Schlafen. Danach machte er sich auf den Weg zu Hastés Palast; er hatte dem Hohepriester mit einigen Bedenken versprochen, daß er mit ihm und Fouri zu Abend essen würde, um seinen Sieg zu feiern. Dieses Mal hatte er jedoch eine legitime Entschuldigung, Hastés Cocktails auszuschlagen, indem er ganz einfach Kopfschmerzen vorschützte. Er hatte nicht ohne Besorgnis festgestellt, daß er auf dem besten Wege war, sich an diese Drinks zu gewöhnen.

»Erzählt mir etwas über Zamba und seinen neuen Dour!« bat er Hasté.

Der Priester richtete seine Antennen auf. »Warum seid Ihr daran interessiert, mein Sohn? Ich dachte, nachdem Ihr Euer Honorar für Antanés Porträt erhalten habt, wäre Eure Neugier befriedigt.«

»Ach, nun ... ich habe mich bloß gewundert, wie Antané es in so kurzer Zeit so weit bringen konnte. Ich fand ihn nämlich so beeindruckend nicht, als ich ihn kennenlernte. Außerdem interessiert mich, was er als nächstes vorhat, nun, da er zu seinem Königreich gekommen ist.«

»Nun, was das anbetrifft, das wissen nur die Sterne ... ja, was ist?«

Ein junger Priester – derselbe, den Hasselborg schon bei früheren Gelegenheiten gesehen hatte – war hereingekommen, um Hasté etwas ins Ohr zu flüstern. »Das ist ja bald genauso schlimm, als wäre ich Arzt«, jammerte Hasté. Und an Hasselborg und Fouri gewandt: »Ich muß mich leider für einen Augenblick entschuldigen. Es dreht sich um den Sonnenuntergang von Rayord, ich muß da was überprüfen. Fouri, sei du bitte so nett und sag dem Koch, er soll mit dem Abendessen noch einen Augenblick warten.«

Als ihr Onkel zur Tür hinaus war, beugte sich Fouri zu Hasselborg hinüber und schaute ihn aus ihren tiefen, unergründlich grünen Augen an. »Ich könnte Euch ein paar Neuigkeiten aus Zamba erzählen. Im Palast des Dour wird reichlich über dieses Thema geklatscht.«

»Dann schießt los!«

Sie lächelte. »Ich habe gesagt ›könnte‹, was nicht heißt, daß ich es auch tatsächlich tue.«

»Worauf wollt Ihr hinaus?« Natürlich wußte er nur zu gut, worauf sie hinauswollte. Großer Gott, jetzt ging das schon wieder los.

»Ich könnte für einen wie Euch eine wertvolle Gattin und Gefährtin sein, aber ich sehe nicht ein, warum ich meine

Gunst an einen verschleudern sollte, der bloß ›Dankeschön‹ sagt und davonreitet und keinen Gedanken mehr an Fouri verschwendet.«

»Wer sagt mir, ob Euer Klatsch tatsächlich so wertvoll für mich ist, wie Ihr tut?«

»Vertraut auf mein Wort! Ich weiß interessante Neuigkeiten von König Antané.«

Hasselborg schüttelte den Kopf. »Tut mir leid, aber ich bin nicht gewillt, mich auf einen Handel einzulassen, von dem ich nicht weiß, was er mir einbringt.« Angesichts ihrer traurigen Augen fügte er besänftigend hinzu: »Natürlich mag ich Euch auf eine gewisse Art, und wenn Eure Neuigkeiten wirklich so wichtig sind, dann könnte sich das durchaus positiv auf meine Entschlußfreudigkeit in anderen Dingen auswirken.«

»*Chá!* Hören wir endlich auf, um den heißen Brei herumzuschleichen! Versprecht Ihr mir, daß Ihr mich, wenn sich die Neuigkeit tatsächlich als sehr wichtig erweist, auf der Stelle zur Frau nehmt, nach den Riten der Etablierten Kirche?«

»Nein.«

»Oh, Ihr erbärmlicher Lump! Ich soll Euch also alles verraten, was ich weiß, und Ihr bequemt Euch dann vielleicht dazu, Euch zu überlegen, was Ihr als nächstes tut, so als wäre das auch noch ein großes Entgegenkommen! Bin ich denn so häßlich? Bin ich denn so kalt?«

»Nein.«

»Was denn dann?«

»Eine Prinzipienfrage.«

»Prinzipien! Prinzipien! Zum Teufel mit Euren Prinzipien!« Sie sprang auf und rannte erregt auf und ab. »Ich sollte einen Mörder dingen, der Euch ein Schwert in den Schlund rammt, damit ich sehen kann, ob tatsächlich Blut aus Euch herauskommt oder doch bloß Tinte! Sowas wie Euch habe ich noch nie kennengelernt! Man könnte glauben, Ihr wärt ...«

Hasselborg fühlte sich von Sekunde zu Sekunde unbehaglicher in seiner Haut. Wenn er etwas haßte, dann waren es solche Szenen. Er war drauf und dran, eine Blitzentscheidung zu fällen, und überlegte noch fieberhaft, ob er ihre fragwürdige Beziehung ein für allemal beenden oder ihr Angebot annehmen sollte, als sie plötzlich stehenblieb und ihn eindringlich anschaute. »Nun, was ist?«

»Was ich Euch gesagt habe. Ich würde gern Eure Neuigkeit hören, und je mehr Ihr mir helft, desto dankbarer werde ich sein. Keinesfalls werde ich mir jedoch das Versprechen abringen lassen, Euch zu heiraten. Jedenfalls noch nicht zu diesem Zeitpunkt.«

Schwer atmend stand sie da. »Paßt auf. Ich werde Euch jetzt erzählen, was ich gehört habe. Danach könnt Ihr meinetwegen tun, was Euch beliebt. Ihr könnt hingehen, wohin Ihr wollt, mich verstoßen, beschimpfen und meinetwegen verprügeln. Ich werde Euch um nichts mehr bitten, außer daß Ihr mir glaubt, daß ich Euch wirklich liebe und Euch nur das Beste wünsche.«

»Okay, ich glaube Euch. Und ich sage ja auch nicht, daß ich nicht vielleicht dasselbe fühlen könnte – eines Tages. So, aber jetzt erzählt mir, was Ihr wißt.«

»Dieser – König Antané und seine Frau fahren irgendwann in den nächsten Tagen mit dem Schiff von Zamba nach Majbur.«

Hasselborg fuhr mit einem Ruck hoch. »Und zu welchem Zweck?«

»Das weiß ich nicht, und mein Informant weiß es auch nicht. Antané kommt immer mal wieder nach Majbur, um für sich und sein Königreich ein paar Einkäufe zu machen oder um geschäftliche Dinge mit den Syndici der Freien Stadt zu bereden. Soweit ich weiß, ist sein geplanter Besuch von derselben Art. Aber seht Ihr denn nicht, von welcher enormer Wichtigkeit das für Euch ist, was ich Euch jetzt gesagt habe?«

»Nein, wieso?«

»Nun, wenn Ihr doch so wichtige Dinge mit diesem Meereskönig zu besprechen habt und er offenbar nicht gewillt ist, Euch anzuhören, dann müßt Ihr Euch folglich einen Zeitpunkt dafür wählen, wo er auf dem Festland ist. Auf seiner Insel kämt Ihr niemals ohne seine Erlaubnis an ihn heran, denn seine Galeeren beherrschen das gesamte Meer ringsherum. Versteht Ihr jetzt?«

»Ja, und vielen Dank. Das nächste Problem ist, wie komme ich aus Hershíd heraus, ohne daß König Eqrar sauer wird und mir sein Heer hinterherschickt?«

Fouri überlegte einen Moment. »Vielleicht könnte ich ihn überreden. Der alte *Baghan* kann mich gut leiden, auch wenn er zu meinem Onkel nicht das allerbeste Verhältnis hat. Ich weiß natürlich nicht, ob er mich anhören wird; Ihr kennt ihn ja inzwischen. Wenn ich ihn herumkriegen könnte, würdet Ihr dann Eure Meinung bezüglich unserer Heirat ändern?«

»Nein, mein Schätzchen«, sagte Hasselborg mit einem Grinsen. »Du bist eine ganz schön hartnäckige junge Person, nicht wahr?«

»Jetzt macht Ihr Euch auch noch über mich lustig! Seht Ihr denn nicht, daß Ihr mir die Leber in Stücke reißt? Oh, Kavir, ich habe immer von einem Mann wie Euch geträumt ...« Ihre Stimme versagte ihr den Dienst, und sie brach in heftiges Schluchzen aus.

Hasselborg tröstete sie, so gut er konnte. Als sie sich einigermaßen wieder beruhigt hatte, sagte er: »Komm, reiß dich jetzt zusammen! Ich glaube gehört zu haben, daß dein Onkel zurückkommt.«

Mit einem Schlag war sie wieder ganz die feierlich-würdevolle, formvollendete Gastgeberin. Welcher Krishnaner sich letztendlich auch mit ihr zusammentun wird, dachte Hasselborg, über Langeweile wird der sich bestimmt niemals zu beklagen haben.

Am darauffolgenden Morgen begab Hasselborg sich zum König. »Mit Verlaub, Eure Illumineszenz, meine Kopfschmerzen sind weg ...«

»So? Gut! Exzellent! Hervorragend! Dann können wir ja

sofort wieder mit den Sitzungen anfangen. Ich habe heute nachmittag eine Stunde ...«

»Moment, Majestät! Ich wollte sagen, daß meine Kopfschmerzen zwar weg sind, daß aber mein künstlerisches Feingefühl durch dieses Duell so sehr erschüttert worden ist, daß ich unbedingt noch eine kreative Erholungspause brauche, bis sich meine Nerven wieder soweit beruhigt haben, daß ich wenigstens einigermaßen arbeiten kann.«

»Und wie lange wird das dauern?«

»Das weiß ich nicht; es war mein erstes Duell, müßt Ihr wissen.«

»Tatsächlich? Dafür habt Ihr Euch wirklich gut geschlagen.«

»Vielen Dank. Aber, wie gesagt, ich glaube, daß ich die Arbeit in weniger als einer Zehn-Nacht wieder aufnehmen kann.«

»Hm-m-m. Na schön, na schön, wenn es so ist, dann werde ich Euch wohl noch eine Weile herumstolzieren und den Damen schöne Augen machen lassen müssen, bis Euer Geist wieder in Ordnung ist, oder das, was ein Künstler an Stelle eines Geistes hat. Höchst komplizierte Leute, diese Künstler. Man kann sich nie auf sie verlassen. Ihr seid wie der alte Hasté; der verspricht auch immer und hält nie etwas.«

»Ich bedaure es, wenn ich Eure Illumineszenz ungedulig mache, aber schließlich haben wir es hier mit einer jener göttlichen Gaben zu tun, die ganz besonderer Behutsamkeit und Pflege bedürfen. Da läßt sich nun einmal leider nichts erzwingen. Aber fahrt Ihr nicht ohnehin zu Jáms Begräbnis nach Rosíd?«

»Ja, das ist richtig. Ich werde Hershíd für ein paar Tage verlassen müssen.«

»Sehr gut. Dann möchte ich Euch hiermit bitten, mir für die Zeit Eurer Abwesenheit ein paar freie Tage zur Erholung außerhalb von Hershíd zu gewähren.«

»Wo außerhalb von Hershíd?« fragte der König mit argwöhnischem Blick.

»Nun – ich dachte, ich fahre mal für ein oder zwei Tage hinunter nach Majbur. Ein kleiner Tapetenwechsel sozusagen, Ihr wißt schon.«

»Nein, ich weiß nicht! Ihr Maler seid wirklich unerträglich! Da gebe ich Euch einen fetten Auftrag, nach dem sich jeder Maler die Finger lecken würde, wo ich doch ein so gutes Sujet bin, und schon allein die Ehre, mich malen zu dürfen, müßte Euch Lohn genug sein! Dann stelle ich Euch nicht einmal unter Mordanklage, als Ihr einen meiner Vasallen im Zweikampf tötet! Und Ihr, was tut Ihr? Ihr kommt mir mit windigen Ausflüchten und versucht, wo Ihr könnt, Euch vor Eurer Arbeit zu drücken! Ich will Euer Proträt nicht mehr! Betrachtet Euch als ent ... nein, wartet! Warum kommt Ihr nicht mit mir nach Rosíd? Wir könnten doch unterwegs ein paar Sitzungen machen.«

»Aber Illumineszenz! Erstens würde die Teilnahme an Jáms Begräbnis meine Nerven bis zum äußersten erschüttern; und zweitens glaube ich kaum, daß seine Leute mich als willkommenen Gast betrachten würden.«

»Gewiß, gewiß. Aber wenn ich Euch nun nach Majbur gehen lasse, woher soll ich dann wissen, daß es nichts weiter als ein Vorwand von Euch ist, Euch aus meinem Herrschaftsgebiet zu entfernen und mich auf einer lächerlichen Holzkohleskizze sitzen zu lassen?«

»Das ist doch ganz einfach, Eure Illumineszenz. Ich lasse eine beträchtliche Summe Geldes hier und zusätzlich die Männer von Jám, die in meine Dienste getreten sind. Und dann ist da schließlich auch noch die offene Rechnung für das Bild, an dem ich zur Zeit arbeite. Ihr glaubt doch nicht im Ernst, daß ich auf eine solch beträchtliche Summe verzichten würde, oder?«

»Vermutlich nicht. Also gut, dann begebt Euch auf Eure alberne Reise, aber gnaden Euch die Götter, Ihr kommt nicht zurück wie versprochen!«

»Könntet Ihr mir nicht ein Empfehlungsschreiben an irgend jemanden dort mitgeben? Vielleicht an Euren Botschafter oder sowas?«

»Ich habe einen ständigen Regierungsbeauftragten in der Freien Stadt. Naén, schreib diesem Nichtsnutz von einem Künstler ein Empfehlungsschreiben an Gorbovast! Ich unterzeichne es hier und jetzt.«

Dieses Mal machte sich Hasselborg die Mühe, sich vor den Schreibtisch des Sekretärs zu stellen, während dieser schrieb, und den Brief mitzulesen, so gut das aus dieser Position möglich war. War das geschriebene Gozashtando schon schwer genug zu entziffern, wenn man es richtig herum las, so war es andersherum so gut wie unmöglich. Wie auch immer – das Wort ›Spion‹ schien diesmal jedenfalls nicht aufzutauchen.

Schon am Nachmittag konnte man daher Victor Hasselborg mit seinem Gespann frohen Mutes und frischen Trabes die Landstraße nach Majbur entlangzuckeln sehen. Er hatte sich nicht einmal von Fouri verabschiedet; statt dessen hatte er es vorgezogen, einen seiner Leute mit einer Botschaft in den Palast Hastés zu schicken, da er erstens eine erneute Szene vermeiden wollte und zweitens der Frage, ob sie ihn nicht begleiten dürfe, unbedingt aus dem Weg gehen wollte.

Zuerst hatte er auch mit dem Gedanken gespielt, einen dieser grobschlächtigen Raufbolde aus Jáms Erbmasse mitzunehmen, doch dann hatte er die Idee wieder verworfen. Wenn er zusammen mit einem Krishnaner eine solch lange Reise unternahm, würde das nahezu zwangsläufig dazu führen, daß dieser über kurz oder lang merkte, daß er ein *Erding* war.

Unterwegs begegnete ihm der übliche Landstraßenverkehr. Sogar den täglichen Zug von Hershíd nach Qadr überholte er mit seinem Karren. Dieser bestand aus fünf kleinen Waggons (drei für Passagiere und zwei für Fracht) und aus einem Bishtar, der, einer Lokomotive nicht unähnlich, nur beträchtlich langsamer, zwischen den hölzernen Schienensträngen einherschnaufte. Ein paar Krishnaner im Kindesalter winkten ihm aus einem der Passagierwaggons zu, genau wie ihre terranischen Altersgenossen es auch zu tun pflegten. Er winkte zurück und spürte zum ersten Mal seit seiner Ankunft auf dem Planeten so etwas wie Heimweh. Gerührt zog er Alexandras Taschentuch hervor und warf einen kurzen, sehnsuchtsgeschwängerten Blick darauf.

Er erreichte das Dorf Qadr am Abend seines zweiten Tages auf der Landstraße. Da die letzte Fähre nach Majbur schon abgelegt hatte, übernachtete er in Qadr und nahm gleich am nächsten Morgen das erste Boot. Es war eine große Barke, deren Antrieb aus einem Dutzend Ruderern und zwei dreieckigen Lateinsegeln bestand, die sich im frischen Westwind kräftig bauschten, der von Steuerbord her über den Fluß blies. Auf der Backbordseite verschwand das flache Ufer der Pichidémündung im Morgendunst, und in der Ferne glitzerte das Sadabao-Meer im Licht der aufgehenden Sonne.

Eine Kriegsgaleere, die mit mehreren Katapulten bestückt war, schob sich mit rhythmisch klatschenden Rudern an ihnen vorbei, und weiter draußen, auf der Backbordseite, versuchte ein fetter Händler, sein Boot gegen den Wind in den Hafen zu steuern. Dies erwies sich für ihn als ein schwieriges Unterfangen, weil das Schiff am Ende der Stromstrecke eine Halse machte wie ein Rahsegler, statt zu wenden, während er verzweifelt an der Besanrute herumzerrte, um das Segel umzuschlagen. Während dieses komplizierten Vorgangs verlor das Schiff fast soviel an Distanz, wie es vorher durch das Hart-am-Wind-Laufen gewonnen hatte. Warum zeigt ihnen nicht einmal einer von uns, wie man ein gescheites Stagsegel setzt? dachte Hasselborg. Doch dann fiel ihm der Erlaß des Interplanetarischen Rats ein.

Ein Krishnaner beschwerte sich lauthals, als Hasselborgs Aya an einer der Früchte herumschnüffelte, die er nach Majbur auf den Markt bringen wollte. Hasselborg mußte einen ganzen Korb davon kaufen, um den Mann wieder zu besänftigen.

Gorbovast, der ständige Regierungsbeauftragte, erwies sich als intimer Kenner der Gaststätten- und Kaschemmenszenerie von Majbur und leistete Hasselborg in diesem äußerst wichtigen Punkt wertvolle Hilfestellung, indem er ihm die wichtigsten Etablissements ausführlich beschrieb. Zwar sagte der Regierungsbeauftragte es nicht ausdrücklich, aber Hasselborg bekam doch den Eindruck, daß einige der Vergnügungsstätten dieses berühmten Seehafens eindeutig zur Kategorie der miesen Spelunken zu zählen waren, vergleichbar etwa mit denen von Shanghai und Marseille auf der Erde.

Zu seinem Leidwesen konnte Hasselborg den Burschen natürlich nicht geradeheraus nach dem geplanten Besuch des Königs von Zamba fragen. Schließlich glaubte man in Hershíd, daß seine Neugier in diesem Punkt endgültig befriedigt war, und der Regierungsbeauftagte würde mit Sicherheit sofort seinen Boß informieren, wenn Hasselborg allzuviel Neugier an den Tag legte.

Da die Krishnaner anders als die meisten anderen intelligenten extraterrestrischen Rassen über ein hochentwickeltes Gaststätten- und Restaurantwesen verfügten, war seine Fahndungsmethode sozusagen schon vorprogrammiert: ein ausgedehnter Zug durch die Hafenkneipen. Er machte so etwas nicht zum ersten Mal. Es lief immer nach demselben Schema: Man ging in die erste Kneipe, bestellte einen Drink und fing mit dem ersten Thekengenossen, der so aussah, als verfügte er über mehr als eine Gehirnzelle, ein Gespräch an. Erwies sich dieser als leerer Sack, ging man in die nächste Kneipe und begann das gleiche Spielchen von vorn. Mit dieser Methode hatte Hasselborg – zumindest in kleineren Städten – fast immer herausbekommen, was er wissen wollte, auch wenn er manchmal Tage dazu gebraucht hatte und seinem Magen dabei Ärgstes zugemutet hatte. Außerdem hatte er dabei ständig Angst davor gehabt, sich irgendeine Infektionskrankheit zuzuziehen.

Gegen Abend hatte er etwa die Hälfte von Majburs Hafenfront abgeklappert und dabei an die zwanzig Hohlköpfe interviewt. Sein Magen und sein Kopf fühlten sich dementsprechend an. Ein paar der etwas strammer gebauten Interviewpartner hatten ihn bisweilen etwas argwöhnisch angeschaut, aber bis jetzt hatte seine kräftige Statur im Verein mit seinem auffällig am Gürtel baumelnden Schwert etwaige Feindseligkeiten bereits im Keim ersticken lassen.

Sein derzeitiges Opfer, ein Seemann von der fernen Insel Sotaspé mit dem wunderlichen Namen Morbid, war ebenfalls auf dem besten Weg, sich als leerer Sack zu erweisen. Er gehörte zu denen, die nur wenig Alkohol vertrugen, und da er sein Quantum bereits überzogen hatte, fing er an, die Lieder seiner Kindheit zum besten zu geben. Er sang in einem Dialekt, dem Hasselborg nur mit größter Mühe folgen konnte, und das mit einer Stimme, bei der sich jeder Ohrenarzt die Hände gerieben hätte. Hasselborg begann, sich nach einer Fluchtmöglichkeit umzusehen.

Am anderen Ende der Bank saß ein anderes Paar in angeregter Unterhaltung. Einer der beiden saß mit dem Gesicht zu Hasselborg und redete langsam und eindringlich auf einen massigen Burschen ein, von dem Hasselborg nur den Rücken sehen konnte.

Als der letztere sich umdrehte, um zu sehen, wo die Bedienung abgeblieben war, ließ Hasselborg vor Überraschung fast sein Glas fallen. Es war Chuen Liao-dz.

11

Entschuldige mich mal einen Moment, Sportsfreund!« sagte Hasselborg zu seinem Freund, dem Sänger. »Ich habe da gerade einen alten Bekannten entdeckt.«

Er ging zum anderen Ende der Bank, legte eine Hand sanft auf Chuens Schulter und sagte: *»Ni hau bu hau?«*

Chuen drehte sich lächelnd und ohne ein Anzeichen von Überraschung um. *»Wo hau«*, antwortete er auf Chinesisch und fügte auf Gozashtando hinzu: »Welch eine Freude, Euch hier zu treffen! Sanándaj, darf ich vorstellen, mein alter Freund ... mein alter Freund ...«

»Kavir bad-Ma'lum«, half ihm Hasselborg.

»Natürlich. Sanándaj hat mir gerade etwas über Kalender erzählt. Ein hochinteressantes Thema!« Er blinzelte Hasselborg unauffällig zu. »Ich habe mich schon gefragt, wie lange Ihr wohl brauchen würdet, um mich zu bemerken. Was ist mit Eurem Freund, dem Seemann?«

»Er singt.«

»Tatsächlich? Dann müssen wir die beiden unbedingt miteinander bekannt machen. Meister Sanándaj kann dem Seemann etwas über Kalender erzählen, während der letztere ihm etwas vorsingt. Eine treffliche Zusammenstellung.«

»Okay. Ahoi, Morbid, komm doch mal her!« Hasselborg plazierte den mehr oder weniger unwilligen Seemann mit sanftem Druck auf die Bank neben Chuens Freund, der ungerührt über sein Lieblingsthema weiterschwallte und ein paar Phon zulegte, um den fidelen Sangesbruder zu übertönen, den die Erweiterung seiner Zuhörerschaft offensichtlich beflügelte. Unter dem Schutz des daraus resultierenden Lärms fragte Hasselborg Chuen: »Unter welchem Namen treten Sie hier auf?«

»Li-yau, weil es klingt fast so wie erster Teil meines Namens. Mit Zunamen kommen überhaupt nicht zurecht;

wenn aussprechen, kommt so etwas wie ›Chuvon‹ heraus. Und nun erzählen mir von Ihren Abenteuern!«

»Immer langsam! Erst sind Sie dran. Eine etwas seltsame Methode, Möglichkeiten für den Ex- und Import hochwertiger Waren zu erkunden, finden Sie nicht auch?«

»Bißchen ungewöhnlich vielleicht.«

»Hören Sie, Sportsfreund, Sie sind genausowenig ökonomischer Beauftragter wie ich; Sie sind Bulle.«

Chuen lächelte. *»Shï bu shï?«*

»Perfeitamente. Ich denke, wir können uns gegenseitig mehr nützen, wenn wir zusammenarbeiten statt getrennt.«

»So? Was schlagen vor?«

»Daß wir beide die Karten auf den Tisch legen. Sie verstehen?«

»Sehr interessante Idee.«

»Oh, ich weiß, Sie überlegen jetzt, woher Sie sicher sein können, ob ich es ehrlich meine, und woher ich sicher sein kann, ob Sie es ehrlich meinen und so weiter und so weiter. Wissen Sie, in welcher Mission ich hier bin?«

»Nein. Woher sollte ich? Haben es mir ja nie erzählt.«

»Na schön, dann werde ich es Ihnen eben jetzt erzählen, und Sie können dann entscheiden, ob Sie genauso offen sein wollen oder nicht. Ich denke nicht, daß Sie irgendeinen Grund sehen werden, mir einen Stock zwischen die Speichen zu stecken, und ich habe das gleiche Gefühl in bezug auf Sie.« Hasselborg erzählte ihm alles über seinen Auftrag.

Als er fertig war, schaute der Chinese ihn mit echtem Erstaunen an. »Wollen tatsächlich behaupten, dieser Levantiner hat Sie lediglich aus nichtigen persönlichen Motiven auf derart teure und gefährliche Reise geschickt?«

»Wenn Sie den Wunsch, seine Tochter zurückzubekommen, als nichtiges persönliches Motiv bezeichnen wollen, ja.«

»Aber ... aber das ist ja reine Romantik! Und ich dachte die ganze Zeit, Sie wären in hochbrisanten Machenschaften von interplanetarischem Kaliber verwickelt; in große Sache, die mit hochkarätiger Regierungspolitik und interstellaren Verbindungen zu tun hat! In Wirklichkeit verbringen Sie Zeit damit, einem ausgebüxten Liebespaar hinterherzujagen!« Er schüttelte den Kopf.

»Okay, aber jetzt sind Sie dran. Ich könnte bei meinem Projekt Hilfe gebrauchen, und aus Gründen, die ich Ihnen wohl nicht näher erläutern muß, kann ich schlecht einen einheimischen Bauerntölpel dafür anheuern. Ich kann mir gut vorstellen, daß Sie das gleiche Problem haben. Na, wie wär's, hm?«

Chuen überlegte eine Weile, dann sagte er: »Ich – eh – glaube, Sie könnten recht haben; also gut, ich packe aus: Ich bin ein Agent von chinesischer Regierung mit Spezialauftrag von Weltföderation. Ich verfolge Spur einer Schiffsladung von fünfzig Maschinengewehren aus einer Fabrik in Detroit, die für meine Regierung bestimmt waren. Waffen sind ordnungsgemäß abgeschickt worden, aber nie an Ziel eingetroffen.

Ökonomisch betrachtet, sind fünfzig Maschinengewehre natürlich ein Nichts für großes Land wie meines, aber keiner hat es gern, wenn gestohlene Waffen in Hände von Kriminellen geraten. Also haben sie Chuen darauf angesetzt, rauszukriegen, wo Waffen geblieben sind. Spur führt zuerst zu Gangstern in Tientsin, aber die haben nur sechsundzwanzig von den Gewehren behalten und die anderen vierundzwanzig an Beamten von Viagens Interplanetarias weiterverschoben.

Da Sache also offensichtlich über nationalen Rahmen hinausgeht, besorgt meine Regierung mir Spezialauftrag von Weltföderation, die verschwundenen Waffen aufzustöbern. Ich finde heraus, daß sie nach Krishna verschoben worden sind, um aus Novorecife herausgeschmuggelt und an einen hiesigen Potentaten geliefert zu werden. Besagter Potentat will sie dazu benutzen, Planeten zu erobern, oder zumindest soviel davon, wie er kriegen kann.«

»Wer hatte den Auftrag, die Waffen aus Novorecife herauszuschmuggeln?« fragte Hasselborg.

»Das weiß ich nicht. Mit Sicherheit aber einer aus der Stadt.«

Hasselborg nickte. »Aber für wen sind die Waffen bestimmt? Nein, warten Sie, sagen Sie es mir nicht, lassen Sie mich raten. Für Anthony Fallon, stimmt's?«

»Stimmt.«

Hasselborg steckte sich eine Zigarre an. »Auch eine? Kein Wunder, daß ich hier auf Sie gestoßen bin. Das konnte einfach kein Zufall sein. Sie auf der Jagd nach Tonys Knarren und ich auf der Jagd nach seinem Mädchen – da mußten sich unsere Wege ja zwangsläufig über kurz oder lang irgendwo kreuzen. Wo sind die Waffen denn jetzt?«

Chuen zuckte mit den Achseln. »Wenn ich selbst wüßte! Ich habe da von geheimnisvoller Kiste gehört, die von Räuberbande irgendwo in den Koloft-Sümpfen versteckt worden sein soll, aber hatte noch keine Möglichkeit, Näheres herauszubekommen. Sumpf ist nicht nur zu groß, sondern auch voll von unangenehmen Untieren. Aber da ich sicher war, daß Waffen irgendwann nach Majbur gebracht werden, damit Fallon sie dort abholen kann, bin ich hierhergekommen, um zu versuchen, sie ihm wegzuschnappen. Seit Tagen treibe ich mich herum, sehe mich auf Booten und Flößen um, die Fluß herunterkommen und hier festmachen, und versuche, in Bars und Restaurants Spur zu finden.«

»Vielleicht könnte ich Ihnen dabei behilflich sein«, antwortete Hasselborg und erzählte ihm von dem Gerücht, daß Fallon in den nächsten Tagen in Majbur eintreffen sollte. »Ich kann mir vorstellen, daß der, der die Waffen momentan in seiner Obhut hat, dafür sorgen wird, daß sie hier sind, wenn Fallon ankommt.«

»Das denke ich mir auch. Welche Verbindungen haben Sie in Majbur?«

»König Eqrar hat mir ein Empfehlungsschreiben an seinen Gesandten Gorbovast mitgegeben.«

»Sehr gut. Können Sie Gorbovast fragen, wann genau Fallon hier erwartet wird?«

»Das geht schlecht. Ich bin angeblich auf einen kurzen Erholungsurlaub hier, und es würde mit Sicherheit verdächtig wirken, wenn ich irgendwelches Interesse an Fallon bekunde. Außerdem bin ich sicher, daß der alte Eqrar bei Gorbovast Erkundigungen über mein Treiben hier einholen wird. Könnten Sie das nicht herauskriegen?«

»Vielleicht. Ich bin Freund von Obersyndikus, der Gorbovast kennt. Vielleicht weiß Obersyndikus auch selbst. Wir werden sehen.«

Am Nachmittag des darauffolgenden Tages traf Chuen ›zufällig‹ auf Hasselborg, der gelangweilt auf einem Bretterstapel auf der größten Hafenmole saß und die überzeugende Imitation eines geborenen Herumlungerers abgab.

»Obersyndikus sagt, Fallon kommt entweder morgen abend oder übermorgen früh an«, begrüßte ihn der Chinese. »Waffen müssen also sehr bald eintreffen. Sind Sie sicher, daß heute morgen nichts angekommen ist?«

»Nichts, außer einem Schlepper mit zwei Passagieren, aber ohne Fracht, und einem Holzfloß mit einem Ofen und einem Zelt für die Besatzung. *Tamates*, wir haben gar nicht an Qadr gedacht! Oder sind da drüben keine Molen?«

»Doch, aber bloß für Fischerboote und dergleichen. Alle größeren Handelsschiffe löschen auf dieser Seite.«

»Könnten unsere geheimnisvollen Freunde nicht gerade aus diesem Grund drüben in Qadr landen?«

»Da ist was dran. Was sollen wir tun?«

»Ich schlage vor, Sie bleiben hier, und ich gehe rüber und schaue mich dort mal ein bißchen um.«

»Einverstanden.«

Leider hatte die Fähre schon abgelegt, als Hasselborg an der Anlegestelle eintraf. Da die nächste erst in einer Stunde ging, beschloß Hasselborg, sich die Zeit totzuschlagen, indem er noch einmal die Hafenfront und die anliegenden Straßen entlangschlenderte, um sich zu orientieren und noch ein paar Barbesucher zu interviewen. Der erste, den er ansprach, war, wie nicht anders zu erwarten, ebenfalls ein leerer Sack. Zum Glück gehörte Ungeduld nicht zu den hervorstechendsten Untugenden Hasselborgs.

Als er an die Anlegestelle zurückkam, stieß sich eine Menschenmenge auf der Mole und schaute neugierig zu, wie ein paar Männer in der Uniform von Bahnbediensteten versuchten, einen Bishtar ruhig zu halten. Die Fähre hatte bereits angelegt und leerte sich rasch. Die Zuschauer beobachteten das Spektakel mit einer Mischung aus Neugier und Angst, bereit, sofort die Flucht zu ergreifen, falls das riesige Tier außer Kontrolle geraten sollte.

Als der letzte Waggon von der Fähre gerumpelt und die Segel eingerollt und neu gesetzt worden waren, gab der Fährmeister das Signal zum Einschiffen. Einige der möglichen Passagiere änderten ihre Meinung angesichts der wenig beruhigenden Aussicht, das zerbrechliche Gefährt mit dem Riesenkoloß von einem Bishtar teilen zu müssen. Der Rest der Leute stieg ein und drängte sich ängstlich in die Ekken des Schiffes, darauf bedacht, einen möglichst großen Abstand zwischen sich und dem Untier zu halten.

Unter dem Geschiebe und den aufmunternden Rufen seiner Wärter setzte der Bishtar einen Fuß vor und betrat vorsichtig das hölzerne Deck des Boots. Offenbar behagte ihm das Gefühl des nachgebenden Untergrunds überhaupt nicht, denn er scheute sofort zurück. Die Männer brüllten und schlugen mit Stöcken auf ihn ein und versuchten, ihn mit Stachelstöcken, die sie in seine dicke Haut hakten, an Bord zu zerren. Der Bishtar stieß einen wütenden Schrei aus und rollte drohend die häßlichen kleinen Augen, bequemte sich aber schließlich doch, mit vorsichtigen Schritten, ängstlich einen Fuß vor den anderen setzend, an Bord zu stapfen. Unter dem riesigen Gewicht des Tiers senkte sich die Fähre deutlich.

Die Matrosen lösten die Taue und stießen das Boot mit Holzstangen von der Mole ab. Die Ruderer tauchten ihre Riemen ein, ruderten rückwärts ein Stück von der Mole weg und drehten das Schiff mit dem Bug auf Qadr. Mit jedem Schlag ging ein unangenehmens Knirschen durch den hölzernen Zuber. Alsdann schüttelten die Matrosen die Segel los, deren Geknatter den Bishtar so sehr erschreckte, daß er ein bedrohliches Quieken ausstieß, mit dem Kopf hin und her wackelte und mit seinen kurzen dicken Rüsseln die Luft peitschte.

Hasselborg stand am Dollbord, bereit, sofort hinüberzuklettern und ins Wasser zu springen, falls das Tier Amok laufen sollte. Während er noch überlegte, ob dieser Schwertransport wohl gutgehen würde, fühlte er plötzlich eine Ausbauchung an seiner Hosentasche, und ihm fiel ein, daß er immer noch eine der Früchte bei sich trug, die er am Tag zuvor auf der Fähre gekauft hatte. Ein paar davon hatte er selbst gegessen, ein paar hatte er an Avváu verfüttert, und den Rest hatte er am Morgen in seine Taschen gestopft, um etwas zum Mittagessen zu haben. Eine war noch übriggeblieben. Das Ding sah aus wie eine Mandarine, hatte aber einen völlig anderen Geschmack.

Hasselborg näherte sich vorsichtig dem Kopf des Bishtars und rief dem Treiber auf seinem Rücken zu: »Heda! Frißt er das, wenn ich es ihm gebe?«

»Ja, das frißt sie!« rief der Mann zurück.

Hasselborg streckte vorsichtig den Arm aus und hielt dem Tier die Frucht hin, halb darauf gefaßt, daß das Vieh seinen Arm mit einem seiner Rüssel packen und ihn gegen den nächsten Mast schleudern würde. Der Bishtar fuhr jedoch – nach einem kurzen, wachsamen Blick – einen Rüssel aus und pflückte die Frucht geschickt aus der Hand. Schwups, war sie in seinem Maul verschwunden! Danach stand er ganz ruhig und wackelte zufrieden mit den Ohren, da die Segel, die sich inzwischen aufgebauscht hatten, nicht mehr flatterten und ihn erschreckten.

»Danke, Herr!« sagte der Treiber.

»Keine Ursache! Wozu wird sie eigentlich rübergebracht?«

»Das weiß ich auch nicht. Soweit ich gehört habe, fährt morgen oder übermorgen ein zweispänniger Zug nach Hershíd.«

»Ein Schwertransport?«

»Das vermute ich. Wenn Ihr es wirklich wissen wollt, dann müßt Ihr den Stationsvorsteher in Qadr fragen.«

Bis jetzt waren er und Chuen davon ausgegangen, daß Fallon ganz einfach mit einem seiner Schiffe nach Majbur kommen, dort die Ladung übernehmen und wieder zurück nach Zamba segeln würde, falls man ihn nicht irgendwie aufhielt. War es möglich, daß er den Plan hatte, Hershíd im Handstreich zu nehmen und sich mit einem Schlag das ganze Königreich Gozashtand unter den Nagel zu reißen? Es war schon ein bißchen merkwürdig, sich vorzustellen, daß ein Invasionsheer mit dem planmäßigen Zug kommen sollte. Andererseits aber war der Gedanke gar nicht so abwegig: Fallons Leute waren Seemänner, und die würden auf einem Aya oder einem Shomal etwa so deplaziert wirken wie ein Pferd auf einem Garagendach. Außerdem würde ein solch unerwarteter Schritt Fallons den Dour völlig unvorbereitet treffen.

Ein leichter Fischgeruch kündigte an, daß sie sich Qadr näherten. Als sie angelegt hatten, schaute Hasselborg zu, wie die Bahnbediensteten den Bishtar wieder auf Trab brachten. Das riesige Tier zeigte diesmal eine weit größere Behendigkeit als beim Einsteigen auf der anderen Seite. Mit erstaunlicher Geschwindigkeit trabte es auf den Landungssteg und die Hauptstraße hinauf, umkreist von einem Rudel zahmer Eshuna, die aus den anliegenden Lagerschuppen und Wohnhäusern herausgerannt kamen, um den seltsamen Besucher anzukläffen und anzuheulen.

Hasselborg begrüßte freundlich die Grenzposten des Dour, die auf der Mole herumlungerten, und folgte dem Bishtar zum Bahnhof. Seine Stiefel versanken bei jedem Schritt mit saugendem Glucksen im Straßenmatsch. Am Bahnhof angekommen, blieb er erst eine Weile außerhalb des Geländes, um keinen Verdacht zu erregen, und nachdem er eine Weile rauchend und beiläufig-uninteressiert dem Treiben zuschauend ausgeharrt hatte, näherte er sich wie zufällig dem Bahnhofsvorsteher und sprach diesen in jovialem Plauderton an:

»Der Bishtar, den Eure Burschen da heute nachmittag mit der Fähre rübergebracht haben, hat den Passagieren ganz schön Angst eingejagt. Er scheint keine besondere Vorliebe für Boote zu haben.«

»Das stimmt in der Tat; die Biester mögen keine Boote«, antwortete der Bahnhofsvorsteher. »Aber der Fluß ist zu breit für eine Brücke, und da können wir eben nicht umhin, die Fähre zu benutzen, wenn wir Bishtars und rollendes Material von Majbur nach Qadr schaffen wollen.«

»Sieht so aus, als hättet Ihr vor, einen Schwertransport loszuschicken.«

»Stimmt. Gestern kam ein Mann und kaufte gleich sechsundzwanzig Fahrkarten nach Hershíd im voraus; offenbar für eine größere Gruppe von Passagieren. Wer der Mann war, weiß ich nicht; aber wie auch immer: Er hat bezahlt, und da müssen wir eben eine genügende Anzahl von Waggons bereitstellen.«

Während die beiden noch plauderten, hörte Hasselborg die Glocke von der Fähre. Da er wußte, daß es die letzte Überfahrt an diesem Tag sein würde, verabschiedete er sich eiligst von seinem Gesprächspartner und rannte los, um die Fähre noch zu erwischen. Er schaffte es gerade noch aufzuspringen, bevor die Leinen gelöst wurden und das Boot ablegte.

Er setzte sich erst einmal hin, um ein wenig zu verschnaufen. Jetzt war er gar nicht dazu gekommen, in Qadr nach den Waffen herumzuschnüffeln; aber die Nachricht von den sechsundzwanzig Fahrkarten nach Hershíd war schließlich auch eine Ausbeute, die sich sehen lassen konnte.

Chuen schien gleicher Ansicht zu sein. »Es ist nichts angekommen. Lediglich großer Lastkahn mit etwas Gepäck an Bord, aber nichts, was so groß war, daß Waffen darin versteckt sein könnten.«

»Gibt es keinen anderen Weg von den Koloft-Sümpfen nach Majbur?«

»Es gibt zwei Wege von dort nach Mishé. Einer verläuft von Punkt südlich von Novorecife geradeaus dorthin, der andere vom Dorf Qou am Rand der Sümpfe. Es wäre also möglich, Gewehre erst nach Mishé zu schaffen und von dort aus über die Landstraße nach Majbur. Ich halte das für unwahrscheinlich, weil erstens ist es viel zu umständlich, und zweitens überwacht Orden von Qarar Republik Mikardand sehr sorgfältig. Also wären Chancen, Waffen durchzukriegen, viel geringer.«

»Es ist bald Zeit zum Abendessen«, sagte Hasselborg mit dem Blick auf den faszinierenden krishnanischen Sonnenuntergang.

»Wollen Sie essen gehen, während ich Fluß beobachte, und mich danach ablösen?«

»Okay – he, schauen Sie mal! Was ist denn das?«

Flußaufwärts näherte sich ein Boot. Sein einzelnes Lateinsegel schimmerte rosafarben im Licht des Sonnenuntergangs. Chuens Blick folgte Hasselborgs ausgestrecktem Arm. Er stieß einen leisen Pfiff durch die Zähne und preßte Hasselborgs Unterarm. »Genau der Typ von Boot, wie er in der Gegend von Qou verwendet wird!« murmelte er.

Als das Boot näher kam, entpuppte es sich als eine Art Jolle mit einem einzelnen Bugmast und acht oder zehn Riemen auf jeder Seite.

»Wir sollten besser von der Molenspitze weggehen«, murmelte Hasselborg.

»*Shï*. Sie bleiben auf dieser Mole, ich übernehme nächste. Haben Sie Zigarre für mich? Meine sind alle.«

Hasselborg gähnte, reckte sich und schlenderte zurück zum Ufer, wo er sich in bewährter Stadtstreichermanier vor der Mauer eines Lagerschuppens niederließ. Chuen ging ein Stück flußaufwärts, um seinen Beobachtungsposten vor der zweiten Mole aufzunehmen.

Hasselborg beobachtete das Boot mit demonstrativem Desinteresse. Mit Hilfe der Strömung, des Windes und der gemeinsamen Anstrengungen der Ruderer hatte das Boot bald die Höhe von Hasselborgs Beobachtungsposten erreicht. Das Segel kam mit lautem Gerassel herunter, und das Boot bewegte sich allein mit Ruderkraft auf das Ufer zu. Die Besatzung bestand durchwegs aus kräftig gebauten Burschen, und vor dem Mann, der die Ruderpinne bediente, lag eine riesige Packkiste.

Das Boot steuerte den Kai an, den Chuen sich ausgesucht hatte. Als es anlegte und die Männer sich daran machten, die schwere Kiste an Land zu bringen, stand Hasselborg auf und schlenderte langsam in die Richtung. Jetzt zogen die Männer einen Riemen mit zwei Tragstangen durch die Schlaufen an der Kiste. Je zwei von ihnen faßten an jedem Ende eine Stange unter, legten sich kleine Polster auf die Schultern, legten die Stangen darüber und wuchteten die Kiste mit einem gemeinsamen »Hauruck« hoch. Dann setzten sich die acht Träger im Gleichschritt in Bewegung und trugen die Kiste zum vorderen Ende der Mole. Das schwere Ding schaukelte im Takt ihrer Schritte hin und her, und die Taue knarrten und ächzten jedesmal beängstigend. Zwei weitere Männer der Besatzung gingen mit ihnen, der Rest setzte sich auf die Mole und wartete.

Chuen folgte den Trägern der Kiste in gebührendem Abstand, und Hasselborg wiederum in gebührendem Abstand zum Chinesen. Die Riege bog in eine Seitenstraße ein, bog ein paarmal nach links und rechts ab und blieb schließlich in einer kleinen Nebengasse vor der Tür eines großen Hauses stehen, dessen wenig anheimelnde graue Fassade in der unteren Etage keine Fensteröffnungen aufwies. Lediglich weiter oben waren ein paar zu sehen. Chuen schlenderte an ihnen vorbei, während Hasselborg sich in die noch lebendigen Auslagen eines Fischgroßhandels vertiefte, die glücklicherweise hinter einer Milchglasscheibe ihr Unwesen trieben, so daß sein Appetit nicht in Mitleidenschaft gezogen wurde.

Der Mann, der die Ruderpinne bedient hatte, betätigte den großen eisernen Türklopfer. Die Tür schwang augenblicklich auf. Es folgte ein kurzer Wortwechsel, den Hasselborg aus seiner Entfernung nicht verstehen konnte, dann wuchteten die Träger die Kiste hoch und marschierten ins Haus. *Rumms!*

Nach einer Weile kamen sie wieder heraus; das heißt, neun von den zehn, die hineingegangen waren, kamen wieder heraus. Hasselborg konzentrierte sich weiter auf das Fischgewimmel hinter der Milchglasscheibe, als sie hinter ihm vorbeigingen. Besonders eine Kreatur, die die Unappetitlichkeiten eines Krebses mit denen eines Tintenfisches auf geradezu beängstigende Weise in sich vereinte, hatte es ihm angetan. Nur gut, daß da noch die Milchglasscheibe war! Hasselborg stieß einen langgezogenen Seufzer der Erleichterung aus, als sich die Schritte der Männer entfernten, ohne daß sie versucht hätten, ihm ein Messer in den Rücken zu stecken.

Chuen tauchte aus der Seitengasse auf, in die er geschlüpft war, und sagte zu Hasselborg: »Ich habe mir Haus von hinten angeguckt. Auf Parterre sind keine Fenster.«

»Und wie kommen wir dann rein?«

»Stück weiter oben ist ein Fenster. Ungefähr zweieinhalb Meter. Wenn wir etwas zum Draufstellen finden, kommen wir rein.«

»Wir brauchen bloß eine Leiter und ein Stemmeisen.«

»Stemmeisen? Wollen Sie Gewichtheben üben?«

»Nein, ich meine ein Brecheisen – eine Eisenstange, verstehen Sie?«

»Oh, Sie meinen eins von Eisendingern mit Haken am Ende?«

»Richtig. Ich weiß bloß nicht, wie das auf Gozashtando heißt.«

»Ich auch nicht, aber ich kann Menge mit Zeichensprache machen. Einer von uns muß so ein Ding kaufen, während anderer zum Beobachten bleibt.«

»Hm-m-m«, erwiderte Hasselborg. »Ich befürchte bloß, daß die Geschäfte inzwischen schon geschlossen sind.«

»Vielleicht sind noch welche offen. In Majbur machen Geschäfte zum Teil erst sehr spät zu.«

»Okay, soll ich dann losgehen, und Sie bleiben hier? Ich habe längere Beine als Sie.«

»Vielen Dank, aber Sie bleiben besser hier, und ich gehe los. Sie haben Schwert und wissen, wie man damit umgeht. Ich nicht.«

Hasselborg, der sich nicht auf eine längere Diskussion einlassen wollte, bezog seinen Posten, und Chuen trippelte auf seinen kurzen Beinen davon. Die vielfarbigen Lichtspiele des Sonnenuntergangs verblaßten, und die drei Monde warfen pyramidenförmige Schatten in den engen, muffig riechenden Gassen. Hin und wieder kamen Leute vorbei, manche mit Packtieren. Ein Mann, den Hasselborg nicht erkannte – er wußte nur mit Sicherheit, daß es keiner von den Leuten auf dem Boot war –, kam aus dem Haus und fuhr auf einem Dreirad davon. Hasselborg überlegte gerade, ob er von seiner zweiten Zigarre noch einen letzten Zug nehmen oder sie ausdrücken sollte, als Chuen mit einer kurzen Leiter unter dem Arm auftauchte.

»Hier!« sagte der Chinese und drückte Hasselborg eine Brechstange mit umgebogenem Ende in die Hand.

Aufmerksam spähten sie nach allen Seiten. Da die Luft rein schien, schlichen sie in die Gasse, die zur Rückwand des Hauses führte.

Chuen hatte zu erwähnen vergessen, daß das Fenster in mittlerer Höhe auf einen kleinen Hinterhof hinausging, der von einer mit Eisendornen bewehrten dicken Mauer umgeben war. Diese stellte jedoch kein nennenswertes Hindernis dar. Sie lehnten die Leiter dagegen, kletterten hinauf, zogen die Leiter hoch (wobei sie lediglich darauf achten mußten, sich nicht die Hosenbeine an den Dornen aufzuschlitzen), ließen sie auf der anderen Seite hinunter und kletterten in den Hof. Dann gingen sie die paar Schritte bis zur Rückfront des Hauses und lehnten die Leiter erneut an.

Hasselborg stieg als erster hinauf. Ohne viel Federlesens attackierte er das Fenster – ein Flügelfenster mit diamantenförmigen Butzenscheiben – mit dem Brecheisen. Da er in seiner Karriere schon so manches Fenster mit sanfter Gewalt hatte öffnen müssen, stellte das primitive Ding für ihn kein Problem dar. Mit dem leisen Knirschen von splitterndem Holz gab es nach und sprang auf. Vorsichtig steckte er seinen Kopf hinein.

In den dünnen Strahlen des Mondlichts, das schräg durch die hohen Fenster hereinfiel, und dem trüben Schein einer Kerze, der von irgendwoher hereinreflektierte, sah er die oberen Ränder Dutzender von Kisten, Ballen und Kartons. Keine Bewegung – kein Geräusch.

»Ich glaube, wir schaffen es auf den Boden, ohne die Leiter hochzuziehen«, flüsterte er Chuen zu. »Ich lasse mich jetzt mal runter und schaue mich ein bißchen um. Wenn alles okay ist, sage ich Ihnen Bescheid, daß Sie nachkommen können. Wenn nicht, lassen Sie mir die Leiter runter, damit wir rauskönnen. Haben Sie mein Schwert? Okay, bis gleich!«

Sekunden später war Victor Hasselborg in der Dunkelheit verschwunden.

12

Als Hasselborgs Zehenspitzen den Deckel der dem Fenster am nächsten stehenden Kiste berührten, dankte er im stillen den einheimischen Göttern für die weichen krishnanischen Stiefel, die es ihm erlaubten, lautlos aufzusetzen. Das Fensterbrett war etwa auf Kinnhöhe, so daß er ohne große Schwierigkeiten wieder hinauskonnte, wenn plötzlich von irgendwoher Gefahr drohen sollte. Wie eine Katze schlich er um den Deckelrand der Kiste herum und spähte nach einer günstigen Abstiegsmöglichkeit. Offenbar war Da'vi immer noch bei ihm: Die Kisten und Säcke waren so angeordnet, daß er fast wie auf einer Treppe zum Boden des Raumes hinuntersteigen konnte.

»Chuen!« flüsterte er. »Es ist alles okay; wir können die Leiter draußen lassen. Geben Sie mir mein Schwert!«

Chuens massiger Oberkörper füllte für einen Moment den Fensterrahmen aus, als er sich mit bemerkenswerter Behendigkeit über den Sims schwang. Gemeinsam kletterten sie über die Treppe aus Kisten und Säcken hinunter auf den Boden der Halle und schlichen vorsichtig in die Richtung, aus der der Kerzenschein kam. Zweimal verloren sie sich in dem Labyrinth von Gängen, die zwischen den hochaufgetürmten Kistenreihen ausgespart waren. Schließlich gelangten sie in die Ecke des Raumes, wo sich die Kerze befand.

Hasselborg spähte vorsichtig hinter einen Haufen Säcke und erblickte einen kleinen freien Raum mit einem Pult und einem Stuhl. Die Kerze steckte in einem Halter auf einem Regal neben dem Pult. Direkt neben dem freien Raum stand die Packkiste, hinter der sie her waren. Und in dem Winkel zwischen der Kiste und der Wand saß mit gespreizten Beinen ein Mann und schlief – einer von der Bootsbesatzung.

Als Hasselborg sich ein Stück vorbeugte, um besser sehen zu können, stieß er mit der Scheide seines Schwerts gegen einen der Säcke. Ein leises *Kling* ertönte, und sofort schlug der Mann die Augen auf. Zwei Sekunden lang blinzelten die Augen suchend umher, dann blieben sie auf Hasselborg und seinem Gefährten ruhen.

Mit einem Satz war der Mann auf den Beinen. Blitzschnell packte er den Krummsäbel, der neben ihm auf dem Boden gelegen hatte, und ging auf die beiden Eindringlinge los. Hasselborg sprang von den Kisten weg, um Ellbogenfreiheit zu haben, und zückte sein Schwert. Der Mann stürzte jedoch nicht auf ihn, sondern auf Chuen los. Die Klinge sauste zischend durch die Luft und landete mit lautem Klirren auf dem Brecheisen.

Hasselborg sprang zu den beiden und hieb nach dem Mann, der ihn jedoch kommen sah und geschickt zur Seite wich, so daß der Hieb ins Leere ging. Blitzschnell war er wieder heran und teilte, geschickt nach links und rechts ausweichend, gefährliche Hiebe aus. Hasselborg parierte diese, so gut er konnte, und wünschte sich inbrünstig, er wäre noch eine Woche länger zum Üben in Novorecife geblieben. *Kling, Klang, Klong,* dröhnte es durch die Halle. Chuen hatte sich inzwischen von hinten an den Mann herangemacht und zog ihm eins mit dem Brecheisen über. Der Säbel landete scheppernd auf dem Boden, gefolgt von seinem Besitzer, der auf Knien und Händen landete.

Er schüttelte den Kopf und langte nach seinem Säbel.

»Das läßt du schön bleiben!« rief Hasselborg. In der Aufregung hatte er das auf Englisch gesagt, aber das machte nichts, denn gleich darauf verlieh er seinen Worten den nötigen Nachdruck, indem er die flache Seite seiner Klinge auf die ausgestreckte Hand des Mannes niedersausen ließ.

»Ao!« schrie der Mann und rieb sich die Fingerknöchel.

»Maul halten und zurück!« rief Hasselborg, diesmal in geschliffenem Gozashtando.

Der Mann wollte sich schon ergeben, als Chuen sich von hinten auf ihn warf, ihn platt auf den Boden zurückdrückte und ihm die Arme auf den Rücken bog.

»Amigo!« rief der Chinese Hasselborg zu. »Schneiden Sie

Stück Seil von einem dieser Ballen ab und geben Sie es mir.«

Hasselborg tat wie geheißen und überlegte währenddessen, ob es nicht vielleicht doch einen einfacheren Weg gab, sich seinen Lebensunterhalt zu verdienen. Wenn er mitten im Kampfgetümmel steckte, hatte er nie Zeit, Angst zu haben, doch jedesmal danach überkam ihn ein mulmiges Gefühl, und er mußte darüber nachdenken, wie groß eigentlich das Risiko war, das sein Job mit sich brachte. Als sie den Mann gut verschnürt hatten, drehten sie ihn auf den Rükken und setzten ihn unsanft mit dem Rücken gegen die Wand des Schuppens.

»Liegt dir was an deinem Leben?« fragte Hasselborg und hielt ihm die Schwertspitze unters Kinn.

»Natürlich. Wer seid ihr? Diebe? Ich bewach bloß die Kisten, während ...«

»Schnauze! Du beantwortest mir meine Fragen, aber leise, wenn ich bitten darf, sonst ... Du bist doch einer von denen, die mit dem Boot aus Koloft gekommen sind, stimmt's?«

»Ja.«

»Warten Sie mal«, schaltete sich Chuen ein. »Was ist mit dem regulären Wachtposten?«

»Der ist einen saufen gegangen. Hier ist irgendwo in der Nähe eine Kneipe, in die er schon lange mal gehen wollte, aber das klappte nie, weil sie immer nur dann geöffnet ist, wenn er auch gerade Schicht hat. Da ich sowieso die Nacht über hier bleiben wollte, hab ich ihm gesagt, er soll sich meinetwegen verstreichen, ich wär ja hier und würd schon auf die Sachen aufpassen.«

Chuen schaute fragend Hasselborg an. Der nickte bestätigend und sagte: »Als ich auf Sie gewartet habe, habe ich gesehen, wie er das Gebäude verlassen hat.« Und an den Mann gewandt: »Wo sind denn all die anderen von eurem Boot?«

»Auch in der Stadt, wie der Wächter ... soll Depulán ihm seine Seele verfaulen lassen!«

»Wann hauen sie wieder ab?«

»Morgen früh, direkt nach Sonnenaufgang, falls sie dann schon ihren Rausch ausgeschlafen haben.«

»Weißt du, für wen diese Kiste bestimmt ist?«

»Für den Dour von Zamba – haben sie jedenfalls gesagt.«

»Kennst du diesen Dour? Hast du ihn schon einmal gesehen?«

»Nein, bis jetzt noch nicht.«

»Weißt du, wann er in Majbur eintreffen soll?«

»Morgen vor Sonnenuntergang.«

»Von wem habt ihr diese Kiste übernommen?« fragte Chuen dazwischen.

»Von einem *Erding* in Novorecife.«

»Von welchem *Erding*?«

»Ich – eh – ich kenne seinen Namen nicht; irgendwas Unaussprechliches ...«

»Soll ich deinem Gedächtnis vielleicht ein bißchen auf die Sprünge helfen?« fuhr Hasselborg ihn an und kitzelte ihm das Kinn mit der Klingenspitze. »Ich kann ja noch ein bißchen fester zudrücken ...«

»Nein!« schrie der Bursche. »Der Name ist mir plötzlich wieder eingefallen. Es war Meister Julio Góis! Aber nehmt Eure Klinge weg!«

Hasselborg pfiff durch die Zähne. »Sieh an! Kein Wunder, daß er versucht hat, mich umbringen zu lassen!«

»Wie bitte?« fragte Chuen. »Davon weiß ich gar nichts!«

Hasselborg erzählte ihm kurz von seinen Erlebnissen mit dem Dasht von Rúz.

»Natürlich! Jetzt wird mir alles klar«, sagte Chuen. »Er nahm Ihnen Ihre Geschichte mit Miß Batruni nicht ab, weil er Sie in Wirklichkeit für einen Agenten hielt, der hinter den Waffen her war. Ich hätte sie Ihnen an seiner Stelle auch nicht abgenommen.«

»Aber warum sollte ein Mann wie Góis sich auf so eine windige Sache einlassen? Was hätte er dabei zu gewinnen?«

»Auf materiellen Gewinn ist der Bursche auch nicht aus. Er ist ein – eh – ein Fortschrittsfanatiker.«

»Darum hat er also gesagt, egal was passierte, ich sollte

immer daran denken, daß er große Stücke auf mich hielte! Der Bursche mochte mich zwar als Mensch, aber weil ich, wie er glaubte, seine Weltherrschaftspläne bedrohte, mußte ich liquidiert werden.«

»So war es zweifellos.« Chuen wandte sich erneut dem Gefangenen zu und fragte ihn nach weiteren Einzelheiten. Das wenige jedoch, was er noch erfuhr, brachte ihnen keine wesentlichen neuen Erkenntnisse.

»Ich glaube, Sie haben unseren Freund jetzt trockengepreßt«, sagte Hasselborg schließlich. »Wollen wir mal einen Blick in die Kiste werfen.«

Kurz darauf hatten sie den Deckel mit dem Brecheisen abgehebelt. Drinnen lagen, säuberlich in zwei Reihen aufgeschichtet, vierundzwanzig gut geölte Colt-Thompson, 6,5 Millimeter-Maschinenpistolen. Eine Schachtel auf dem Grund der Kiste enthielt Tausend Schuß Munition.

Hasselborg nahm vorsichtig eine der Waffen heraus und wog sie in der Hand. »Sehen Sie sich mal diese kleinen hübschen Dinger an! Sie können sie auf jede beliebige Schußfolge einstellen: automatisch oder halbautomatisch, ganz wie Sie wollen. Sie können dieses Ding auf Feuerstöße von zwei bis zehn Schuß einstellen. Mit einem davon und genügend Munition würde ich glatt eine ganze krishnanische Armee angreifen.«

»Keine Frage, was Freund Fallon damit vorhat!« antwortete Chuen. »Was sollen wir jetzt mit den Dingern machen?«

»Das habe ich mich auch schon gefragt. Was halten Sie davon, wenn wir sie bündelweise zum Fluß runtertragen und ganz einfach versenken?«

»Schön, damit hätten wir Fallons Pläne zwar vereitelt, aber wo wäre dann der Beweis?«

»Was für ein Beweis?«

»Nun, gegen Schmuggelring natürlich. Ich bin nicht so sehr an König Anthony interessiert. Auf Krishna treiben sich jede Menge verkleidete Erdbewohner herum, und wenn wir Fallon los sind, tritt mit Sicherheit bald nächster an seine Stelle. Wichtig ist, Bande innerhalb Viagens Interplanetarias auffliegen zu lassen.«

»Lassen Sie mich überlegen!« sagte Hasselborg. »Übrigens, was machen wir jetzt eigentlich mit dem Kerl da? Wir können ihn ja nicht einfach laufen lassen, aber kaltblütig umbringen möchte ich ihn nun auch wieder nicht.«

»Warum nicht? Oh, Entschuldigung, ich vergaß, daß Sie Angelsachse sind! Wenn nicht töten, was dann?«

Hasselborg faßte sich in die Hosentaschen. »Ich glaube, ich hab's. Ich brauche einen Krug und ein Glas.« Er wühlte so lange weiter, bis er einen Blechkrug und einen Becher gefunden hatte.

»Was haben Sie vor?« fragte Chuen.

»Sehen Sie dieses kleine Ding hier? Das ist eine Trancepille. Damit legen wir den Kerl ein paar Wochen auf Eis.«

»Ich verstehe nicht, wie Behörden Sie damit reingelassen haben.«

Hasselborg grinste. »Ich habe ihnen nicht auf die Nase gebunden, was es ist. Sie hielten es für eine ganz normale Langlebigkeitspille. Und in gewisser Weise ist es ja auch eine, da ich mit ihrer Hilfe eine größere Chance habe, lange zu leben.«

»Und was machen Sie jetzt?«

»Ich schläfere ihn ein, verschiebe die Kisten ein wenig, damit wir ein Plätzchen haben, wo wir ihn verstecken können, und lasse ihn da liegen, bis er aufwacht. In diesem Tohuwabohu können wir ihn so verstecken, daß sie mindestens einen Monat brauchen, bis sie ihn gefunden haben.«

»Alles schön und gut, aber was ist, wenn Wächter zurückkommt? Und was machen wir mit den Waffen?«

Hasselborg hatte inzwischen seinen Krug abgestellt und spielte mit der Maschinenpistole herum. Er legte an und blinzelte über die Kimme, sorgsam darauf bedacht, die Mündung nicht in die Richtung der beiden Männer zeigen zu lassen.

»Ich konnte diese Dinger früher einmal blind auseinandernehmen und wieder zusammenbauen«, sagte er. Er löste eine Flügelmutter und nahm den Bolzenmechanismus heraus. »Ich erinnere mich noch: Einer der Streiche, die sie uns damals in der Fahndungsabteilung gern spielten, bestand darin zu warten, bis wir die Einzelteile alle um uns herum verstreut hatten, und uns dann heimlich, während wir mit verbundenen Augen dasaßen, den Schlagbolzen zu klauen, in der Hoffnung, daß wir das Gewehr dann ohne Schlagbolzen wieder zusammenbauten. Vielleicht könnten wir ...«

»... Schlagbolzen herausnehmen ...«, vollendete Chuen.

»Und die Pistolen wieder zusammensetzen ...«

»Fallon Pistolen nehmen lassen ...«

»Und ich rase inzwischen nach Hershíd und hole meine Privatarmee!«

In einem spontanen Ausbruch von Begeisterung klopften beide sich auf die Schultern.

»Aber jetzt wissen wir noch immer nicht, was wir mit dem Wächter machen!« Mit diesen Worten kam der Chinese wieder auf den Boden der Realität zurück. »Wenn er zurückkommt und sieht, daß keiner da ist ...«

»Dann wird er annehmen, daß Kumpel es nicht mehr ausgehalten hat und auch einen heben gegangen ist, oder? Vielleicht könnten wir auch ...«

»Jetzt hab ich's!« unterbrach ihn Chuen. »Wir schläfern Mann ein, entschärfen Waffen, nageln Kiste wieder zu. Dann verkleide ich mich mit Hut und Schwert von diesem Mann als Mitglied von Bootsbesatzung. Ich sehe mehr wie Krishnaner aus als Sie. Ich erzähle Wächter, daß ich Mitglied von Bootsbesatzung bin und daß ich Kumpel in der Nacht abgelöst habe, damit er auch in Kneipe gehen kann. Morgen früh gehe ich dann weg und sage, ich muß Boot zurück nach Koloft bringen. In Wirklichkeit aber bleibe ich hier in der Nähe und passe auf, daß Fallon Waffen auch wirklich in Empfang nimmt. Inzwischen nehmen Sie Ihren Karren und fahren zurück nach Hershíd, wie Sie gesagt haben, schnappen sich Fallon und übergeben ihn mir.«

»Gut, aber was ist, wenn die Bootsbesatzung merkt, daß einer fehlt?«

Chuen zuckte mit den Schultern. »Möglicherweise glauben sie, daß er in Spelunke versumpft ist, und fahren ohne ihn. Ich werde schon irgendwie verschwinden, falls sie hier auftauchen und nach ihm suchen.«

Hasselborg schaute mit zusammengekniffenen Augen auf seine Maschinenpistole. »Sagen Sie mal, Chuen, wie wichtig ist Ihnen Fallon?«

»Ach – es geht so. Bin nicht so scharf auf ihn. Góis und die anderen Viagens-Verschwörer sind mir wichtiger. Warum fragen Sie?«

»Ich dachte mir, daß ich ihn vielleicht nötiger hätte als Sie.«

»Wieso?«

»Ich soll Miß Batruni zurück auf die Erde bringen. Nun kann ich sie schlecht mit Gewalt an Bord eines Raumschiffes bringen; in dem Augenblick, wo sie das Gebiet von Novorecife betritt, unterliegt sie der terranischen Gerichtsbarkeit.«

»Ja, und?«

»Wenn Sie Fallon nach Novorecife brächten, was würde dann mit ihm passieren?«

»Ich würde ihn Richter Keshavachandra vorführen, Beweismaterial vorlegen, Richter Keshavachandra würde Prozeß machen, und wenn Fallon schuldig ist, würde er in Knast gehen. Das ist alles.«

»Ihm würde auf Krishna der Prozeß gemacht?« fragte Hasselborg.

»Ja.«

»Und was ist mit Berufung?«

»Dafür wäre Interstellarer Wander-Appellationsgerichtshof zuständig. Kommt alle paar Jahre nach Krishna und entscheidet über Berufungen und Wiederaufnahmeverfahren. Worauf wollen Sie hinaus?«

»Ich frage mich, ob es nicht vielleicht irgendeine Möglichkeit gäbe, ihn auf der Erde vor Gericht zu stellen. Sehen Sie, wenn ich ihn erst auf der Erde hätte, würde Julnar Batruni vielleicht freiwillig auf die Erde zurückkommen. Verstehen Sie, was ich meine?«

»Da besteht keine Chance. Fallon hat seine Verbrechen alle auf Krishna begangen.«

»In diesem Fall, Sportsfreund, glaube ich, daß ich ihn tatsächlich nötiger brauche als Sie. Sehen Sie, ich muß irgendwie Miß Batruni unter meinen Einfluß kriegen, und im Augenblick fällt mir keine bessere Methode ein, als Fallon hier eingesperrt zu halten.«

»Oh! Würden Sie da nicht in Konflikt mit terranischen Gesetzen kommen, wegen Beihilfe zu ungesetzlicher Verhaftung oder so etwas?«

»Nein, weil die Verhaftung auf Krishna außerhalb von Novorecife stattfinden würde. Wenn mit diesem Planeten ein Auslieferungsabkommen bestünde, würde ich mich strafbar machen, aber die haben hier keine Auslieferung, weil sie noch keinen Habeas Corpus und solche Sachen haben.«

»Verstehe. Aber schauen Sie, *Companheiro,* wenn Fallon in Novorecife im Gefängnis sitzt, vielleicht würde dann Miß Batruni ganz von allein zurück zur Erde gehen, weil sie nicht weiß, was sie sonst tun soll, glauben Sie nicht auch?«

»Vielleicht, vielleicht aber auch nicht. Vielleicht ist ihre Liebe so groß, daß sie in der Gegend von Novorecife bleibt, um in seiner Nähe zu sein. Vielleicht würde sie auch zurück auf ihre Insel gehen und den Zambanern sagen: ›Hört mal, Leute, Euer König sitzt im Knast; also schmeiße ich als eure Königin den Laden so lange, bis er wieder rauskommt.‹ Weibliche Herrscher sind in diesem Teil Krishnas nichts Außergewöhnliches. Nein, ich glaube, mein Plan ist der einzige, auf den ich mich verlassen kann.«

»Wie wollen Sie die Sache bewerkstelligen?«

»Ich habe noch keinen fertig ausgearbeiteten Plan, aber eine Idee. Ich bin sicher, daß wir die Sache mit Ihrer Hilfe geregelt kriegen.«

Im Schein der flackernden Kerze schauten sie sich eine volle Minute schweigend an. Hasselborg hoffte nur, daß Chuen einwilligen und keine Streitfrage aus der Sache machen würde. Chuen war ein Mann, mit dem es sich gut zusammenarbeiten ließ, aber auch einer, der unter anderen Vorzeichen ein ebenso gefährlicher Gegner wäre. Hasselborg hoffte inbrünstig, daß er keine Zuflucht zu Drohungen nehmen mußte, um ihn zu weiterer Zusammenarbeit zu bringen.

Schließlich brach Chuen das Schweigen: »Ich – eh – ich schlage Handel vor. Ich helfe Ihnen, Fallon zu schnappen, wie Sie gesagt haben. Sobald ich dann Zeugenaussage von ihm gegen Góis habe, lasse ich ihn in eigenem Saft schmoren. Wenn Behörden in Novorecife ihn haben wollen, versuche ich, sie davon abzubringen, indem ich ihnen sage, sie würden ganze Armee brauchen, um ihn zu fangen, und außerdem wäre er sowieso Kronzeuge und sowas. Wenn Sie trotzdem darauf bestehen, daß ich ihn bringe, werde ich es versuchen müssen. Sie verstehen?«

Hasselborg überlegte eine Weile. Dann sagte er: »Okay. Gehen wir an die Arbeit.«

Während Hasselborg dem Bootsmann seine Trancepille eintrichterte, hob Chuen den Krummsäbel auf. »Ich dachte, ich würde nie in meinem Leben solches Ding benutzen, aber seit ich Hieb mit Brecheisen pariert habe, fange ich an zu glauben, daß ich der geborene Schwertkämpfer bin. Wie sagt ihr so schön in altem Englisch? Ha, Schurke, nimm dies!« Er machte einen Ausfallsschritt und ließ die Klinge in elegantem Schwung durch die Luft sausen.

13

Die Torwächter in Hershíd, die Hasselborg als den Retter ihrer Lady Fouri kannten, winkten ihn ohne Formalitäten durch. Es hatte fast ununterbrochen geregnet, seit er Majbur verlassen hatte, und die paar Nieser, die unterwegs seiner Nase entfleucht waren, hatten ihm mehr Angst eingejagt als alle Recken Krishnas zusammen. Obwohl er im Moment nichts lieber getan hätte, als sich mit einer geballten Ladung Pillen unter der Bettdecke zu verkriechen, bis die Gefahr einer Erkältung endgültig gebannt war, fuhr er auf schnellstem Wege zu Hastés Palast und stürzte hinein.

»Euer Hochwürden«, sagte er zu dem Hohepriester, »als ich hier ankam, sagtet Ihr mir, daß Ihr alles in Eurer Macht Stehende für mich tun würdet als Gegenleistung für den kleinen Dienst, den ich Eurer Nichte erwiesen habe. Ist das richtig?«

»Ja, mein Sohn.«

»Dann bitte ich Euch um folgende Gefälligkeiten.« Er setzte ein entwaffnendes Lächeln auf. »Es ist nichts Schlimmes, und es ist auch nichts, was den Wahren Glauben in Gefahr bringt. Als erstes möchte ich Euch bitten, einen Eurer Lakaien in den Königspalast hinüberzuschicken. Er soll Ferzao bad-Qé, dem Anführer meiner Bewaffneten, sagen, daß der ganze Trupp sich sofort hier bei mir einfinden soll, und zwar mit Waffen und allen verfügbaren Ayas.«

»Aber Meister Kavir, der König hat schon nach Euch gefragt. Wäre es nicht vielleicht besser, Ihr machtet ihm erst einmal Eure Aufwartung? Er ist schon ungeduldig ...«

»Genau darum geht's ja! Der König darf nicht wissen, daß ich in der Stadt bin. Sobald er das erfährt, fängt er sofort wieder mit seinem Porträt an, und ich habe im Moment Wichtigeres zu tun. Zweitens: Würdet Ihr bitte jemanden losschicken, der mir ein paar Feuerwerke kauft? Von der

Sorte, die man anzündet und die dann bunte Feuerbälle ausspeien.«

»Ich werde es veranlassen, mein Sohn.«

»Danke. Und drittens: Würdet Ihr bitte eine Zelle in Eurem Keller für einen unfreiwilligen Gast fertig machen?«

»Meister Kavir! Was habt Ihr im Sinn! Ich hoffe, Ihr habt nicht vor, mich unter dem Deckmantel der Dankbarkeit zu sündigen Handlungen zu verleiten!«

Der Bursche fängt an, sich zu winden, dachte Hasselborg, dem die Bemerkung König Eqrars wieder einfiel, daß nämlich Hasté alles verspräche und nichts hielte. Er entschied, daß die beste Methode, mit Hasté zu verhandeln, freches und herrisches Auftreten war. »Ihr werdet sehen! Nichts, was gegen die Interessen Gozashtands verstößt. Und es ist absolut notwendig; ich habe Euer Versprechen, vergeßt das nicht!«

Fouri kam heraus und begrüßte ihn förmlich. Als Hasté damit beschäftigt war, seinen Lakaien die nötigen Anweisungen zur Erledigung von Hasselborgs Aufträgen zu geben, flüsterte sie: »Wann kann ich meinen Helden unter vier Augen sprechen? Ich verzehre mich vor Sehnsucht nach ihm! Ich kann nicht mehr schlafen ...«

Das hatten wir doch schon mal, dachte Hasselborg. Er schaffte es, die halbe Stunde bis zur Erledigung seiner Aufträge mit wortreich galanter und gleichzeitig völlig inhaltsloser Konversation über die Runden zu bringen.

»Wenn der König nach mir fragt«, sagte er zum Abschied, »dann sagt ihm, ich wäre mit meinen Männern auf die Jagd gegangen. Das entspricht sogar der Wahrheit.« Und schon schwang er sich auf seinen Karren und holperte davon.

Im Eiltempo ging's zurück nach Majbur. Die Sonne begann bereits zu sinken, und Hasselborg hoffte inbrünstig, daß sie die Invasoren noch vor Sonnenuntergang erwischten. Er hatte einen der Ayas eingespannt, die er für seine kleine Armee gekauft hatte, den armen Avváu hatte er fast zuschanden geritten, um noch vor Fallon in Hershíd einzutreffen. Sie konnten dem Zug jeden Moment begegnen. Zwar war Hasselborg gefahren wie der Teufel, aber auf der langen Distanz war der Bishtar jedem anderen Reit- oder Zugtier Krishnas weit überlegen.

Kurz darauf kam Ferzao bad-Qé in leichtem Galopp zu ihm geritten. »Meister Kavir!« rief er. »Mich deucht, ich hätte dort hinten, auf der Gegenspur, etwas gesehen.«

Hasselborg verengte die Augen zu Schlitzen. Kein Zweifel, das Gleis, das zu ihrer Linken lief, parallel zur Straße, endete in einem kleinen dunklen Fleck. Als sie näher kamen, wurde der Fleck größer und entpuppte sich als ein Paar Bishtars, das ein Dutzend kleine Waggons hinter sich herschleppte.

»Ihr habt Eure Instruktionen«, sagte Hasselborg. »Und nun an die Arbeit!«

Ferzao hielt an und ließ seine Männer aufmarschieren. Einer von ihnen reichte ihm eine Römische Kerze, die er mit Feuerstein und Stahl in Brand steckte. Als die Lunte mit leisem Zischen brannte, galoppierte der Sergeant zu dem vorderen Bishtar und hielt ihm das Feuerwerk wie eine Lanze vor den Körper. Im selben Moment stießen die anderen achtundzwanzig einen gellenden Schrei aus und trommelten mit den Fäusten auf ihre blechernen Schilde, um den Lärm noch zu verstärken.

Das Feuerwerk spie Flammenbälle gegen den Bishtar. Ein paar prallten an seiner dicken Haut ab, andere sausten zischend an dem Treiber auf seinem Rücken vorbei, der in panischem Entsetzen aufschrie. Das Tier brüllte und trabte aus der Spur, seinen Gefährten mit sich zerrend. Der erste Waggon hinter den Zugtieren sprang aus den Gleisen, der zweite neigte sich zur Seite und kippte um.

Ein vielstimmiges Gebrüll erhob sich aus dem Zug, und zwei Dutzend Männer mit Matrosenanzügen und Colt-Thompson-Maschinenpistolen quollen aus den Waggons. Mit einer Disziplin, die lange Übung verriet, schwärmten sie blitzartig aus und warfen sich in breiter Front auf die Erde.

Hasselborgs Männer galoppierten mit eingelegten Lanzen auf sie zu, die Bogen schußbereit gespannt. Zwei Dutzend MP-Mündungen hoben sich.

»*Pazzoi!*« schrie eine Stimme aus dem Zug. Ein vierundzwanzigfaches *Klick* ertönte.

»Ergebt euch!« brüllte Ferzao. »Die Dinger funktionieren nicht!«

Er ritt bis auf ein paar Meter an sie heran. Ein paar von ihnen probierten es erneut, doch auch diesmal ohne Erfolg. Die anderen warfen angesichts der Lanzen und gespannten Bogen ihre Waffen zu Boden und standen mit erhobenen Händen auf.

»Was geht hier vor?« schrie eine Stimme. Sie gehörte einer großgewachsenen, stutzerhaft gekleideten Mannsperson, die soeben einem der Waggons entstiegen war und auf sie zukam.

Unter dem krishnanischen Putz erkannte Hasselborg sofort den hübschen Herzensbrecher von den Fotografien. Einen Schritt hinter ihm kam ein prächtig aussehendes dunkelhaariges Mädchen, und vervollkommnet wurde das Trio von der massigen Gestalt Chuens. »Welch ein Empfang ...«

»Hallo, Mister Fallon!« rief Hasselborg, der inzwischen abgesessen war und wie Fallon seiner Streitmacht zu Fuß zum Schauplatz der Schlacht folgte.

»Wer spricht da Englisch? Sie? Sind Sie ...«

»Vorsicht, Sportsfreund! Wenn Sie mich nicht verraten, verrate ich Sie auch nicht. Offiziell bin ich Kavir bad-Ma'lum, Porträtmaler am Hof seiner Erlauchtheit König Eqrars von Gozashtand. Inoffiziell bin ich Victor Hasselborg aus London.«

»Ach, wirklich? Nun, was haben Sie vor ...«

»Das werden Sie noch früh genug erfahren. Inzwischen verhalten Sie sich besser ruhig, weil ich nämlich die besseren Karten habe. Und das da ist Fräulein Julnar Batruni, nicht wahr?«

»Unsere Gemahlin!« knurrte Fallon gereizt. »Ihre Durchlaucht Königin Julnar von Zamba, wenn ich bitten darf!«

»Ich dachte, Sie hätten schon eine Gemahlin in London. Sie läßt übrigens ihre besten Grüße ausrichten.«

»Sie sind doch nicht extra von der Erde gekommen, um uns das zu sagen? Außerdem entspricht es auch nicht ganz den Tatsachen. Wir haben die Sache geregelt.«

»Und wie?«

»Nun, ganz einfach: Wir haben uns von ihr scheiden lassen und Julnar geheiratet, und zwar ganz legal nach zambanischem Recht.«

»Wie günstig! Freut mich, Euch kennenzulernen, Fräulein Königin. Herr Batruni hat mich hergeschickt; ich soll herauskriegen, was aus Ihnen geworden ist.«

»Oh, tatsächlich? Nun, da Sie es jetzt wissen, können Sie ja wieder zur Erde zurückkehren und es dem guten alten Herrn erzählen und aufhören, Ihre Nase in Dinge zu stekken, die Sie nichts angehen.«

»Tja, das ist so eine Sache. Ihr Herr Vater hat mich nämlich beauftragt, Sie wenn möglich gleich mitzunehmen, wenn ich Sie ausfindig gemacht habe.«

»Sie ...« brüllte Fallon und fuhr mit der Hand an sein Schwert.

»Packt ihn!« befahl Hasselborg. Zwei seiner Männer warfen sich auf Fallon, drehten ihm die Arme auf den Rücken und nahmen ihm sein Schwert ab.

»Ganz schön keß, König Antané«, sagte Hasselborg grinsend. »So, und jetzt wollen wir uns mal in einem etwas gesitteteren Ton unterhalten. Wie ich schon sagte, Fräulein Batruni ... oh, pardon, Frau Fallon ... oder sollte ich besser sagen, Königin Julnar? Ihr Vater fühlt sich ein wenig einsam und würde Sie gern wiedersehen.«

»Nun, ich – Sie müssen nicht meinen, daß ich den alten Herrn nicht mag, aber man kann doch nicht so mir nichts dir nichts seinen Mann verlassen und ein halbes Dutzend Lichtjahre durch die Welt fahren, nur um mal eben ein Wochenende zu Hause zu verbringen. Würden Sie uns jetzt bitte in Ruhe lassen? Ich werde Vater schon schreiben oder ihm sonstwie eine Botschaft übermitteln.«

Hasselborg schüttelte den Kopf. »So einfach geht das nicht. Tut mir zwar aufrichtig leid, aber wir müssen Sie erst einmal mitnehmen. König Anthony, hätten Sie bitte die Güte, auf diesen Aya zu steigen? Einer meiner Männer wird so freundlich sein, Ihnen bei der Bedienung der Zügel behilflich zu sein. Und daß Sie mir keine faulen Tricks versuchen! Chuen, hier ist einer für Sie ...«

»Oh«, sagte Chuen und machte ein ängstliches Gesicht. »Gibt es keine andere Transportmöglichkeit für mich?«

»Leider nicht. Den Beifahrersitz meiner Kutsche habe ich nämlich schon für Fräulein Ba ... für die junge Dame reserviert.«

»Sie kennen diesen Burschen?« fragte Fallon Hasselborg. »Wer ist das?«

»Darf ich vorstellen: Meister Li-yau. Er sucht nach ein paar Maschinenpistolen, die – eh – bei der Post abhanden gekommen sind. Die Post ist eben auch nicht mehr das, was sie mal war. Wie sind Sie überhaupt mit den anderen in den Zug gekommen, Chuen?«

»Habe mir Fahrkarte gekauft und ihnen ein paar Lügen aufgetischt, von wegen Onkel läge in Hershíd im Sterben, ich müßte ganz dringend zu ihm. Da haben sie mich sogar in Fallons Sonderabteil mitfahren lassen. Was haben Sie mit Zambanern vor?«

»Sie zurückschicken. He, ihr da!« rief Hasselborg den Treibern zu, die inzwischen ihre Tiere wieder einigermaßen beruhigt hatten. »Der Sonderzug ist vom Fahrplan gestrichen. Teilt den Zug und spannt einen der Bishtars an das hintere Ende! Es geht wieder zurück nach Qadr. So, und jetzt zu euch!« rief er, an die Seemänner gewandt, die sich zu einem traurigen, raunenden Häuflein zusammengeschart hatten. »Ihr wißt ja wohl, daß ihr bei einer bewaffneten Invasion gegen einen souveränen Staat erwischt worden seid, oder?«

Sie nickten.

»Und daß es euch ziemlich schlecht erginge, wenn ich euch an den Dour ausliefern würde.«

»Arbeitet Ihr denn nicht für ihn, Herr?« fragte einer der Matrosen erstaunt.

»Zufällig nicht, aber er und ich sind dicke Freunde. Was hieltet ihr davon, wenn ich euch jetzt nach Qadr zurückfahren ließe und die ganze Sache im übrigen für mich behielte?«

»Au ja!« riefen mehrere der Zambaner mit plötzlich wiedererwachter Lebenslust.

»Okay! Ferzao, teil ein paar Leute ein, die die Männer in den Zug nach Qadr setzen. Ein paar andere sollen mithelfen, die entgleisten Waggons wieder in die Schienen zu setzen. Ein weiterer soll König Antanés Aya führen. Und sag ihm, er soll ihn sofort erschießen, wenn er versucht abzuhauen. Wir werden den Wachen am Tor erzählen, daß wir zurück von der Jagd sind. Hoffentlich zählen sie uns nicht. Du da, sammle die Waffen auf und lad sie auf den Karren!«

»Was ist denn eigentlich mit den Waffen los, daß sie nicht funktioniert haben?« fragte Fallon. »Es hieß, sie wären alle in Ordnung gewesen, als sie auf Krishna eintrafen.«

»Berufsgeheimnis; werde ich Ihnen eines Tages mal verraten«, antwortete Hasselborg. »Königin Julnar, wenn Sie jetzt bitte so freundlich wären einzusteigen? Machen Sie nicht so ein ängstliches Gesicht, Chuen!«

»Ist langer Weg bis zum Boden«, sagte der Chinese und spähte ängstlich von seinem Sattel nach unten.

»Nicht so weit, wie es aussieht. Erinnern Sie sich noch, wie Sie sich über meine Angst vor Bazillen lustig gemacht haben?«

»Wohin bringen Sie uns?« fragte Fallon. »Zu König Eqrar?«

»Noch nicht sofort. Wenn Sie schön ruhig sind und sich brav verhalten, bekommen Sie ihn vielleicht gar nicht zu Gesicht. *Hao!*«

Hasselborg ließ seine Peitsche knallen, und die Karre setzte sich holpernd in Bewegung.

Hasté rieb mit seinen langen Fingern nervös über die Lehnen seines Sessels. »Nein, ich werde diesen Burschen nicht aufsuchen, bevor die ganze Sache nicht in Ordnung gebracht ist. Bis dahin habe ich keine offizielle Kenntnis von seiner Anwesenheit.«

»Also gut«, sagte Hasselborg, der Mühe hatte, seinen Ärger im Zaum zu halten. »Werden Hochwürden jetzt tun, worum ich bitte, oder nicht?«

»Ich weiß nicht, Meister Kavir. Ich weiß nicht. Gewiß, ich habe es versprochen, aber die Dinge haben sich seither gewandelt. Ich möchte Euch ja gern helfen, doch das, worum Ihr mich bittet, ist gewaltiger als die Sechs Mühen von Qarar. Denn seht, diese Seemänner werden nach Majbur zurückkommen, und nichts auf Krishna wird sie davon abhalten zu reden. Ihre Geschichte wird Gorbovast zu Ohren kommen, der wird sie sofort dem König melden, und der wird sich natürlich fragen, was wohl aus dem Mann geworden sein mag, der die seltsame Invasion angeführt hat. Er wird erfahren, daß Ihr König Antané mitgenommen habt, und die Leute in der Stadt haben Euch gesehen, wie Ihr mit Eurem ganzen Gefolge zu meinem Palast gefahren seid. Er wird sofort mit ein paar Bewaffneten hier auftauchen, um herumzuschnüffeln, und wenn er Antané in der alten Zelle entdeckt, dann werde ich ein paar unangenehme Fragen beantworten müssen.«

»Ich denke, wir können ihn ablenken. Sagt ihm, ich hätte Antané mit nach Novorecife genommen. Mich muß er erst einmal finden, wenn er herauskriegen will, ob das stimmt. Und ich denke, das werde ich schon zu verhindern wissen.«

»Gewiß, so wie Ihr die Dinge hinstellt, hört sich das immer alles ganz einfach an. Trotzdem, ich weiß nicht so recht ...«

»Also, jetzt hört mir mal gut zu. Hochwürden! Wenn Ihr Euer Versprechen halten wollt, dann ...« Privat neigte Hasselborg immer mehr dazu, die Meinung König Eqrars über seinen unentschlossenen Hohenpriester zu teilen.

»Wartet! Ich tue es unter einer Bedingung.«

»Und die wäre?«

»Es wird Eurer Aufmerksamkeit nicht entgangen sein, daß meine Nichte – eh – mehr für Euch empfindet als bloße Dankbarkeit.«

»Hm-m.«

»Nun, wenn Ihr bereit seid, Euch mit ihr nach den Riten unserer Heiligen Kirche zu vermählen, dann erkläre ich mich bereit, Euren Gefangenen hierzubehalten, so lange Ihr es wünscht.«

Weder Hasté noch Fouri wußten bis jetzt, daß er Terraner war und daß er überdies die Absicht hatte, zur Erde zurückzukehren, sobald er seinen Auftrag hier erledigt hatte. Gesetzlich betrachtet, stellte die Sache kein sonderliches Problem dar. Wenn er erst einmal von Gozashtand weg war, konnte er die Ehe ganz einfach annullieren oder ignorieren, so wie Fallon es mit seiner Ehe getan hatte.

Trotzdem widerstrebte es ihm, einen solch ernsten Schritt – denn das war er zumindest für Fouri – unter Vorspiegelung falscher Tatsachen zu tun.

»Nun, habt Ihr Euch entschieden?« fragte Hasté.

Jetzt wackelte Hasselborg auf dem Drahtseil, genau wie vor wenigen Augenblicken noch sein Gesprächspartner. Sollte er an diesem Punkt aufgeben, die Flinte ins Korn werfen und seine Gefangenen König Eqrar übergeben oder Chuen und Batruni das Scheitern seiner Mission melden? Auf jeden Fall würde das die Sache mit Alexandra erheblich erleichtern.

Aber nein! Jetzt, da er den Erfolg so greifbar nahe vor sich hatte, würde er sich ihn nicht mehr nehmen lassen!

»Okay«, sagte er. »Wie wär's, wenn wir die Sache über die Bühne bringen, sobald ich von dort zurückkomme, wohin ich mit der Königin gehen werde?«

»Nein! Bevor Ihr weggeht. Heute abend.«

Damit war auch dieser Fluchtweg versperrt. »In Ordnung. Wann immer Ihr wollt.«

Hasté setzte ein müdes Lächeln auf. »Ich hatte immer gehofft, daß die Hochzeit meiner Nichte ein rauschendes Fest würde. Ich hätte zum Beispiel in den alten astrologischen Archiven nachsehen müssen, um den günstigsten Hochzeitstermin auszurechnen. Aber Fouri besteht darauf, daß die Zeremonie sofort stattfindet. Daher werde ich nicht einmal Zeit haben, die Horoskope auszurechnen.« Er warf einen Blick auf die Zeitkerze. »Es ist Zeit zum Abendessen. Was meint Ihr, sollen wir es jetzt sofort erledigen, sobald wir und unsere Freunde sich für die Zeremonie umgekleidet haben? Und dann gehen wir gemeinsam zum Abendessen.«

Diese dramatische Entwicklung der Ereignisse brachte Hasselborg natürlich noch mehr in die Klemme, falls es ihm nicht noch gelang, direkt nach dem Abendessen unter irgendeinem Vorwand in die Dunkelheit zu entwischen. Andererseits, überlegte er, machte es an diesem Punkt des Geschehens auch nichts mehr aus, wenn Fouri herausfand, daß er ein *Erding* war.

»Sehr gut«, sagte er mit einem süßen Lächeln, »aber leider muß ich so zur Trauung gehen, wie ich bin, da meine ganze Garderobe drüben in Eqrars Palast liegt.«

Er betrat ein Gemach, das Hasté ihm zuwies, wusch und rasierte sich, machte ein kurzes Nickerchen und begab sich auf einen Rundgang durch den Palast. Als erstes klopfte er an Julnars Tür.

»Ja, bitte?«

»Königin Julnar? Hier ist der sogenannte Kavir bad-Ma'lum.«

»Was wollen Sie von mir, Sie abscheuliches Ekel?« Sie öffnete die Tür.

»Ich dachte mir, Sie hätten vielleicht Lust, bei der Hochzeit dabeizusein.«

»Hochzeit? Wer? Wo? Wann? Wie entzückend! Mit Vergnügen!«

»Wie es aussieht, werden Hastés Nichte Fouri und ich in ungefähr einer Viertelstunde in der Privatkapelle Seiner Hochwürden getraut.«

»Was? Sie? Aber wie geht das denn, wo Sie doch Terr ...«

»*Psst!* Da kann ich nichts dran ändern, aber ich möchte

auch nicht, daß es gleich der ganze Palast weiß. Also, was ist nun? Haben Sie Lust oder nicht?«

»Keine Frage, ob ich Lust habe! Aber – aber ...«

»Aber was?« hakte Hasselborg nach.

»Ich kann ja wohl schlecht zu Ihrer Trauung kommen, während Sie gleichzeitig meinen Mann in dieser ekligen kleinen Zelle eingesperrt halten, oder? Das wäre nicht loyal von mir.«

»Tut mir leid, aber ...«

»Ich dachte mir, Sie könnten ihn wenigstens für die Dauer der Zeremonie rauslassen. Tony ist ein guter Kerl, und ich bin sicher, daß er sich benehmen wird.«

»Ich will mal sehen.«

Er stieg hinunter in Fallons Zelle. Der einstige König saß gemütlich an seinem Tisch und spielte krishnanische Dame mit Ferzao.

»Hören Sie, Tony, ich heirate in ein paar Minuten Hastés Nichte, und Ihre – eh – Frau hat gesagt, sie würde gerne dabeisein, wenn ich Sie auch mitkommen lasse. Hätten Sie Lust?«

»Und wie wir Lust haben!« antwortete Fallon mit solcher Begeisterung, daß Hasselborg ihn alarmiert anschaute.

»Aber schlagen Sie sich jeden Fluchtgedanken gleich aus dem Kopf, Sportsfreund!« sagte er mit warnender Stimme. »Ich werde Sie gut bewachen lassen.«

»Oh, wir werden *Ihnen* bestimmt keinen Ärger machen. Großes Ehrenwort.«

»Okay! Ferzao, du und Ghum, ihr laßt König Antané heraus und bringt ihn in ein paar Minuten in die Privatkapelle des Hohenpriesters. Und daß ihr mir gut auf den Burschen aufpaßt!«

Alsdann begab er sich selbst in die Kapelle, wo Hasté, Fouri, Chuen, Fouris Zofe und Julnar ihn bereits erwarteten. Der verzehrende Blick, mit dem seine Zukünftige ihn verschlang, erinnerte ihn unwillkürlich an jene terranischen Spinnenweibchen, die ihre Männchen zu fressen pflegten. Fouri, so hatte er inzwischen beschlossen, war nichts weiter als ein gesundes, normales, recht beeindruckendes Mädchen mit einer Superfigur, deren Vorzüge durch das krishnanische Oben-ohne-Abendkleid erst so recht zur Geltung kamen.

»Wir gehen die ganze Zeremonie vorab einmal kurz durch, damit ihr wißt, was ihr an welcher Stelle zu antworten habt«, sagte Hasté zu dem Brautpaar. »Ihr, Meister Kavir, stellt Euch dorthin, und du, Fouri, stehst da. Jetzt nehmt Ihr Fouris Hand in Eure – so ist's richtig, und ich sage ... Wer ist das? Bringt sofort diesen Mann weg!«

Hasselborg drehte sich um und sah Fallon und seine zwei Wachhunde. »Welchen Mann?« fragte er.

Fallon riß sich mit einem wütenden Schrei los. »Hasté, du elender, verlogener ...«

»Ruhe! Ich verbiete Euch, zu sprechen!« schrie Hasté.

Fallon ließ sich dadurch nicht beeindrucken. »Hasté, du elender Verräter! Ich werde dafür sorgen, daß du kriegst, was du verdient hast – *ohé,* paßt auf!«

Als Hasselborg sich umdrehte, sah er, daß der Hohenpriester plötzlich eine Einhand-Armbrust in der Hand hielt und auf Fallon zielte. Fallon und seine zwei Bewacher duckten sich blitzschnell, und alle anderen Anwesenden bis auf Hasselborg und Chuen folgten ihrem Beispiel.

Während Chuen nach einem geeigneten Wurfgeschoß Ausschau hielt, verlagerte Hasselborg, der Hasté am nächsten stand, unmerklich sein Gewicht auf das linke Bein und trat mit dem rechten mit voller Wucht gegen die Hand des Hohenpriesters. Das Sirren der Sehne vermischte sich mit dem satten *Schmatz,* mit dem Hasselborgs Stiefel gegen das Handgelenk krachte. Die winzige Armbrust flog in die Luft, und der kleine Pfeil schlug mit einem scharfen *Knack* in die Decke und blieb zitternd im Stuck stecken.

Sofort war Hasselborg über ihm. Mit wehendem Gewand ging der Geistliche zu Boden und kugelte, mit Hasselborg zu einem wüsten Knäuel verheddert, ein paar Meter durch den Raum. Hasselborg hörte, wie ein paar von Hastés Leuten aufstöhnten, entsetzt über ein solches Sakrileg.

»Mein Sohn«, keuchte Hasté, als er wieder zu Atem gekommen war, »Ihr solltet nicht so roh umgehen mit einem alten Mann wie mir!«

»Tut mir leid«, erwiderte Hasselborg, »aber ich dachte, Ihr wolltet ein Messer zücken. Wie kommt Ihr überhaupt auf die Idee, Ihr könntet Antané so einfach umlegen? Er ist schließlich mein Gefangener!« Er rappelte sich ächzend vom Boden auf, mit einem Gefühl, als hätte er sich ein Hüftgelenk ausgerenkt. Du wirst alt, Freund Victor, dachte er, jedenfalls für solche artistischen Übungen. »He! Was haben wir denn da?«

»Was denn?« Hasté fuhr wie von der Tarantel gestochen auf.

»Nun, das da!« Hasselborg streckte den Arm aus und riß eine von Hastés Antennen ab, die sich in dem Handgemenge gelockert hatte. »Ein waschechter *Erding,* sieh mal einer an!«

Hasté betastete sich die Stirn. »Ja, nun wißt Ihr es.« Und dann, als er plötzlich die Tragweite dieser Entdeckung begriff, ging eine schlagartige Veränderung in ihm vor: Sein eher dümmlicher Gesichtsausdruck schlug in blankes Entsetzen um. »Sagt es nicht, mein S-s-sohn! Ich flehe Euch an! Die Folgen wären entsetzlich! Man würde mich t-t-töten, die Etablierte Kirche würde zusammenbrechen, die Grundlagen von Moral und Gerechtigkeit wären zerstört! Ich will alles tun, was Ihr von mir verlangt, wenn Ihr bloß nicht dieses Geheimnis verratet!«

»Oho, so sieht die Sache also aus! Ihr steckt auch in dieser Schmuggelaffäre drin, stimmt's? Und Ihr wolltet gerade Fallon umlegen, weil Ihr Angst hattet, er würde Euch verraten!«

»Umlegen – das wäre eine etwas zu harte Interpretation, mein Sohn. Ich – ich kann alles erklären, aber es würde eine lange Geschichte werden ...«

»Das glaube ich Euch aufs Wort. Kein Wunder, daß Ihr ihn nicht sehen wolltet, als ich ihn herbrachte! Nun, das vereinfacht die Sache natürlich ganz enorm. Tut mir leid, Fouri, aber die Hochzeit fällt aus!«

»Nein! Nein! Ich liebe nur dich!«

Er ignorierte ihr Weinen, jedoch nicht ohne einen kleinen inneren Stich. Aber was soll's? dachte er. Bald kann ich Alexandra wiedersehen.

»Hasté«, fuhr er fort, »ich reise heute nacht mit Königin Julnar ab. Ihr bringt Fallon zurück in seine Zelle und haltet ihn dort bis auf weiteres fest. Wehe nicht! Ihr wißt ja, ein Wort von mir und ... Darüber hinaus führt Ihr unverzüglich jede Instruktion in bezug auf ihn aus, die ich Euch zukommen lasse. Und sorgt mir dafür, daß er's gemütlich hat! Außerdem vergattert Ihr Ferzao und Ghum mit Hilfe einer ordentlichen Summe dazu, den Mund zu halten. Habt Ihr alles mitbekommen?«

»Ich habe verstanden. Aber jetzt verratet mir eins, mein Sohn. Ich habe den Verdacht, daß auch Ihr zur Rasse der *Erdinga* gehört. Ist das wahr, oder ...«

»Das ist meine Sache, Sportsfreund! Und Sie, Julnar, ich hoffe, Sie haben verstanden. Sie tun schön, was ich sage, sonst weise ich Hasté an, Ihren Galan aus dem Elend zu erlösen, klar?«

»Ich habe verstanden, Sie Ekel.«

»Chuen, Sie werden doch sicherlich noch eine Weile hier zu Gast bleiben wollen, nicht wahr?«

»Sicher. Ich muß Aussagen und sonstiges Beweismaterial sammeln.«

»Okay, dann ...«

»Aber!« schrie Julnar. »Wenn ich mit Ihnen gehe, dann dauert es ja nach krishnanischer Zeit Jahre, bis ich Tony wiedersehen kann, auch wenn es mir selbst nur wie ein paar Wochen vorkommt!«

»Moment, das regeln wir schon«, sagte Hasselborg und kramte seine kostbaren Pillen hervor. »Hier, Tony! Trancepillen. Sie kennen die Formel?«

»Natürlich kennen wir sie«, erwiderte Fallon trübsinnig.

»Fein. Hasté, bevor ich gehe, möchte ich mir den Betrag ausborgen, den ich drüben im Königspalast in meinem Zimmer gelassen habe. Ich werde Euch einen Zettel geben, und sobald ich weg bin, geht Ihr damit hinüber zum Palast. Wenn König Eqrar anständig ist, dann überläßt er Euch das Geld vielleicht. Ferzao, du bringst König Antané zurück in seine Zelle. Danach wählst du die Hälfte der Männer aus, die mich nach Novorecife begleiten. Die andere Hälfte stelle ich einstweilen unter den Befehl von Meister Li-yau, zusammen mit dem Geld, das er braucht, um sie zu entlohnen. Danach mach meinen Karren fertig, und vergiß nicht, ausreichend Proviant einzupacken. Und für Königin Julnar und mich eine Tasse heißen Shurab, bevor wir aufbrechen ...«

Hasselborg hatte sich schon ein ganzes Stück von Hershíd entfernt und fuhr in frischem Trab durch die mondbeschienene Landschaft, als Julnar plötzlich fragte: »Sind wir nicht auf der Straße nach Majbur?«

»Hm-m.«

»Aber ist das denn nicht ein Riesenumweg, wenn man nach Novorecife will?«

»Ja, wir fahren den Pichidé mit dem Boot hinauf. Die einzige andere Straße führt über Rosíd, und ich befürchte, daß ich zur Zeit in Rúz nicht sonderlich populär bin.«

Sie fiel wieder in dumpfes Schweigen. Die Eskorte klapperte hinter ihnen her. Plötzlich schlug sich Hasselborg mit der Hand an die Stirn.

»*Tamates!* Daß mir das erst jetzt einfällt! Wenn Hasté ein Terraner ist, dann kann Fouri ja gar nicht seine Nichte sein, es sei denn, sie ist selbst ... Sagen Sie mal, wissen Sie etwas über ihre Herkunft?«

»Nein«, erwiderte Julnar, »und wenn, würde ich es Ihnen nicht sagen, Sie – Sie Nestzerstörer!«

Hasselborg gab es auf. Soweit es ihn betraf, würden die vielen losen Enden in diesem Fall eben baumeln bleiben. Und er durfte nicht vergessen, Yeshram bad-Yeshram, dem Kerkermeister, die andere Hälfte seines Schmiergeldes zu schicken. Er mußte grinsen, als er daran dachte, wie viel leichter es war, korrekt mit Batrunis Geld zu sein als mit seinem eigenen.

Victor Hasselborg schritt die Gangway auf dem Raumhafen von Barcelona hinunter, gefolgt von Julnar Batruni. Ihr Koffer war schon die Rutsche hinuntergegangen; seinen eigenen hatte er lieber selbst getragen. Das Risiko, daß seine Ausrüstung und seine Medizin Schaden nehmen könnten, war ihm zu groß. In der anderen Hand schwang er seinen gozashtandischen Regenschirm – ein etwas ungewohnter Anblick in einer sonnigen Stadt wie Barcelona.

»Was nun?« fragte Julnar, als sie sich in die Schlange vor der Paßkontrolle einreihten.

»Zuerst werde ich Ihrem alten Herrn in Aleppo telegrafieren, und dann einer ... einer Bekannten in London. Danach suche ich mir einen Arzt und lasse mich erst einmal gründlich auf den Kopf stellen.«

»Wieso? Sind Sie krank? Ich dachte, der Viagens-Doktor hätte Sie schon untersucht.«

»Hat er auch«, antwortete er mit ernster Stimme, »aber man kann nie vorsichtig genug sein. Und danach ziehen wir uns ein bißchen High-life rein. Das meiste davon ist zwar *estincamente,* aber ich kenne da ein paar gute Läden drüben in Montjuich.«

»Au ja, finde ich super! Sie sind wirklich ein außergewöhnlicher Mann, Victor!«

»Wie bitte?«

»Ich kann Ihnen einfach nicht so böse sein, wie ich müßte, dafür daß Sie in mein Leben eingebrochen sind.«

»Das macht eben mein heimtückischer Charme. Nehmen Sie sich in acht davor!« Er reichte dem Beamten seinen Paß.

Er hatte gerade seine Telegramme abgeschickt, als jemand ihm am Ellbogen zupfte und auf Spanisch sagte: »Entschuldigen Sie, sind Sie Señor Hasselborg?«

»Si, soy Hasselborg.« Der Bursche trug die Uniform eines Bullen der Iberischen Föderation und war von zwei Viagens-Leuten flankiert.

»Lo siento mucho«, sagte der Spanier mit einem entschuldigenden Achselzucken, »aber ich muß Sie unter Arrest stellen.«

»Hä? Weshalb?«

»Diese Herren hier haben einen Haftbefehl. Würden Sie es bitte erklären, Señor Ndombu?«

Einer der beiden Viagens-Leute, ein Neger, zog ein Papier aus der Tasche und las vor: »Verstoß gegen Regel 368 des Interplanetarischen Rates, Abschnitt vier, Absatz sechsundzwanzig, Paragraph fünfzehn.«

»*Pffff!* Und welche wäre das?«

»Die, die sich auf die Einfuhr von mechanischen Geräten oder Erfindungen auf den Planeten Krishna bezieht.«

»Ich habe niemals ...«

»*Queira,* Senhor, ich tue nur meine Pflicht! Ich weiß auch bloß das, was in diesem Haftbefehl steht. Irgendwas von wegen einem Visier, das Sie auf eine Armbrust gesetzt haben sollen oder so.«

»Oh!« Hasselborg drehte sich zu Julnar um. »Hier haben Sie etwas Geld. Nehmen Sie ein Taxi zum Cristóbal-Hotel. Rufen Sie die Firma Montejo und Durruti an und sagen Sie denen, sie sollen mich aus dem *Calabozo* herausholen. Wollen Sie ein braves Mädchen sein und das für mich erledigen?«

Dann ging er mit den Männern.

Ob nun Julnar die Gelegenheit nutzte, um mit ihm quitt zu werden, oder ob seine katalanischen Kollegen ihre Siesta zu lange ausgedehnt hatten – als jedenfalls der Abend kam, hockte Hasselborg noch immer in seiner Zelle. Das konnte heikel für ihn werden. Wegen des Visiers konnten sie ihm in jedem Fall einen anhängen, auch wenn es bloß aus zwei Korsettnadeln bestand. Die Zuschauer hatten jedenfalls Notiz davon genommen, und die imitationswütigen Krishnaner verbreiteten das Ding mit Sicherheit in Windeseile auf dem ganzen Planeten. Nicht, daß es im Grunde so wichtig gewesen wäre – jemand ist genauso tot, wenn man ihn mit einer Keule erschlägt, wie wenn ihm eine Atombombe auf den Kopf fällt.

Die Sache würde jetzt so weitergehen, daß er erst einmal zu einer Anhörung beim örtlichen Friedensrichter erscheinen müßte. Dieser würde entweder den Fall einstellen oder Hasselborg unter Bürgschaft verpflichten und den Fall zur Verhandlung an die erste Instanz weitergeben. Die saß ... Moment mal: Wenn ein Terraner auf Krishna gegen eine Vorschrift des Interplanetarischen Rates verstieß, von den Sicherheitskräften der Viagens Interplanetarias angezeigt wurde und in Iberia auf der Erde verhaftet wurde, dann war (ganz schön kompliziert, der Sachverhalt!), dann also war der Weltgerichtshof, Unterabteilung für den Dritten Internationalen Gerichtsbezirk, zuständig, und der saß, wenn ihn nicht alles täuschte, in Paris. Die zweite Instanz war ... Sobald er wieder in London war, würde er seine alten Gesetzestexte ausgraben und nachschauen. Das Zuständigkeitswirrwarr war so groß, daß interplanetarische Fälle manchmal ganz einfach so lange liegenblieben, daß der Schuldige den Rest seines Lebens auf freiem Fuß verbrachte, ohne daß es je zu einer Verhandlung gekommen wäre.

Wenn er überhaupt je wieder nach London käme! Diese Sache konnte, wenn er Pech hatte, mit einem harten Urteil enden, besonders wenn Chuen innerhalb der Viagens einen Riesenskandal wegen der Schmuggelsache auslöste. Das konnte weite Kreise ziehen und das Gericht dazu bringen, an ihm, Hasselborg, ein Exempel zu statuieren. Und es nützte ihm auch nichts, wenn er eine Trancepille mit in die Zelle schmuggelte: die terranischen Gerichte kannten diese Praxis inzwischen und schlugen die Zeit, die man in Trance verbrachte, von vornherein auf die Haftzeit drauf.

Hasselborg ging der Gedanke durch den Kopf, daß der, der als sein eigener Rechtsanwalt handelt, einen Idioten zum Klienten hat. Besser, er sah sich so schnell wie möglich nach einem kompetenten Mann für solche Fälle um. Er hatte zwar selbst eine juristische Ausbildung hinter sich, aber er war zu unerfahren, um mit einem Problem solchen Kalibers fertigzuwerden. Vielleicht hätte er damals lieber bei der Juristerei bleiben sollen, statt sich dem Fahndungswesen zuzuwenden. Der Glanz und die Aura der Faszination, die dem Detektivberuf eigneten, nutzten sich schnell ab ...

Von Montejo und Durruti war nichts zu hören, aus welchem Grund auch immer. Er nutzte mehrmals die ihm freundlicherweise von der Gefängnisdirektion eingeräumte Möglichkeit zu telefonieren, aber in ihrem Büro meldete sich niemand, ihre Privatnummer wußte er nicht, und alle Montejos und Durrutis, die im Telefonbuch von Barcelona standen, der Reihe nach anzurufen, würde die ganze Nacht dauern. Also ließ er es bleiben.

Er rief im Cristóbal-Hotel an. Nein, täte ihnen leid, aber ein Fräulein Batruni sei in ihrem Hause nicht abgestiegen. Und eine Señora Fallon auch nicht. Ob sie eine Königin von Zamba hätten? Hören Sie, Señor, für solche Witze haben wir nun wirklich keine Zeit ... oder doch, warten Sie mal! Wir haben hier eine gewisse Hollnar de Thamba; könnte das vielleicht die Dame sein, die Sie suchen?

Aber dort meldete sich auch niemand. Wütend und enttäuscht ließ Hasselborg sich auf sein Bett fallen. Wenigstens war das Gefängnis von Barcelona im Unterschied zu den meisten anderen auf der iberischen Halbinsel einigermaßen sauber, auch wenn Hasselborg nach wie vor bezweifelte, ob man den Iberern in bezug auf Hygiene über den Weg trauen konnte.

Gleich am nächsten Morgen hing Hasselborg wieder am Telefon. Er hatte gerade den Finger in die Wählscheibe gesteckt, als ein Wärter ihm auf die Schulter tippte. »Eine Señorita Garshin möchte Sie sprechen.«

Er war so überrascht, daß er es erst beim dritten Versuch schaffte, den Hörer auf die Gabel zu kriegen. Er folgte dem Wärter in den Besucherraum. Dort saß sie; sie sah genauso aus, wie er sie immer in Erinnerung gehabt hatte, nur schöner als je zuvor.

»Alexandra!« rief er freudig erregt. »Ich – du – du bist jetzt wieder *Fräulein* Garshin?«

»Ja. Aber Victor, was ist mit deinem Haar?«

»Du meinst, weil es grün ist, nicht wahr?«

»Du willst damit sagen, daß es tatsächlich grün ist? Ich dachte schon, ich hätte Halluzinationen.«

»Es sind bloß die Spitzen; nach dem nächsten Haarschneiden sieht man davon nichts mehr. Du siehst genauso aus wie damals, als ich dich das letzte Mal sah, nicht einen Tag älter!«

»Ich war meistens in Trance – das ist der wahre Grund.«

»Tatsächlich?«

»Ja«, antwortete sie.

»Aber ... es tut mir ja leid ... aber nun habe ich Tony doch nicht zurückgebracht.«

»Oh, ich war nicht wegen Tony die ganze Zeit in Trance. Er ist mir nämlich schon lange egal.«

»Wegen wem denn dann, wenn ich fragen darf?«

»Kannst du dir das nicht denken?«

»Du meinst, du – eh – ich meine – eh ...«

Sie nickte lächelnd. Hasselborg flog mit ausgestreckten Armen auf sie zu, und der Wärter, der Angelsachsen immer für Stockfische gehalten hatte, sah sich zu einer radikalen Revision seines Vorurteils gezwungen.

Hasselborg nestelte den kleinen krishnanischen Gott, den er eigens für diesen Moment mit sich herumgeschleppt hatte, aus der Tasche und überreichte ihn strahlend seiner Angebeteten. Eine Weile saßen sie schweigend-verzückt da und hielten Händchen. Erst nach einer Weile fand Hasselborg seine Sprache wieder, und sie redeten wie ein Wasserfall über ihre Vergangenheit, Gegenwart und gemeinsame Zukunft, bis Hasselborg schließlich auf seine Armbanduhr schaute.

»Lieber Himmel!« rief er. »Jetzt habe ich vor lauter Liebesgeturtel ganz vergessen, daß ich noch immer keinen Anwalt habe! Sei so lieb und warte mal einen Moment hier auf mich.«

Er flitzte zurück zum Telefon und wählte die Nummer von Montejo und Durruti. Diesmal hatte er Glück. Sie versprachen ihm, sofort einen Anwalt zu schicken. Dieser war bereits dabei, wegen der Kaution zu verhandeln, als der Wärter zwei weitere Besucher ankündigte: einen Señor Batruni und eine Dame.

Batruni erdrückte Hasselborg förmlich vor lauter Dankbarkeit. Als der Detektiv sich endlich aus der überschwenglichen Umarmung des Levantiners herausgewunden hatte, stellte er Alexandra vor: »Fräulein Garshin, meine Verlobte.« Dann fragte er Julnar: »Hatte ich Sie nicht darum gebeten, Montejo und Durruti gestern für mich anzurufen?«

»Das hätte ich ja auch getan, Victor, bloß ...«

»Bloß was?«

»Nun, also dieser dämliche Taxifahrer muß mich mißverstanden haben; er brachte mich nämlich an einen ganz falschen Ort. Wir gerieten in Streit, was, da ich kein Wort Spanisch oder Katalanisch kann und er kein Wort Englisch oder Französisch oder Arabisch, fast zu einer Prügelei geführt hätte. Nun ja, nachdem es noch eine Weile so hin- und hergegangen war, kam ich dann endlich doch noch ins Cristóbal-Hotel. Und als ich die Firma anrufen wollte, hatte ich über die ganze Zankerei Ihren Namen vergessen!«

»Aber warum haben Sie mich dann nicht noch einmal im Gefängnis angerufen? Ich hätte Ihnen den Namen doch noch einmal durchgeben können!«

»Auf die Idee bin ich überhaupt nicht gekommen.«

»Wo haben Sie denn den ganzen Abend lang gesteckt? Und als ich Sie heute morgen anrufen wollte, waren Sie auch noch nicht da!«

»Gestern abend war ich im Kino, und als ich zurück ins Hotel kam, rief mich Daddy aus Aleppo an und sagte mir, er würde sofort eine Maschine chartern und herkommen. Deshalb war ich heute morgen so aufgeregt, daß ich schon in aller Frühe zum Flughafen fuhr, um ihn abzuholen.«

Hasselborg stieß einen Seufzer aus. Nettes Mädchen, aber etwas zu chaotisch und zerstreut für seinen Geschmack.

»Hat Daddy Ihnen schon das Neueste erzählt?« fuhr sie fort. »Natürlich nicht; er ist ja gerade erst angekommen. Sag's ihm Daddy!«

»Ich gehe mit Julnar zurück nach Krishna«, sagte Batruni.

»Warum das denn?« fragte Hasselborg erstaunt.

»Es hat sich inzwischen einiges hier getan. Während Sie

weg waren, hat die Regierung meine Fabriken verstaatlicht. Sie haben mir zwar eine ordentliche Entschädigung gezahlt, so daß ich nicht verhungern muß, aber so hat das Leben jeden Spaß verloren. Ich habe ihnen sogar das Angebot gemacht, als Manager weiterzuarbeiten, aber sie haben abgelehnt. Sie trauen einem bösen Kapitalisten nicht zu, daß er ein Unternehmen leitet, ohne sie zu sabotieren. Auf der Erde gibt es nichts mehr, was mir Spaß machen könnte. Alles wird perfekt reguliert und verwaltet. Man kann nicht einen Meter weit gehen, ohne über ein rotes Band zu stolpern.

Wenn Sie mir einen Brief für die Person mitgeben, die Anthony in Gewahrsam hält, in dem Sie sie anweisen, ihn freizulassen, dann gehe ich nach Krishna und bleibe dort bei meinem wilden Schwiegersohn auf seinem Inselkönigreich. Ich werde dort ein echter Prinz sein, was auf der Erde nicht mehr zu schaffen ist, wenn Sie nicht gerade Skandinavier sind.«

»Ist das nicht einfach super?« quiekte Julnar. »Jetzt bin ich Ihnen regelrecht dankbar dafür, daß Sie mich gekidnappt haben!«

»Prima!« sagte Hasselborg. »Ich hoffe, Sie sind zufrieden mit der Art und Weise, in der ich Ihren Auftrag ausgeführt habe, Mister Batruni!«

»Und ob! Mehr als zufrieden sogar. Ich bin in der Tat so zufrieden, daß ich Ihnen ein Angebot machen möchte.«

»Noch einen Auftrag?« fragte Hasselborg, und eine leichte Unruhe klang in seiner Stimme mit.

»Ja, aber nicht von der Art, wie Sie vielleicht denken. Zusätzlich zu meinem Honorar biete ich Ihnen eine außerordentliche Professur an der Universität Beirut an, deren Kurator ich bin.«

Hasselborg brauchte einen Moment, um das zu verdauen. »Eine Professur in was?«

»Angelsächsischem Recht.«

»Großer Gott! Das muß ich natürlich erst einmal reiflich überlegen; trotzdem vielen Dank! Ich müßte auf jeden Fall erst einmal meine Jurakenntnisse und mein Arabisch wieder auf Vordermann bringen. Sagen Sie, wie wär's mit einem kleinen Bummel durch das Nachtleben von Barcelona? Ich hatte es Julnar bereits versprochen, aber ich wurde eingelocht, bevor ich mein Versprechen einlösen konnte. *Es ist ein Privileg zu trinken Whisky und Bier, mit der Königin von Zamba, Alexandra und mir!*«

Die Anhörung fand am darauffolgenden Morgen statt. In der ersten Reihe, wie Alice zwischen den zwei Königinnen, saß Papa Batruni mit den unübersehbaren Symptomen eines Katers. Der Friedensrichter hatte gerade den Fall aufgerufen, als ein stämmig gebauter Mann mit fernöstlichen Gesichtszügen zur Tür hereinkam und durch den Gang zwischen den Sitzreihen watschelte.

»Chuen!« schrie Hasselborg, und an seinen Anwalt gewandt, sagt er: »Señor Aguesar, da ist der Mann, den wir brauchen!«

Sie schüttelten sich herzlich die Hände. »Ich bin gerade angekommen und hörte, daß Sie im Knast sitzen. Ich bin erst ganze Zeit nach Ihnen von Krishna weggefahren, aber mit schnellerem Schiff.«

»Ich kriege offensichtlich immer nur die lahmen Kähne«, sagte Hasselborg grinsend und erklärte ihm mit wenigen Worten die Situation.

Als Ndombu, der Viagens-Beamte, den Haftbefehl erläutert hatte, rief Aguesar Chuen in den Zeugenstand. Mit Hilfe eines Dolmetschers erzählte Chuen dem Richter, was sich auf Krishna ereignet hatte, und betonte dabei besonders die Tatsache, daß Hasselborg ohne diesen doch nun wahrhaftig geringfügigen Verstoß gegen die Regeln des Interplanetarischen Rates umgekommen wäre und somit erst die Voraussetzungen dafür geschaffen hätte, ein weit schlimmeres Unheil zu verhindern.

»Der Fall wird hiermit eingestellt«, verkündete der Friedensrichter trocken.

Hasselborg fragte Chuen: »Könnten Sie noch zwei Tage

hierbleiben und für mich den Trauzeugen spielen?« Als er Chuens verblüfftes Gesicht sah, fügte er hinzu: »Fräulein Garshin und ich werden heiraten. Wir haben gestern die Genehmigung bekommen, aber in Iberien haben sie eine Dreitagesfrist.«

»Tut mir schrecklich leid, wirklich! Ich habe schon Flug nach China gebucht; Maschine geht heute nachmittag. Wenn ich Flugzeug verpasse, muß ich ganze Woche warten. Hätte ich das bloß früher gewußt!«

»Oh, schade! Wann müssen Sie los?«

Chuen schaute auf seine Armbanduhr. »Oh, ich muß sofort los. Mein Flugzeug geht in ein paar Minuten.«

»Warten Sie, ich komme mit Ihnen. Entschuldigt ihr lieben, netten Leute mich mal für eine Stunde?«

Im Taxi fragte Chuen: »Na, sind Sie froh, daß Zivilisation Sie wieder zurück hat?«

»Und wie! Was haben Sie nach meiner Abreise noch so alles getrieben?«

»Habe ein paar Tage Beweismaterial gesammelt. Habe dabei Briefe von Góis an Dasht von Rúz in die Finger gekriegt; war gar nicht so einfach.«

»Was ist mit Góis passiert?«

»Oh, hat zehn Jahre gekriegt; ein paar andere, die mit in die Sache verwickelt waren, sind etwas glimpflicher davongekommen.«

»War Abreu auch mit dabei?«

»Nein; er ist sauber. Er wollte zuerst nicht glauben, daß Góis Spitzbube ist, aber als ich ihn überzeugte, hat er mir sehr geholfen. Aber Schlimmstes wäre beinahe *mir* passiert, als ich noch in Hershíd war.«

»Was denn?«

»Fouri drohte mir, mich als terranischen Spion zu entlarven, wenn ich sie nicht heiraten würde! Peinlich, peinlich, kann ich Ihnen sagen, wo ich doch schon Frau und acht Kinder in Gweilin habe!«

»Wie ist das eigentlich mit Hasté und Fouri? Sie kann doch gar nicht seine Nichte sein ...«

»Ist sie auch nicht.«

»Vielleicht seine Mätresse?«

»Kann ich mir schlecht vorstellen. Hasté ist echter alter Asket.«

»Ist sie also tatsächlich eine Krishnanerin?«

»O ja!«

»Aber wie zum Teufel ...«

»Hasté war Deserteur von einem der ersten Schiffe, die auf Krishna landeten. War schon damals ziemlich alt, über zweihundert. Machte einen auf Eremit, lebte lange Jahre in Höhle, wurde schließlich zu einer Macht in der Kirche von Gozashtand. Als dann vor ein paar Jahren totes Rennen bei Wahl war, nahmen sie ihn als Hohenpriester, als Kompromißkandidaten. Kein schlechter Mann eigentlich, aber zu klein für seinen Job. Lag, wie ich glaube, auch an seiner Schwäche, daß Kirche auf absteigendem Ast war, was im Endeffekt auch sein Gutes hat, wenn man an ganzen astrologischen Unsinn denkt.«

»Und Fouri?«

»Sie war ein junges Mädchen von Karawane aus Gavehona – fahrendes Volk, so wie unsere Zigeuner. Lebte bei ihm, als er noch Eremit war; weiß nicht, ob in erster Linie wegen Religion oder wegen regelmäßigen Mahlzeiten. Als er Hohepriester wurde, ging sie mit ihm in den Palast – wie Vater und Tochter. Jetzt wird Hasté wirklich langsam alt, und Fouri hält nach neuem Nest Ausschau. Verliebt sich in Sie; echt, glaube ich. Hat Hasté gezwungen, alles mitzumachen, mit der Drohung, seine Identität als Terraner preiszugeben.

Mittlerweile sucht Hasté auch nach einem Nest, weil er sieht, daß Etablierte Kirche sich nicht mehr lange hält, also schließt er sich Verschwörung von Fallon an. Hatte vor, Fallon als neuen Messias zu bejubeln, sobald dieser mit seiner Truppe in Hershíd eingezogen wäre. Das haben wir nun vereitelt. Aber als Sie weggingen, kriegte Fouri Panik, und Heiraten wurde bei ihr zu fixer Idee. Da Hasté sie aus verständlichen Gründen nicht heiraten konnte, versuchte sie

Glück bei mir; hat wahrscheinlich gedacht: besser als gar keinen. Vielleicht dachte sie, ich würde mich in sie verlieben und bleiben. Keine Ahnung; schon schwierig genug zu wissen, was in Kopf von Erdenfrau vorgeht!«

Hasselborg brachte seinen Freund auf den letzten Stand der Dinge in der Batruni-Sache und fügte hinzu: »Ich habe nichts davon gesagt, daß Alexandra Fallons Exfrau war. Die Batrunis wissen es auch nicht, und ich glaube, es ist auch besser so. Wie geht's denn unserem Freund Fallon?«

»Ganz gut; plante, sich in Trance zu versetzen, als ich abreiste. Wollte erst sichergehen, daß Sie auch wirklich mit Julnar abgereist sind.«

»Es wird nach objektiver Zeit Jahre dauern, bis sie wieder zurück auf Krishna sind, und bis dahin kann alles mögliche passiert sein. Nun gut, das ist ihr Bier. Wissen Sie was? Ich habe manchmal das beunruhigende Gefühl, daß Góis und seine Bande recht hatten und der Interplanetarische Rat unrecht.«

»Ich weiß, aber ist nicht unser Bier. Wir machen nur unseren Job. Wo wir gerade von Job sprechen – nehmen Sie diese Dozentenstelle an?«

»Ich glaube, ja.«

»Hört sich ziemlich langweilig an.«

»Gefällt Ihnen unser Job besser?«

»Natürlich. Warum, glauben Sie, würde ich sonst als Bulle arbeiten?«

»Also, ich habe langsam die Nase voll, wenn ich ganz ehrlich bin. Ich habe die Dinge gewöhnlich immer so genommen, wie sie kamen, aber Krishna hat mir, ehrlich gesagt, gereicht. Wenn ich daran denke, daß ich der Reihe nach erst fast von einer Lanze aufgespießt, dann diverse Male von Dolchen und sonstigen spitzen Gegenständen durchbohrt, mit einer Armbrust erschossen und um ein Haar von einem Yeki gefressen worden wäre, dann kann ich wirklich sagen, daß ich das, was unser Beruf an Abenteuern und Spannung zu bieten hat, bis zur Neige ausgekostet habe.« Hasselborg, dem plötzlich danach zumute war, sein Herz auszuschütten, sog an seiner Zigarre und fuhr fort: »Mir fällt da eine Stelle aus Platos *Politeia* ein, wo eine Figur namens Er in einem Kampf k.o. geht. Seine Seele fährt in den Hades, kehrt, als Er wieder zu sich kommt, in seinen Körper zurück, und Er berichtet, wie er im Hades gesehen hat, wie die Seelen anderer Toter sich ihre nächsten Inkarnationen aussuchten. Ajax wählt das Leben eines Löwen und wo weiter. Aber Odysseus ist schlau. Weil er der Ansicht ist, daß er in seinem letzten Leben Aufregung genug hatte, wählt er das Leben eines biederen Bürgers, der ein ganz zurückgezogenes, beschauliches Leben führt. Genauso fühle ich mich. Wann immer Sie mal nach Beirut kommen, besuchen Sie Professor und Frau Hasselborg und all die kleinen Hasselborgs. Wir werden Sie mit unserer friedvollen Familienidylle zu Tode langweilen.«

Als Chuen die Gangway hinaufwatschelte, drehte er sich noch einmal um und winkte Hasselborg zu. Hasselborg winkte zurück. Ein netter Kerl, dachte er, aber ich hoffe trotzdem, daß ich nie wieder was mit der Detektivbranche zu tun haben werde.

Ein junger Mann hastete an ihm vorbei, warf ihm einen kurzen Blick zu und rannte die Gangway hinauf. Er schaffte es gerade noch, im Rumpf des Schiffes zu verschwinden, bevor die Tür zuging und der Traktor, der das Schiff zum Katapultstreifen schleppte, sich in Bewegung setzte. Hasselborg hatte sein Gesicht zwar nur für den Bruchteil einer Sekunde gesehen, aber das hatte gereicht.

Der Mann war der junge Priester, der immer hereingekommen war, um irgend etwas in Hastés Ohr zu flüstern. Um sich als Terraner zu tarnen, hatte er sich eine Perücke aufgesetzt und sie sich tief in die Stirn gezogen, damit man seine Antennen nicht sehen konnte. Fouri mußte ihn auf die Erde geschickt haben, damit er die Spur ihres flüchtigen Ehekandidaten verfolgte.